Elodie Perron heißt eigentlich ganz anders und lebt in Berlin. Sie liebt Frankreich und findet, dass es der perfekte Schauplatz für sinnlich-erotische Geschichten mit Tiefgang ist. Zwischen den Stränden des Mittelmeers und dem geschäftigen Treiben in den Straßen von Paris finden sich ihre Paare in Leidenschaft und Lust.

ELODIE PERRON

The MILLIONAIRES Deal

LIEBE IST UNBEZAHLBAR

Erstausgabe Juni 2022

© 2022 dp Verlag, ein Imprint der dp DIGITAL PUBLISHERS GmbH

Made in Stuttgart with ♥
Alle Rechte vorbehalten

The Millionaires Deal

ISBN 978-3-98637-922-3
E-Book-ISBN 978-3-96817-686-4
Hörbuch-ISBN: 978-3-98637-935-3

Covergestaltung: ARTC.ore Design
Umschlaggestaltung: ARTC.ore Design
Unter Verwendung von Abbildungen von
shutterstock.com: © Unique Vision, © tomertu
Lektorat: Manuela Tengler
Satz: dp DIGITAL PUBLISHERS GmbH
Druck und Bindung: Books on Demand GmbH, Norderstedt

1 Reduzierte Ware

»Das ist aber herabgesetzt. Auf dem Schild stand 3,99!«

Ich starre auf die Leopardenprintleggings in meinen Händen und dann auf die Frau, die sie kaufen will. Unweigerlich vereinen sich diese Eindrücke in meinem Kopf und führen dort zu Konfusion. Die Dame auf der anderen Seite des Warenbandes ist mindestens dreißig Jahre zu alt für so ein Teil, ganz gleich, ob es 6,99 kostet oder 3,99.

»Die Schlüpfer!«, ruft Florine an der Kasse hinter mir. »Der Zehnerpack Schlüpfer ist reduziert. Die liegen direkt neben den Hosen.«

Ich sehe der Frau an, dass ihr das bewusst war und sie auf meine Unaufmerksamkeit gehofft hat. Ihr Blick schwankt zwischen Trotz und Schuldbewusstsein. »Das sollten Sie besser ausschildern. Ist irreführend, so wie es ist.«

Seufzend halte ich ihr die Plastikverpackung mit der Plastikhose entgegen: »Soll ich stornieren oder wollen Sie sie trotzdem kaufen?«

Erst scheint es eine Täuschung, dann sehe ich, wie der Frau Tränen in die Augen steigen. Die Haare in meinem Nacken richten sich auf. Das passiert immer, wenn mich das Mitleid anspringt. Sie öffnet ihr Portemonnaie, kramt mit dem Zeigefinger darin herum. Viel scheint nicht darin zu sein.

»Meine Tochter hat morgen Geburtstag«, sagt die Frau leise. »Die Leggings wollte ich ihr schenken. Ihr gefällt so etwas.«

Sie starrt mich an, als erhoffe sie von mir eine Lösung jenseits von ›Ich gebe mehr Geld aus, als ich dürfte‹ und ›Ich enttäusche meine Tochter‹.

»Dauert das noch lange?«, brüllt jemand aus meiner mittlerweile ziemlich angewachsenen Kundenschlange.

»Mann, bleiben Sie ruhig!«, ruft Florine. »Sie müssen bestimmt nicht zu einer Herz-OP!«

Ich bin dankbar für ihre Intervention. Mir fallen meistens nicht die richtigen Antworten ein – oder erst drei Stunden später.

»Dann stornieren Sie es«, sagt die Frau. »Muss hier ja weitergehen.«

Ich sehe sie an. Denke an meine Mutter, die mir auch so oft Wünsche nicht erfüllen konnte und daran, dass mich ihr trauriges Gesicht mehr geschmerzt hat als irgendein unerfüllter Spielzeugtraum. Kurzentschlossen reiße ich ein Loch in die Verpackung.

»Oh, das sehe ich jetzt erst. Das Stück ist schadhaft. Möchten Sie es trotzdem kaufen? Der Preis wäre dann auf 3,99 reduziert.«

Sie nickt mir zu, bezahlt und geht, ohne sich zu bedanken. Was ich gut verstehen kann. Ich habe ihr zwar geholfen, aber sie gleichzeitig gedemütigt.

Nach Dienstschluss stehe ich mit Florine auf dem abgezäunten Müllplatz unseres Supermarktes, der uns Mitarbeitern als Raucherlounge und Fahrradparkplatz dient. Zwischen den tiefen Zügen, mit denen Florine ihre erste Zigarette nach vier Stunden inhaliert (und das wiederholt sie mit zum Ausrufungszeichen erhobenem Zeigefinger: vier Stunden!), erfahre ich von ihr, dass momentan alle Mitglieder ihrer Familie mit Magen-Darm-Grippe darniederliegen. Nachdem sie mir detailgenau und in lebhaften Bildern geschildert hat, wie sich der gestrige Abend bei ihr Zuhause abgespielt hat, fügt sie im Ton größter Zufriedenheit »Ich habe mir auch so eine geholt« hinzu.

Sensibilisiert durch ihre Erzählung rücke ich ein Stück von ihr ab. »Dann solltest du zu Hause im Bett bleiben, Flo.«

»Was? Nein, das doch nicht! Diese coole Hose.« Sie kramt in ihrem Oversize-Beutel und zieht eine der Leopardenleggings hervor.

»War die Einzige in XXL. Da musste ich zuschlagen.«

Florine trägt so etwas und es kümmert sie nicht im Geringsten, ob andere über sie reden. Sie ist mutig und laut und großartig. Ich bin sehr viel dünner und sehr viel feiger. Meine Klamotten sind Secondhand-Jeans und Shirts, in denen ich zu verschwinden versuche. Seit David habe ich keine Lust mehr, der Männerwelt aufzufallen.

»Die werde ich anziehen, wenn ich heute mit Jean tanzen gehe.«

»Du triffst dich noch mit ihm? Ist es etwas Ernstes?«

»Nee.« Sie wirft die Zigarette zu Boden, tritt sie mit dem abgelaufenen Hacken ihrer Stiefelette aus. »So doll ist er wirklich nicht. Aber fürs Wochenende und fürs Bett reicht es.«

»Flo!«

»Sophie!«, ahmt sie meinen entsetzten Tonfall nach. »Sind wir im einundzwanzigsten Jahrhundert? Sind Frauen gleichberechtigt? Darf ich meinen Spaß haben?«

»Ja, ja und ja.«

»Na also. Mach das auch, Mäuschen. Such dir was fürs Bett.«

Geht bei mir leider nicht. Für mich sind Sex und Liebe Synonyme. Ich wünschte, es wäre anders. Nach zweieinhalb Jahren ohne Mann in meinem Leben fände ich es schon schön, mal wieder fremde Haut zu spüren und leidenschaftliche Berührungen. Heißen Atem in meinem Nacken und ...

Mit quietschenden Bremsen hält ein altes Citroën-Cabrio auf der Straße vor uns.

»Jean!«, ruft Florine. Sie verabschiedet sich mit einem Kuss auf meine Wange, dann sitzt sie schon im Wagen und ist auf und davon.

Sehr viel weniger beschwingt rüttele ich an meinem Drahtesel, um zu testen, ob in der Zwischenzeit irgendwelche Teile abgerostet sind und fahre los. Der Weg nach Hause führt mich nicht direkt am Uni-Gelände vorbei, aber trotzdem nehme ich diesen Umweg. Es ist kurz vor siebzehn Uhr, Davids Kurs ›Wissenschaft der sozialen Arbeit‹ endet in ein paar Minuten und damit seine Vorlesungen am heutigen Tag. Wenn ich jetzt eine Viertelstunde hier warte, weil ich einen Wadenkrampf habe und nicht weiterfahren kann, dann sehe ich ihn eventuell. Und nein, das mache ich nicht regelmäßig. Ich bin keine Stalkerin. Aber heute fehlt er mir noch so viel mehr als sonst. Vielleicht, weil Florine bei

Jean ist und weil sie recht hat. Ich sollte mir jemanden suchen, nur so zum Spaß. Leichter gesagt als getan.

Eine halbe Stunde später will ich weiterfahren, ohne David entdeckt zu haben im Gewimmel der Studenten. Ich habe mal dazugehört, aber das ist so lange her, dass ich mich ihnen so fremd fühle, als kämen sie von einem anderen Stern. Oder bei Anwendung von Ockhams Rasiermesser wohl eher ich. Es ist wahrscheinlicher anzunehmen, dass nicht alle Studenten, sondern nur eine Supermarktkassiererin ein Alien ist. Ich betrachte eindringlich meine Hände und Arme. Keine Tentakel, alles vollkommen menschlich. Also ist mein Gefühl der Entfremdung rein psychisch. Gerade als ich auf den Sattel steigen will, verlässt David das Gebäude. Genauso schlaksig wie eh und je, die braunen Haare lang bis auf die Schultern. Ich habe es geliebt, in sie hineinzufassen. Jetzt scheint es der jungen Frau neben ihm zu gefallen. Sie versenkt ihre Finger darin, als sich die beiden küssen. Schwer zu entscheiden, was mich stärker trifft: Dass sie mir ähnlich ist – klein und schlank – oder dass sie so ganz anders aussieht mit ihren glatten, zu einem asymmetrischen Bob geschnittenen blonden Haaren. Aber wie auch immer. Es war zu erwarten, dass David, der hübsche, kluge David, nicht lange allein bleiben würde. Ich gönne ihm sein Glück. Von Herzen.

Hastig wische ich mir mit dem Ärmel über die Augen und steige auf mein Rad. Jetzt bloß weg hier, bevor er mich sieht.

Auf dem Weg nach Hause denke ich an diese kurze Begegnung heute an der Kasse. Im Grunde bin ich selbst eine reduzierte Ware. Der Mann, den ich für mein ›immer und ewig‹ gehalten habe, hat mich verlassen, ich werde mein Studium nie zu Ende bringen, auch wenn ich mir an jedem Monatsende vorlüge, vom nächsten Gehalt etwas dafür zur Seite zu legen. Ich werde für den Rest meines Lebens nichts anderes mehr machen als an der Kasse des *Prix malin* sitzen.

Dumme Sophie!, rufe ich mich selbst zur Ordnung. Finde dich damit ab! Es könnte schlimmer sein. Zum Beispiel könnte der Laden dichtmachen, weil niemand mehr atmungsinaktive Hosen oder Socken aus reinem Erdöl kaufen möchte. Und was machst du dann? Glasperlen auf Angelschnur fädeln und die Ketten an Touristen verkaufen?

Als ich nach Hause komme, sitzt Maman wie jeden Abend um diese Zeit schon vor dem Fernseher und wartet mit zwei Tellern Brot und Wurst samt einer Kanne Pfefferminztee auf mich. Ich bin weder ein Fan von Wurstbroten noch von Pfefferminztee, aber dass Maman wieder in der Lage ist, Abendbrot zu bereiten, lässt mich beides genießen. Vor drei Jahren, nach der Trennung von ihrem damaligen Freund Jacques, hatte sie das Bett monatelang nicht verlassen. Lange Zeit danach wusste ich abends nie, wie ich sie zu Hause vorfinden würde: traurig, zornig oder so still, als würde sie nicht einmal atmen.

»Hallo Kleine.« Mit dem Zeigefinger streicht sie über meine Wange. »Hast du geweint?«

Hastig zaubere ich ein Lächeln auf mein Gesicht. »Der Wind war kühl beim Radfahren.«

»Im April?«

Die süßliche Titelmusik von Mamans Lieblingstelenovela rettet mich vor weiteren Lügen. Sie lehnt sich in die Kissen zurück und verfolgt mit glänzenden Augen die Abenteuer von Danielle und Marc in *L'amour éternel*. Egal, welche fürchterlichen Tragödien die beiden auch ereilen – ihre Liebe ist unzerstörbar. Maman lebt für diese Geschichten und ich sehe sie jeden Abend mit ihr zusammen an. Zwei Verlassene, die sich für eine halbe Stunde nur zu gern einreden lassen, dass Liebe ein Happy End haben kann.

Später im Bett, beim letzten Blick auf mein Smartphone, sehe ich, dass ich einen Anruf verpasst habe. Die Nummer ist mir genauso unbekannt wie die kühle, tiefe Männerstimme, die eine Nachricht hinterlassen hat.

»Mademoiselle Morel, Carnaud am Apparat. Ich benötige Nachhilfeunterricht für meine Tochter, rufen Sie mich zurück.«

Kein Guten Tag, kein Bitte, kein Danke. So einen unhöflichen Typ kann man auch nach zehn Uhr abends noch zurückrufen. Nach einmaligem Klingeln wird abgenommen und die gleiche eisige Stimme meldet sich: »Ja?«

»Monsieur Carnaud, Morel am Apparat«, imitiere ich seinen Anruf. »Sie benötigen Nachhilfeunterricht für Ihre Tochter, deshalb rufe ich Sie zurück.«

Eine kurze Pause, dann: »Ach ja, das. Ich habe Ihre Nummer von Madame Beaufort. Sie haben Ihren Sohn unterrichtet.«

»Ja, das stimmt.«

Als Nachhilfelehrerin verdiene ich mir hin und wieder etwas dazu – Pascal Beaufort im letzten Jahr war ein recht schwerer Fall.

»Gut. Meine Tochter Eliane ist sechzehn und braucht Unterstützung bis zum Baccalauréat. Können Sie das leisten?«

»Ja sicher, ich ...«

»Dann kommen Sie am Montag um fünfzehn Uhr für ein erstes Gespräch vorbei.«

Seine bestimmende Art nervt mich, aber ich kann jeden Cent gebrauchen und montags arbeite ich nur bis halb zwei. Es gibt also keinen triftigen Grund, abzulehnen.

»Einverstanden. Treffen wir uns bei Ihnen?«

»Selbstverständlich.« Er sagt das in einem Ton, als sei es eine Zumutung von mir, auch nur daran zu denken, dass er sich meinetwegen woanders hinbegeben könnte. Kurz angebunden nennt er mir seine Adresse und ich kippe fast hintenüber vom Bett. Belard-sur-Mer, die Stadt, in der ich lebe, zerfällt in vier Teile. Da gibt es einmal das Quartier Sud. Es ist geprägt von vielstöckigen Menschenverwahranstalten aus Stahlbeton, auch Hochhäuser genannt, und einem immerwährenden Geruch nach Frittierfett und Gras. Dort scheint die Cote d'Azur so weit entfernt wie der Mond und dort bin ich zu Hause. Der Campus, zu dem neben den Hörsälen und Verwaltungsgebäuden das große Studentenwohnheim gehört, grenzt direkt daran, wirkt aber so wenig dazugehörig wie der Nerd zu den Schlägertypen in einer Klasse. In der Innenstadt finden sich Klamottengeschäfte, Bioläden, der Apple-Store und Wohnungen für

Besserverdienende. Und dann sind da noch das Meer und die Menschen, die sich seine Nähe leisten können. Mit eigenen Strandabschnitten, Villen, Gärten und einer Sonne, die heller zu strahlen scheint als über dem Rest der Stadt. Dort lebt Monsieur Carnaud. Kein Wunder, dass er so unhöflich ist. Dieser Mann muss sich nicht mehr anstrengen.

»Also Montag um fünfzehn Uhr, Mademoiselle?«

»Sicher. Möchten Sie Referenzen sehen?«

»Nicht nötig. Ich kenne Pascal. Dass Sie dieser tauben Nuss zu guten Noten verhelfen konnten, ist mir Referenz genug.«

»Dann bis ...«

Er hat einfach aufgelegt. Natürlich. Ich lege mich hin und schließe die Augen, sehe das Meer vor mir, den Strand und eine Villa, die sich wie ein Vogelnest an die roten Steilklippen schmiegt. Dort lebt in meiner Vorstellung Monsieur Carnaud mit der kalten Stimme.

2 Er wird schon nicht beißen

»Soll ich wirklich hingehen?«

»Warum nicht? Was kann dir denn passieren?« Florine zündet ihre zweite ›nach der Arbeit‹-Zigarette an der Kippe der ersten an. »Er wird schon nicht beißen. Und wenn doch – wer sagt, dass es dir nicht gefällt.« Augenzwinkernd stößt sie mir ihren Ellenbogen in die Rippen.

»Mann Flo! Es gibt Wichtigeres im Leben als Sex.«

»Das würde ich dir eher glauben, wenn du welchen hättest. Aber du weißt gar nicht mehr, wovon du redest.«

Es ist kurz nach zwei. Allmählich muss ich mich auf den Weg machen, will ich pünktlich bei Monsieur Carnaud erscheinen. Trotz seiner Ablehnung habe ich drei Beurteilungen von früheren Nachhilfestellen und einen Lebenslauf eingepackt. Ich will einen professionellen und vorbereiteten Eindruck machen.

»Er wirkte am Telefon so unangenehm, weißt du. Wie ein reicher, arroganter Schnösel.«

»Na und? Lass ihn doch glauben, er sei der Geilste, solange er dir Geld zahlt. Manche Leute wollen belogen werden und je eingebildeter sie sind, umso leichter klappt es.«

Auf mich macht der Typ nicht den Eindruck, er ließe sich belügen, aber ich will Florine nicht weiter mit meinen Bedenken nerven, also steige ich aufs Fahrrad.

»Viel Glück!«, ruft sie mir hinterher und ich fahre aus dem grauen Beton des Quartiers über die Straßen der Stadt, bis ich den Teil Belards erreiche, der mir genauso fremd ist wie Kuala Lumpur. Zwischen mir und dem Meer, das sich zu meiner rechten Seite blau und endlos erstreckt, stehen hinter Zäunen und Gittern die Villen der Monsieur Carnauds dieser Stadt. Manche von ihnen tarnen sich in falscher Bescheidenheit als rustikale Landhäuser, andere protzen wie eine geschmacklose Geliebte mit jedem Cent, den sie gekostet haben.

Das Haus, zu dem mich mein Weg führt, ist weder das eine noch das andere. Es steht auf exakt manikürten Rasen und sieht aus, als sei es aus Bauklötzen zusammengesetzt. Ein verglastes quadratisches Erdgeschoß, darauf ein kleineres weißes Viereck mit einer großen Terrasse. Schlicht, aber beeindruckend sagt es: ›Ja, ich war teuer. Komm damit klar‹.

Einmal mehr wird mir bewusst, dass ich gleich auf einen sehr wohlhabenden Mann treffen werde, und fühle mich noch linkischer als sonst. Auf meinen Secondhand-Klamotten scheint in Neonschrift zu stehen: ›Verlierer der Gesellschaft‹.

Das schwarze Flügeltor schwingt auf, kaum dass ich den Summer betätigt habe. Hastig schiebe ich mein Rad hindurch und stelle es dort ab. Der Weg zum Haus führt auf einem schnurgeraden Kieselpfad vorbei an Rosensträuchern, die mit ihren ersten zarten Sommerblüten vor diesem Kubistentraum unpassend wirken. Die Sonne prickelt in meinem Nacken, als ich an der Haustür klingele. Da ich einen ältlichen Butler mit gestreifter Weste und weißen Handschuhen erwartet habe, überrascht mich umso mehr der Mann, der mir öffnet. Ich schätze ihn auf höchstens Mitte dreißig. In seinem leicht gebräunten Gesicht strahlen ein paar blaue Augen wie Edelsteine und die blonden Haare verleihen ihm trotz seines hellgrauen Anzugs etwas von einem Surferboy. Ob er der Majordomus dieses Anwesens ist? Oder Carnauds Bodyguard und unter dem perfekt sitzenden Jackett versteckt sich sein Pistolenholster, wobei dieser Mann keine Waffe braucht, um sich zu verteidigen. Er wirkt so durchtrainiert und erprobt in allen asiatischen Kampfsportarten, dass er bestimmt jeden Angreifer mit einem Handkantenschlag zu Boden bringen kann. Aber das ist nur die eine Seite von ihm. Er kann auch zärtlich sein und romantisch. Und er liebt Bücher. Und Kakao. Auf jeden Fall Kakao.

Nein, dieser Tagtraum wird zu unordentlich, also von vorn: Der attraktive Mann vor mir ist eine unüberwindliche Kampfmaschine, aber der Frau, die sein Herz erobert, serviert er Kakao ans Bett und liest ihr aus klassischen Romanen vor, wenn er sie nicht auf seinen Armen zum Sonnenuntergang am Meer trägt und im Hintergrund *Je t'aime ... moi non plus* gesungen wird. Ich starre ihn an. Vielleicht könnte ich mich ja doch an Flos Vorschlag der unverbindlichen Affäre gewöhnen – auf jeden Fall, wenn so ein Kerl involviert ist.

»Sie sind ...«

Sofort erkenne ich die kalte Stimme. Kein Bodyguard, sondern Monsieur Carnaud höchstpersönlich. Das Kopfkino stoppt und ich falle ihm unhöflich ins Wort: »Ich bin die Nachhilfelehrerin. Sophie Morel.«

Nach einer etwas zu langen Pause, während derer ich mich gleichermaßen be- und verurteilt fühle, streckt er mir seine Hand entgegen: »Carnaud. Sie sind pünktlich, Mademoiselle.«

Seine Hand ist so groß, dass meine fast vollständig in ihr verschwindet. Ihre Wärme zeigt mir, wie kühl meine nervösen Finger sind und als er sie nach einem festen Druck loslässt, fühlt es sich an wie ein Verlust.

»Kommen Sie.«

Ich folge ihm ins Haus, schlüpfe aus meinen Schuhen und versuche, nicht allzu beeindruckt zu wirken, als ich mich umsehe. Alles hier ist von einem strahlenden Weiß – der Marmorboden, die Wände, die vier Türen, die rechts und links vom Flur abgehen. Auch die Treppe, die ins Obergeschoss führt, ist aus weißem Stein. Ein abstraktes Gemälde, das mindestens zwei mal drei Meter misst, bildet den einzigen Farbfleck. Alle Schattierungen von Rot fließen vor einem dunkelblauen Hintergrund ineinander, lassen mich an einen Steppenbrand denken oder an die Sonne oder eine Liebe, die so intensiv ist, dass man die Augen vor ihr schließt.

»Kommen Sie?«, wiederholt Carnaud seine Worte, diesmal aber als Frage formuliert, die seine Ungeduld über mein Zögern nur allzu deutlich zeigt.

Ich mache einen Schritt auf ihn zu und komme auf dem spiegelglatten Marmorboden ins Rutschen.

»Brechen Sie sich nicht den Hals«, sagt Carnaud kühl. »Sie sollen meine Tochter unterrichten.«

Na klar, das ist hier die Priorität. Unwichtig, ob ich mich verletze: Hauptsache das Töchterchen segelt unbeschadet zwischen Skylla Naturwissenschaften und Charybdis Fremdsprachen hindurch.

»Möchten Sie etwas trinken?«

»Nein danke.«

Ich würde mich sowieso nur verschlucken und auf seinen tadellosen grauen Anzug husten.

»Das ist unvernünftig von Ihnen, Mademoiselle. Es ist warm und Sie sind mit dem Fahrrad unterwegs.« Er öffnet die erste Tür rechts und offenbart damit eine große, helle Küche, die von einer Kochinsel und einem überdimensionalen Kühlschrank dominiert wird, der wie ein Wachsoldat in einer Ecke steht. Links davon befindet sich ein Esstisch für acht Personen. Die Akkuratesse, mit der die Stühle gegen die Tischplatte geschoben sind, verrät mir, dass Monsieur Carnaud entweder eine zwangsneurotische Reinigungskraft hat oder nur selten Gäste zum Essen empfängt.

Während ich im Flur stehen bleibe, holt er eine Flasche Wasser aus dem Kühlschrank und zwei Gläser aus einem der Schränke, dann läuft er schnellen Schrittes an mir vorbei zur nächsten Tür und deutet darauf. »Würden Sie bitte aufmachen? Ich habe Ihretwegen die Hände voll.«

»Meinetwegen? Ich wollte kein Wasser.«

»Mademoiselle, bitte.«

Mit einem leisen Seufzer öffne ich die Tür zu einem Raum, dessen eine Wand mit deckenhohen, übervollen Bücherregalen bestückt ist. Es gibt sogar eine dieser rollenden Leitern, wie man sie in alten Filmen sieht. Das gefällt mir richtig gut! Am liebsten würde ich sofort darauf steigen und an all diesen Büchern vorbeifahren, es geht aber leider nicht. Ich bin nicht deshalb hier.

Am Fenster steht ein Campaign-Schreibtisch aus viktorianischer Zeit von wunderbarer Qualität, der mit Computer, Monitor, Drucker und Fax ausgestattet ist. Das Zimmer ist riesig – wahrscheinlich größer als die komplette Zweiraumwohnung, in der ich mit Maman lebe. Die gesamte rechte Seite wird von einer

Fensterfront eingenommen und gibt den Blick frei auf den untadelig gepflegten Garten, einen Pool mit kleinem Wasserfall und dahinter auf das blauglitzernde Meer. Ein Funke entflammt in meinem Herzen. Ein grüner Funke Neid. Nie im Leben werde ich mir etwas wie das hier leisten können. Niemals. Also sollte ich diesem Funken den Sauerstoff entziehen und mich mit dem begnügen, was ich habe. Was war das noch mal?

Carnaud steuert eine Sitzecke an, bestehend aus zwei schwarzen Freischwingern und einem Rauchglastisch. Unschlüssig nehme ich meinen Rucksack ab und warte.

»Nun nehmen Sie schon Platz.« Mit einem Kopfnicken weist er mir einen der Stühle zu, die so niedrig sind, dass ich mich nicht elegant hinsetzen kann, sondern wie ein Sack Mehl hineinfalle.

Carnaud schraubt die Flasche auf, gießt die Gläser halb voll und reicht mir eins. »Trinken Sie.«

Noch nie in meinem Leben wurde ich so herumkommandiert, aber statt zu protestieren, gehorche ich und nehme einen Schluck, denn leider hat er recht. Ich habe schrecklichen Durst. Teils wegen des Wetters, teils vor Nervosität. Es ist diese Nervosität, die dazu führt, dass ich mit ungelenken Fingern am Verschluss meines Rucksacks hantiere, den Knoten erst nicht aufbekomme und deshalb Carnaud ein Lächeln schicke, dass sich missglückt anfühlt. »Ich bin gleich so weit. Wirklich.«

Endlich gelingt es mir, den Verschluss aufzuziehen.

»Bitte sehr«, ich hole den Hefter mit meinen Unterlagen heraus. »Zu Ihrer Information.«

Wortlos beugt er sich mir entgegen und nimmt ihn an sich. Blättert darin, als wäre es ein Hundertseitiger Geschäftsbericht und nicht bloß ein Lebenslauf, mein Bac-Zeugnis sowie drei Arbeitsreferenzen.

»Sie waren auf derselben Schule, die Eliane besucht«, sagt er schließlich. »Nur mit besseren Noten. Danach haben Sie Politikwissenschaft und Physik studiert. Eine interessante Mischung. Sie wollen die Welt verstehen, Mademoiselle.«

Seine Worte fühlen sich gut an. Wertschätzend. Und ja, er hat recht. Soweit es möglich ist, will ich die Gesellschaft und die Akteure in ihr begreifen.

»Aber anscheinend war Ihre Motivation nicht sehr groß. Warum haben Sie Ihr Studium nach vier Semestern abgebrochen? Sie scheinen intelligent zu sein.«

Einen ganz wunden Punkt hat der Gute da angesprochen. Soll ich ihm von meiner Mutter erzählen, die nicht mehr in der Lage war, sich selbst zu versorgen, so sehr hatte die Depression sie im Griff? Würde ihn interessieren, wie schnell man den Boden unter den Füßen verliert, wenn der Job weg ist und das Arbeitslosengeld ausläuft? Verstünde er, dass es Situationen gibt, in denen andere wichtiger sind als man selbst?

»Es passte eben nicht. Ich bin noch auf der Suche nach dem, was ich später machen möchte.«

»Aha.« Wieder vertieft er sich in meinen Lebenslauf. So viel steht da nicht drin. Als er aufblickt, mich mit seinen durchdringenden blauen Augen ansieht, stöhne ich innerlich auf. Das Verhör ist nicht zu Ende, er hat der Gefangenen nur eine kurze Verschnaufpause gegönnt.

»Statt zu studieren, arbeiten Sie also seit drei Jahren im *Prix malin*, was, wie ich vermute, ein Billig-Supermarkt ist. Nebenbei geben Sie Nachhilfe. Wie lange wollen Sie diesen Zustand aufrechterhalten?«

Und wieder – das geht dich nichts an!

»So lange wie nötig.«

»Also für die nächsten zwanzig, dreißig Jahre.« Carnaud klappt den Hefter zu und legt ihn auf den Glastisch. »Spiralen führen sehr viel leichter nach unten als nach oben. Kann es sein, Mademoiselle, dass Sie Ihre angebliche Selbstfindung als Ausrede benutzen, um nicht voranzukommen? Intelligenz ist die eine Sache, aber wenn Hartnäckigkeit und Durchsetzungsvermögen fehlen, dann ...«

Durchsetzungsvermögen? Das kannst du haben, du eingebildeter Lackaffe!

»Sie sollten froh sein, dass es Menschen wie mich gibt. Sie profitieren doch von uns«, platzt es aus mir heraus. »Wir arbeiten für wenig Geld und vermehren den Reichtum von Leuten wie Ihnen, damit sie sich solche Häuser leisten können. Also zeigen Sie ein wenig Dankbarkeit.«

Carnaud schlägt die Beine übereinander und verschränkt die Arme vor seiner Brust. Eine dreifach verschlossene Panzertür könnte nicht abweisender sein.

»Eine kleine Kommunistin, ja?«, fragt er herablassend.

Ich springe aus dem niedrigen Stühlchen auf, was mir glücklicherweise gelingt, ohne mich lächerlich zu machen. »Ein großes Arschloch, ja?«, schleudere ich ihm entgegen, greife den Hefter und meinen Rucksack. »Danke, ich finde selbst hinaus.«

»Brechen Sie sich nicht den Hals«, höre ich seine Stimme in meinem Rücken.

»Sicher nicht!«, rufe ich, schlittere prompt kurz auf diesem verdammten Marmorboden, fange mich und haste hinaus.

Nachdem ich ein paar Meter gefahren bin, muss ich anhalten. Tränen drängen sich empor. Ich versuche sie zu unterdrücken, aber nicht einmal dafür habe ich offenbar genug Hartnäckigkeit. Heulend stehe ich zwischen diesen Protzbauten auf einem makellos gepflegten Weg und höre das Surren einer Überwachungskamera, die sich langsam in meine Richtung dreht. Ich wische mir über das Gesicht und halte der dunklen Linse meinen ausgestreckten Mittelfinger entgegen.

Maman erwartet mich schon an der Tür. Wir nehmen uns in die Arme wie nach jeder Trennung, mag sie auch noch so kurz gewesen sein. Sie streicht mir mit ihrer warmen Hand über die Wange und sieht mir prüfend in die Augen. »War der Fahrtwind wieder kühl?«

Ich antworte mit einem kurzen Lächeln. Weder will ich sie abermals anlügen noch ihr sagen, dass ich geweint habe.

»Wie war dein Vorstellungsgespräch?«

Schrecklich. Ich bin dem arrogantesten Menschen der Welt begegnet.

»Ich habe abgesagt. Das wäre nicht das Richtige für mich.«

Sie legt ihre Hand auf meine, nachdem ich einen Schluck getrunken und die Teetasse abgestellt habe.

»Gut so, Liebes. Du verdienst im *Prix* genug und wenn ich in ein paar Monaten auch wieder arbeite, dann geht es uns richtig gut. Lass uns dann ein Wochenende wegfahren. Nur wir beide, ganz mondän in Nizza, was meinst du?«

»Eine tolle Idee«, erwidere ich. Allerdings wird das nie passieren. Ich kann mir nicht vorstellen, dass sie in ein paar Monaten belastbar genug sein wird, um zu arbeiten. Aber das ist egal. Wer braucht schon Nizza? Letztlich gibt es immer nur uns beide.

»Wenn du so willst, habe ich ihn gebissen. Zumindest mit Worten.« Damit schließe ich den Bericht über meinen Besuch bei Monsieur Carnaud, der mittlerweile zwei Tage zurückliegt.

Flo sieht mich skeptisch an. »Du hast ihn beleidigt? Wieso?«

»Du würdest nicht fragen, wenn du ihn getroffen hättest.«

»Aber du hast doch gesagt, dass er gut aussieht.«

»Habe ich nicht. Nur dass er blonde Haare und blaue Augen hat und recht groß und schlank ist. Und muskulös.«

Wenn ich ehrlich bin, kann man das durchaus als ›gut aussehend‹ bezeichnen. Sehr sogar.

»Bestimmt macht er irgendein lächerliches Work-out. Pappnasen-Pilates oder Arschloch-Yoga.«

Flo verzieht ihr Gesicht zu einer Grimasse des Ekels. »Das will ich mir jetzt echt nicht vorstellen.«

Ihr immer stärker werdendes prustendes Lachen unterbricht unser Schweigen. »Arschloch-Yoga für Fortgeschrittene«, keucht sie atemlos. »Wir fangen an mit dem Aufgehenden Mond. Macht euch alle weit und offen.«

»Hör auf!«

»Ob man dabei Chaps trägt? Würde sich anbieten.« Grölend lehnt sie sich gegen den Plastiksammelcontainer. »Beim Training läuft bestimmt spezielle Meditationsmusik, aber die will ich lieber nicht hören.«

»Du bist so eklig!«, rufe ich und lache, bis ich Seitenstechen bekomme.

Das ist der richtige Weg, um mit solchen Leuten umzugehen, denke ich auf dem Heimweg. Wenn man über sie lacht, verlieren sie ihre Macht. Es kann mir egal sein, was dieser Typ über mich denkt. Ja, ich habe mit Monsieur Carnaud abgeschlossen. Davon bin ich so lange überzeugt, bis ich abends eine Nachricht von ihm erhalte:

Dienstags und donnerstags jeweils von 18.00 bis 20.00 Uhr? Reichen achtzig Euro pro Stunde oder verlangt die ausgebeutete Werktätige mehr?

Ich lese den Text und werfe mein Smartphone aufs Bett, als hätte er mir eine Morddrohung geschickt. Glaubt dieser Kerl wirklich, ich würde für ihn arbeiten? Was für ein überheblicher, widerlicher ...

Nein, reg dich nicht auf, Sophie. Du musst nur ablehnen. Oder besser noch – reagiere überhaupt nicht.

Ich krame mein Phone aus den Falten der Bettdecke. Achtzig Euro pro Stunde. Normalerweise verlange ich nur ein Bruchteil davon. Bei vier Stunden in der Woche würde ich im Monat um die eintausenddreihundert

Euro dazuverdienen. Mehr als ich für meinen Teilzeitjob im Prix malin bekomme und dann noch bar auf die Hand. Im Jahr wären das über sechzehntausend Euro und Eliane hat sogar zwei Jahre bis zum Bac.Das läuft auf eine so unfassbare Summe hinaus, dass ich mich aufs Bett fallen lasse. Damit könnte ich – und der Gedanke sorgt gleichermaßen für Freude wie Angst – mein Studium fortsetzen.

Würde ich David an der Uni wiedersehen? Nein, bis dahin müsste er schon seinen Abschluss in der Tasche haben, aber ich könnte ihn über Facebook kontakten, wenn es so weit ist. Unsinn, über LinkedIn. Das ist viel erwachsener. Er würde mir zurückschreiben, sich für mich freuen, dass ich wieder studiere. Dann könnte ich ihn zu einer Bereichsparty einladen. Natürlich würde er kommen und wir würden tanzen, noch etwas distanziert, aber bald wäre es zwischen uns wie früher und am Ende gibt er zu, einen riesengroßen Fehler gemacht zu haben. Er nimmt mich in die Arme, wir küssen uns, heiraten, werden erfolgreich in unseren Jobs, kriegen zwei Kinder, wobei Louis nach mir kommt und Catherine so schlaksig wie David sein wird. Dieses Szenario habe ich mir wieder und wieder ausgemalt, seit David unsere Beziehung beendet hat, aber zum ersten Mal erscheint es nicht nur eine Phantasmagorie zu sein, sondern ein erreichbares Ziel. Ich muss nur eins tun: für Carnaud arbeiten. Willkommen bei dem riesengroßen Haken eines ansonsten wunderbaren Plans. Aber was ist mir wichtiger – ein erfülltes Leben an der Seite des Mannes, den ich liebe oder die Aversion, die ich Carnaud gegenüber empfinde? Es ist ein kurzer, heftiger Kampf, bei dem eine Packung Madeleines als beklagenswertes Opfer auf der Strecke bleibt. Kaum ist er ausgefochten, schnappe ich mein Smartphone und schreibe:

120/Stunde

Es dauert nicht lange, bis die Antwort eintrifft.

100. Seien Sie morgen pünktlich.

3 Das Leben ist bunt

Ganz wohl ist mir nicht zumute, als Carnauds Villa vor mir auftaucht. Mich beruhigt zwar der Gedanke, dass ich bis auf die Begrüßung und die Übergabe des Geldes nicht viel mit ihm zu tun haben werde, aber ich werde mich bei ihm entschuldigen müssen. Dieser Mann soll mir den Einstieg in eine bessere Zukunft finanzieren. Da ist ein ›Pardon‹ nicht zu viel verlangt. Als ich dann jedoch in seinem Arbeitszimmer wieder vor ihm stehe und er mich mit diesen Augen mustert, kühl wie Berggletscher, begreife ich, wie schwer es sein kann, um Verzeihung zu bitten.

»Ich wollte mich zuallererst«, stammele ich nach einem tiefen Atemzug, »bevor wir anfangen. Da wollte ich … Sie wissen schon.«

Carnaud zieht fragend die Augenbrauen hoch. Ich muss wohl deutlicher werden.

»Ich möchte Sie hiermit um Entschuldigung bitten, weil ich Sie Arschloch genannt habe.«

Seine Augenbrauen wandern höher.

»Ich habe mich hinreißen lassen und deshalb ist mir dieses Wort entschlüpft – also Arschloch.«

Und sie rutschen noch ein Stück nach oben. Ich frage mich, ob sie irgendwann auf seinem Hinterkopf landen würden.

»Es tut mir wirklich sehr, sehr leid und ich werde Sie garantiert nie wieder als Arschloch bezeichnen.«

»Sie entschuldigen sich dafür, mich beleidigt zu haben, indem Sie die Beleidigung gleich mehrfach wiederholen. Bemerken Sie die Schwachstelle Ihrer Vorgehensweise?«

Ja, jetzt, wo er es sagt, schon. Meine Schultern sinken herab. »Tut mir leid.«

»Egal. Vergessen wir das. Wenn Sie mich zukünftig statt Arschloch Monsieur Carnaud nennen, dann wird das mit uns schon funktionieren.«

Seine Augenbrauen haben mittlerweile wieder ihre Parkposition erreicht, er schnappt sich sein Tablet und beachtet mich nicht mehr. Ich komme mir vor wie bestellt und nicht abgeholt.

»Wollen Sie mich nicht Ihrer Tochter vorstellen?«

Ohne aufzusehen, ruft er: »Eliane! Deine Lehrerin ist da.«

Den Blick weiterhin auf das kleine Gerät in seiner Hand gerichtet, sagt er: »Machen Sie sich selbst mit ihr bekannt, dann haben Sie eine größere Chance, von ihr akzeptiert zu werden, als wenn ich das tun würde.«

»Sehr wohl, Monsieur Carnaud«, antworte ich und serviere ihm seinen Namen mit einer Extraportion spöttischer Unterwürfigkeit.

Jetzt sieht er doch überrascht auf und macht mit dem Zeigefinger eine rotierende Bewegung neben seinem Ohr. »Ich höre keinen großen Unterschied.«

Bevor ich antworten kann, geht auf der gegenüberliegenden Seite des Flurs die Tür einen Spalt weit auf.

»Ich brauche keine Nachhilfe! Wie oft soll ich das noch sagen?«, dringt eine helle, gereizt klingende Stimme daraus hervor.

So wie ich das einschätze, ist von ihm keine Erwiderung mehr zu erwarten, also gehe ich auf die Tür zu, die sich nun weiter öffnet. Neugierig ist sie schon, meine

Nachhilfeschülerin, die sich als eine sehr schlanke, sehr langhaarige junge Frau entpuppt. Sie ist hübsch wie ein Model, mit einer schmalen Nase, vollen Lippen und einem genervten Ausdruck auf dem Gesicht.

»Du bist Eliane?«

Störrisch schiebt sie das Kinn vor. »Wer sollte ich sonst sein?«

»Die nächste Miss France vielleicht?«

Ihr breites Lächeln zeigt, dass ich voll ins Schwarze getroffen habe. War aber auch nicht schwer zu erraten. Wer in den eigenen vier Wänden im engen Top, Minirock und Pumps herumläuft und jeden Morgen bestimmt viel Zeit damit verbringt, seine Haare zu solch einem gleißenden Vorhang aus Gold zu stylen, dem ist die positive Rezeption seines Äußeren durch andere wichtig.

»Und du sollst mich mit all dem langweiligen Zeug quälen, was mich schon in der Schule nicht interessiert?«

»Nein. Ich soll dir helfen, einen guten Abschluss hinzulegen, damit dir die Welt offensteht. Ich heiße Sophie.«

Sie starrt mich an. Ihre Augen haben das gleiche kräftige Blau wie die ihres Vaters. »Komm rein«, sagt sie und tritt zur Seite. Ihr Zimmer ist ein Ensemble aus rosa Wandfarbe und Blümchenbordüren, mit antikweiß lackierten Möbeln und einem Bett mit Baldachin. Ich will diesen Mädchentraum lächerlich finden, aber die Einrichtung und Gestaltung des Raumes sind so schön anzuschauen, dass das schwerfällt. Wir setzen uns an ihren Schreibtisch und Eliane reicht mir ihre

Schulbücher, die ich alle aus meiner Zeit auf der *École Descartes* kenne.

»Mathe«, wirft sie mir wie einen unverdauten Brocken hin. »Schreiben wir morgen.«

»Dein Lieblingsfach?«, versuche ich zu scherzen, aber Eliane nimmt mich todernst. »Von wegen! Ist echt dämlich.«

»Welches Thema wird behandelt?«

Mit ihren langen Gelnägeln tippt sie ungeduldig auf die Tischplatte. »Trigonometrie. Mal ehrlich, das brauche ich doch nie wieder.«

»Wer weiß. Das Leben ist bunt.«

»Das Leben ist bunt?« Eliane lacht kurz auf. »Zahlt mein Vater dir einen Bonus, damit du so etwas sagst?«

»Nein, tut er nicht. Ich denke, dass sich uns, je mehr wir wissen, umso mehr Chancen eröffnen und ...«

Lügnerin. Chancen haben nichts mit Wissen zu tun, aber ich muss meine Schülerin ja motivieren.

»Und was?«, hakt Eliane nach.

Wie ihre Augen hat sie auch die Direktheit von ihrem Vater. Was mit ihrer Mutter ist? Und – das fällt mir jetzt erst auf – in welchem Alter ist Monsieur Carnaud Vater geworden? Eliane ist sechzehn und er doch höchstens Mitte dreißig.

»Und was?«, wiederholt meine Schülerin ihre Frage, eine gute Portion Dreistigkeit in der Stimme, womit sie mich aus meinen Überlegungen reißt.

»Deshalb beschäftigen wir uns jetzt mit den beiden guten Freunden Sinus und Kosinus.«

Eliane starrt mich aus leeren Augen an und lacht. »Klingt wie eine Band, oder? Sinus and the Kosinuts.«

Dazu schnipst sie mit den Fingern einen Rhythmus und bewegt ihren Oberkörper, als würde sie tanzen.

Ich starre ratlos zurück. Meine Augen sind dabei sicherlich nicht minder leer, dann lache ich ebenfalls. Aber nicht aus Amüsement. Ich hätte zweihundert Euro verlangen sollen.

Zwei Stunden später, im Bewusstsein, dass Eliane auf den Test vorbereitet ist und mich hasst, suche ich die Bibliothek auf, wo Carnaud immer noch am Schreibtisch sitzt. Über seinen Monitor flackern Tabellen und Diagramme. Da er mich nicht bemerkt, räuspere ich mich. Ein zweites und auch ein drittes Mal erfolglos. Dann wird es mir zu dumm.

»Monsieur Carnaud, ich bin fertig.«

Mit einer kleinen Verzögerung, die mir zeigt, wie lästig ich ihm bin, erhebt er sich und kommt auf mich zu. »Was sagen Sie?«

»Ich sagte, dass ich fertig bin für heute.«

Hat er mich nicht gehört? Hat er das überhaupt gemeint? Ich bin mir unsicher. Warum macht mich das so nervös?

»Nein, nicht das«, seufzt er ungeduldig. »Werden Sie Eliane weiterhin unterrichten?«

»Selbstverständlich.«

»Gut. Sie sind nämlich die bisher fünfte Nachhilfe, die sich an ihr ausprobiert. Alle anderen haben nach kurzer Zeit die Flinte ins Korn geworfen. Wie Sie sicherlich bemerkt haben, ist meine Tochter weder besonders klug noch besonders fleißig. Außerdem braucht sie lange, um etwas zu begreifen.«

Ich habe noch nie jemanden derart abfällig über sein eigenes Kind reden hören, aber das passt zu ihm und zu seinen Augen, in denen keine Freundlichkeit zu erkennen ist und deren Blick wie ein Seziermesser schneidet.

»In solchen Fällen sollten sich die Eltern fragen, ob sie etwas hätten besser machen können.«

Meine Zurechtweisung gleitet von ihm ab. »Den Mangel an Intelligenz hat sie von ihrer Mutter.«

Familie Carnaud. Ein Hort der Liebe und des Respekts. Mich fröstelt.

Als er sein schwarzes Portemonnaie öffnet, sehe ich einen Batzen Scheine darin. Er holt vier Fünfziger hervor, hält sie mir entgegen, zieht sie dann wieder zurück. Meine Hand, die danach greifen wollte, bleibt lächerlich in der Luft hängen. Unbeholfen stemme ich sie in die Hüfte.

»Sie haben ihr etwas beibringen können?«, fragt er.

Zum ersten Mal höre ich in seiner Stimme etwas anderes als Arroganz und Ungeduld. Ich weiß nur nicht, was.

»Ich denke schon. Eliane ist nicht dumm, nur wenig motiviert.«

Er hält mir das Geld erneut entgegen. Trotz der Befürchtung, dass er es mir abermals wie ein ungezogener Bengel wegzieht, greife ich danach und nehme es aus seinen Fingern.

Er grinst mich an. »Dann willkommen im Hause Carnaud, meine Beste.«

Ich lache kurz und gekünstelt. Fühlt es sich so an, wenn man seine Seele dem Teufel verkauft?

»Du willst jetzt doch für diese Leute arbeiten?«
Maman gießt mir Tee ein, während sie mir diese Frage
stellt.

»Ich verdiene damit in zwei Jahren genug, um mein
Studium wieder aufnehmen zu können. Es ist eine
Chance für mich.« Das Getränk kräuselt sich, als ich in
die goldgelbe Flüssigkeit puste.

Maman schweigt, den Blick auf ihren Teller gerichtet,
ihre Finger greifen eine Scheibe Brot, aber sie führt sie
nicht zu ihrem Mund. Dieses Schweigen kenne ich.
Kalte Angst kriecht in mir hoch, als ich sie so sehe. Seit
ihrem Zusammenbruch vor fast vier Jahren fürchte ich
mich davor, dass sie wieder in Depressionen versinkt.

»Reicht dir unser Leben nicht?«, fragt sie schließlich.
»Glaubst du, du seist zu gut, um an der Kasse zu sitzen?«

Vorsichtig taste ich mich voran, als liefe ich auf dün-
nem Eis, immerhin hat sie lange Jahre mit solchen Jobs
das Geld für unseren Lebensunterhalt verdient.

»Wir haben ein schönes Leben, Maman, und es macht
mir nichts aus, im *Prix* zu arbeiten. Aber wünschst du
dir nicht etwas anderes für mich? Etwas Besseres?«

Plötzlich stößt sie ihren Teller von sich. »Du bist et-
was Besseres, ja? Diese Leute tun dir nicht gut. Einen
Tag bist du dort und führst dich schon auf wie eine
Diva.«

Ich atme tief ein und wieder aus, bevor ich ihre Hand
greife. Sie zieht sie zurück, sodass ich nur ihre Fingerspitzen halte. Nein, heute ist kein guter Tag.

»Wie soll das überhaupt werden, wenn du zweimal in
der Woche so spät nach Hause kommst? Dann verpassen wir *L'amour éternel*. Du weißt, wie sehr ich die Serie
liebe. Willst du mir das nehmen?«

»Natürlich nicht. Machen wir es so – an diesen Tagen schaust du es ohne mich, aber beim Abendessen erzählst du mir haarklein, was passiert ist. Das ist dann, als würden wir es zusammen sehen. Einverstanden?«

Die Abwehr verschwindet aus ihrem Gesicht, ihre Hand schiebt sich zur Gänze in meine. »Einverstanden. Heute ist Danielles Cousin zu Besuch gekommen. Alle mögen ihn, aber ich halte ihn für einen Halunken. Ich saß vor dem Fernseher und wollte immer rufen: ›Pass auf, Danielle, er meint es nicht gut mit dir.‹«

Erleichtert lausche ich Mamans Erzählung. Es ist nicht einfach, ihre unsichtbaren Klippen zu umschiffen, aber heute ist es mir gelungen.

4 Mary Poppins im Chateau d'If

Nach drei Wochen ist es schon zur Gewohnheit geworden, mich in dieser Villa zu bewegen, auf dem Marmorboden nicht auszurutschen und dem prüfenden Blick von Carnaud standzuhalten, wenn er mich entlohnt. Nur dieser erste Moment, wenn er die Tür aufmacht und vor mir steht und mir einen Herzschlag lang die Luft wegbleibt: An diesen Moment habe ich mich noch nicht gewöhnt. Ich mache mir aber auch keine Gedanken darüber, warum ich derart reagiere, weil – so nützlich Selbstreflexion sein mag – Verdrängung mitunter die bessere Wahl ist. Ich werde erst wieder mit der Nase auf diesen wunden Punkt gestoßen, als ich an einem Donnerstag klingele und mir ein Fremder die Tür öffnet. Schätzungsweise so alt wie Carnaud, aber etwas kleiner und stämmiger, mit dunklen Haaren und freundlichen, braunen Augen. Sein schwarzer Anzug sitzt tadellos.

»Sie müssen Mademoiselle Morel sein«, sagt er. »Eliane hat mir schon viel von Ihnen erzählt.«

»Wirklich? Nun, bitte glauben Sie mir, dass ich sie nicht aus reiner Freude quäle und traktiere, sondern weil ich dafür bezahlt werde.«

Der Fremde lacht. »Genau das hat sie mir gesagt. Ich bin Jules Fouchet.«

Ich schüttele seine Hand und kann es kaum fassen, in diesem Haus einem so sympathischen Menschen zu begegnen. Noch weniger, dass ich eine gewisse Enttäuschung verspüre, weil nicht Carnaud vor mir steht. Die vergeht jedoch im nächsten Moment, als der Herr des

Hauses aus der Tür im Obergeschoss tritt. Auch er trägt einen schwarzen Anzug. Der bringt seine langen Beine, die breiten Schultern und schmalen Hüften zur Geltung, so wie ein prächtiger Rahmen ein schönes Gemälde noch beeindruckender wirken lässt. Als er die Treppe hinuntergeht, ertönt in meinem Kopf Orchestermusik: laut, pathetisch und gänsehauterregend wie in *Les Misérables* oder *Phantom der Oper*.

Lachend schlägt Carnaud Monsieur Fouchet auf die Schulter, als er uns erreicht hat. »Danke, dass du unsere Mary Poppins hereingelassen hast, Jules.« Mich begrüßt er nicht einmal. Die Musik in meinem Kopf verstummt abrupt. Hat er mich gerade ernsthaft als penible, altjüngferliche Kinderfrau bezeichnet?

»Wie passend«, sagt Jules, zieht meine Hand an seine Lippen, haucht einen Kuss darauf. »Ein Märchenwesen, das vom Himmel schwebt, um das Leben der Menschen zu verbessern.«

Wow! Das ist ziemlich übertrieben. Und sehr schmeichelhaft. Ich spüre, wie meine Wangen erröten und sich ein dümmliches Grinsen darüber zieht.

Carnaud schnaubt missbilligend. »Du bist ein Romantiker.«

So, wie er es ausspricht, klingt es wie eine Beleidigung. Ist es für ihn wahrscheinlich auch.

»Mademoiselle Morel«, wendet er sich dann an mich und reicht mir zweihundert Euro. »Jules und ich gehen heute zu einer langweiligen Spendengala und ich werde erst spät zurückkommen, deshalb gebe ich Ihnen jetzt schon Ihr Geld. Ich vertraue darauf, dass Sie meine Gutmütigkeit nicht ausnutzen und Eliane trotzdem gut unterrichten werden.«

Ich würde ihm gern etwas Schlaues und Witziges entgegnen, das ihm verdeutlicht, wie toll ich bin und wie schrecklich er ist, aber mir fällt nichts Besseres ein als lediglich »Ja, das werde ich« zu fauchen und die Scheine an mich zu nehmen.

»Welche Themen behandeln Sie heute?«

Jedes Mal, wenn Carnaud sich nach Elianes Unterricht erkundigt, wirkt es auf mich, als sei das Bemühen um seine Tochter eine lästige Pflicht, die er zu erfüllen hat. Sollte ein Kind zu haben, nicht mehr bedeuten?

»Differenzialrechnung und wir werden ein Essay über die vorrevolutionäre Religionskritik anhand von Molieres *Tartuffe* erarbeiten.«

»Sie schreibt nächste Woche einen Englischtest. Hat sie Ihnen das gesagt?«

Nein, hat sie nicht. Dieses kleine Biest!

»Natürlich. Ihre Tochter zeigt großes Interesse an Fremd…«

»Schön, schön. Wir müssen los.« Ohne sich zu verabschieden, lässt er mich stehen, während Jules mir ein »Auf Wiedersehen, Mademoiselle Poppins« zuruft.

Auf dem Bett liegend, versteckt Eliane ihr großes Interesse hinter geschlossenen Augen und ziegelsteingroßen Kopfhörern auf den Ohren. Sie tut so, als würde sie mein zaghaftes Klopfen auf ihre Schulter nicht bemerken und kann mich erst dann nicht mehr ignorieren, als ich ihre Augenlider mit den Fingern auseinanderziehe.

»Salut Sophie«, sagt sie so gelassen, als wären wir uns zufällig über den Weg gelaufen.

»Salut und los an den Schreibtisch, Hefte raus, Bleistift und Ohren gespitzt!«

Sie schwingt ihre Beine über den Bettrand, streckt sich und gähnt. »Du bist so eine Sklaventreiberin. Mein Vater ist weg. Lass uns lieber an den Pool gehen, ich borg dir einen meiner Bikinis.«

Das klingt verlockend. Wären da nicht das Geld in meiner Hosentasche und das Pflichtbewusstsein in meinem Schädel, würde ich mich darauf einlassen.

»Nein, daraus wird nichts. Aber sei froh, uns erwartet ein heiteres Potpourri aus Gleichungen, Molieres geschliffenen Dialogen und aus allem, was du für deinen Englischtest wissen musst, von dem du mir heute noch erzählen wolltest.«

Eliane zieht eine Schnute. »Hat mein Vater also gepetzt.«

»Ja, das hat er.«

Die Widerwilligkeit, mit der sie sich erhebt, ist beinahe komisch. »Das ist so unnötig. Ich meine, er hat doch Geld. Das ist immerhin das Beste an ihm. Ich werde nie in meinem Leben arbeiten müssen. Warum also soll ich meine Zeit mit alten, langweiligen Texten oder fremden Sprachen vergeuden?«

Dagegen lässt sich schwer argumentieren. Ich versuche es trotzdem.

»Molieres Werke sind nicht nur ein Abbild der Gesellschaft seiner Zeit, sie halten auch uns den Spiegel vor. Je mehr du über die Vergangenheit weißt, umso besser wirst du die Gegenwart verstehen und die Zukunft gestalten können.«

»Sei ehrlich, mein Vater zahlt dir etwas extra für solche Sprüche.«

»Nein«, seufze ich, »aber ich werde ihn demnächst darum bitten. Nur eins noch: Würdest du gern in New York oder London leben?«

Ihre Augen leuchten. »Na klar! Wer nicht?«

»Meinst du nicht, dass es dir leichter fallen wird, dort Fuß zu fassen, wenn du gut Englisch sprichst?«

Ein kurzes Zögern, dann zieht sie ihre Schultasche unter dem Bett hervor, kramt ihre Bücher heraus und wirft sie auf den Tisch. »Fangen wir gleich an.«

Aus den zwei Stunden sind vier geworden, aber alle Gleichungen sind gelöst, das Essay zumindest in seiner Grundstruktur geschrieben und Elianes Englisch, das viel besser ist als gedacht, aufpoliert.

»Dann hau ich jetzt ab«, sage ich und schnappe meinen Rucksack. »Du bist gut vorbereitet.«

»Wenn du das sagst.« Ohne mich noch einmal anzusehen, schnappt sie sich ihr Smartphone, flötet »Hallo Lucien« in den Apparat. »Wie geht's dir, Baby?«

Lucien ist ihr Freund und laut Elianes Aussage der heißeste, smarteste und coolste Mann der Welt. Nach der Schule will sie ihn heiraten. Kinder kriegen. Glücklich sein. Nachdem sie Karriere als Schauspielerin gemacht hat, das sei ja wohl klar. Um sich diesen Traum zu verwirklichen, bleibt sie montags sogar länger in der Schule, um an einer Theater-AG teilzunehmen. Ihrem Vater, der zu spießig und langweilig sei, um das zu verstehen (O-Ton Eliane), erzählt sie davon nichts. Für ihn verbringt sie die Montagnachmittage mit Freunden. Das klingt alles nach einer normalen, etwas wohlstandsverwahrlosten jungen Frau, die sich von ihrer Familie emanzipieren will. Zwischen den Zeilen sagen ihre Worte, dass sie momentan eben nicht glücklich ist. Dass sie weg möchte aus diesem Haus, von ihrem Vater, dem sie sich nicht anvertrauen kann oder will. Ich verstehe das. Hier ist es selbst jetzt im Sommer kalt wie in einer Gletscherspalte.

Leise schließe ich die Tür hinter mir. In der Stille und Dunkelheit des Flures nehme ich den leichten Zitrusduft, der immer in der Luft liegt, besonders intensiv wahr.

Nach einer Schicht im *Prix malin* und den anstrengenden Stunden bei Eliane bin ich todmüde und sollte besser nach Hause fahren, aber ich habe Maman schon geschrieben, dass es später wird und sie sich keine Sorgen machen muss. Also gebe ich dem Verlangen nach, das ich seit meinem ersten Besuch in diesem Haus verspüre, und betrete Carnauds Arbeitszimmer. Das Licht des vollen Mondes scheint durch die große Fensterfront und breitet sich wie ein hauchzarter Teppich auf dem Marmorboden aus, aber für diesen Anblick habe ich nur einen Seitenblick übrig. Mich ruft dieses übervolle Bücherregal mit all den Geheimnissen und Träumen, die es birgt. Aufgeregt wie ein Kind besteige ich die Bibliotheksleiter, schiebe mich an den Folianten mit rissigen Ledereinbänden vorbei, an den großformatigen Bildbänden und den Taschenbüchern, die so oft gelesen wurden, dass ihre Rücken gebrochen sind. Unter all den Herrlichkeiten fällt mein Blick wie von Fäden gezogen auf eines meiner Lieblingsbücher: Dumas' *Graf von Monte Christo*. Schwer liegt die Gesamtausgabe in meinen Händen, das dünne Papier ist an den Rändern vergilbt und riecht holzig. Der Einband ist aus dunkelbraunem Leinen. Sacht fahre ich die goldenen Lettern des eingeprägten Titels mit den Fingerspitzen entlang. Als ich die Widmung des Autors auf dem Innentitel sehe, erschrecke ich so sehr, dass mir das Buch fast aus der Hand fällt. Heftig atmend presse ich es an meine Brust.

Welche Schätze es hier gibt!

Was für ein Reichtum!

Damit nicht doch noch ein Unglück geschieht, steige ich die Leiter herunter, nehme auf einem der Freischwinger Platz und schlage das Buch auf. Nur ein paar Seiten, um mich daran zu erinnern, wie abenteuerlich und dramatisch und herzzerreißend die Welt zwischen zwei Buchdeckeln sein kann. Nur ein paar Seiten, dann verschwinde ich.

Ich habe schon eine Ewigkeit zwischen den kalten Steinwänden des Chateau d'If verbracht. Tage werden zu Monaten, Monate zu Jahren, jedes Jahr zu einer Ewigkeit. Mein Rücken schmerzt von der harten Pritsche, auf der ich meine Nächte verbringe und auf der ich zwischen erbarmungsloser Ruhelosigkeit und tauber Ohnmacht ob des Hungers, der an mir nagt, hin und her geworfen werde. Die Zeit vergeht an diesem Ort in einer Gleichförmigkeit, die mich an den Rand des Wahnsinns treibt, aber nie gnädig darüber hinaus. Als Tageslicht durch eine winzige Öffnung im grauen Gemäuer fällt, raffe ich mich auf, stelle mich auf das Bett und sehe hinaus. Gleißendes Sonnenlicht trifft meine an die Dunkelheit gewöhnten Augen. Ich blinzele, bis ich das blaue Meer erkenne, dass mein Gefängnis umgibt, den Horizont und eine Gestalt. Mit kräftigen Zügen teilt ein Mann das Wasser, auf dem Weg aus dieser Hölle zum Ufer.

»Mademoiselle!«

Ich schrecke aus meinem Schlummer auf, komme ins Rutschen und lande hart auf dem Boden. Blinzelnd erkenne ich, dass ich in Carnauds Arbeitszimmer bin, er im Türrahmen steht und das Licht angemacht hat. Er muss eben erst zurückgekommen sein, trägt noch den eleganten Anzug. Nur die Fliege hat er bereits abgenommen und die obersten beiden Hemdknöpfe geöffnet.

»Was tun Sie hier? Es ist kurz nach Mitternacht. Und Sie sollten nicht auf diesem unbequemen Stuhl schlafen.«

Ich stehe verwirrt auf, reibe mir mit einer Hand meinen schmerzenden Hintern, mit der anderen meinen Nacken. Daher kamen also die Rückenschmerzen im Traum.

»So spät?«, stammele ich, »ich wollte nicht ...«

Mit drei schnellen Schritten ist Carnaud bei mir und hebt das Buch vom Boden auf.

»Eine signierte Ausgabe.« Behutsam legt er es auf den Tisch. »Wissen Sie überhaupt, wie wertvoll das ist?«

Ich sollte jetzt etwas Erklärendes sagen, aber was? Alles, was ich hervorbringen könnte, ließe mich nur noch dümmer dastehen.

Carnaud grinst. »Da haben Sie meine Abwesenheit dazu genutzt, um herumzuschnüffeln. Die Gänsemagd spielt Prinzessin.«

»Sie sollten sich entscheiden. Was bin ich – eine Gänsemagd oder Mary Poppins?«

Na also, Sophie, geht doch!

»Vor allem sind Sie eine Herumschnüfflerin.«

Er hat nicht ganz unrecht. Er hat sogar vollkommen recht. Wieder einmal ist eine Entschuldigung fällig.

»Tut mir leid, ich wollte nicht unhöflich sein.«

»Das waren Sie nicht. Nur neugierig, distanzlos und übergriffig.«

»Meinetwegen auch das. Ich gehe dann jetzt.«

»Wo wohnen Sie?«, ruft er mir nach, als ich schon fast aus der Tür bin.

»Im Quartier Sud.« Es ist mir peinlich, es ihm gegenüber zuzugeben, und der Ekel ist ihm dann auch anzusehen.

»Üble Gegend. Wie kommen Sie dorthin?«

»Mit dem Fahrrad.«

»Um diese Zeit? Sie müssen einmal durch die ganze Stadt.«

Sehr wohl ist mir bei dem Gedanken selbst nicht, aber das gebe ich ihm gegenüber nicht zu. »Ist doch kein Problem.«

»Das sehe ich anders. Kann Sie jemand abholen?«

»Nein. Meine Mutter hat kein Auto.«

»Was ist mit Ihrem Vater?«

Mein Vater hat uns verlassen, als ich acht war. Nächtelang habe ich geheult und gedacht, es sei meine Schuld, dass er gegangen war, bis Maman mir erklärte, Aliens hätten ihn entführt. Das habe ich geglaubt, bis ich fünfzehn war und ihn auf der Straße mit einer anderen Frau und einem anderen Kind sah. Und nein, ich habe ihn nicht angesprochen und nie wiedergesehen.

Ich musste damit leben, jemandem, der mir sehr wichtig war, nicht genauso viel zu bedeuten. So etwas passiert, Monsieur Carnaud, und es kann einem Angst machen, aber Ihnen sicherlich nicht. Dafür sind Ihnen Menschen nicht wichtig genug.

»Mein Vater ist keine Option«, entgegne ich tonlos.

»Gibt es sonst jemanden?«, fragt er mich und ich fühle mich, als stünde ich vor irgendeiner Prüfungskommission.

»Ein Freund, eine Freundin?«

Wie ein Schraubendreher drängen sich seine Fragen in mein Innerstes vor und auch wenn es mir gefällt, wie besorgt Carnaud um mein Wohlergehen zu sein scheint, so nervt mich doch seine Impertinenz.

»Dann nehme ich mir halt ein Taxi«, erwidere ich, damit er endlich Ruhe gibt. Leider erfolglos.

»Für die Fahrt würden Sie einen nicht geringen Teil Ihres heutigen Verdienstes ausgeben. Das ist wenig effektiv. Denken Sie nicht nach, bevor Sie etwas tun?«

»Grundsätzlich nicht. Das fesselt nur meine Spontaneität.«

»Versuchen Sie nicht, sarkastisch zu sein, Mademoiselle. Bei so jungen Menschen wie Ihnen wirkt das lächerlich.«

»Oh, vielen Dank für diese Lebensweisheit. Sie wird mich noch weit bringen.«

Mit zügigen Schritten läuft er an mir vorbei. »Quod erat demonstrandum. Ich bringe Sie. Beeilen Sie sich besser, ich habe nicht die ganze Nacht für Sie Zeit.«

»Können Sie überhaupt noch fahren oder haben Sie etwas getrunken?«

Auf seiner Stirn machen sich noch tiefere Ärgerfalten als üblicherweise breit. »Wäre es so, würde ich Ihnen nicht anbieten, Sie im Auto mitzunehmen.«

Ich sollte wirklich auf seine Chauffeurdienste verzichten, aber als er mich in seinem riesigen Tesla durch die Stadt fährt und mir damit einen mühseligen Nachhauseweg von einer knappen Stunde erspart, bin ich doch froh über meine gelegentliche Fähigkeit zur moralischen Flexibilität. Und wenn Carnaud den Mund hält – so wie jetzt – dann ist seine Gegenwart nicht unangenehm. Ohne seine zynischen Sprüche im Ohr fällt mir wieder einmal auf, wie attraktiv er ist. Ein jugendliches Gesicht mit einer geraden Nase und schön geschnittenen Lippen, die blonden Haare fallen locker über den Kragen seines Jacketts. Als mich die Fliehkraft in einer Kurve ihm ein wenig entgegenträgt, rieche ich Sandelholz und einen Hauch Moschus. Das eine sein Aftershave, das andere vielleicht sein Schweiß. Der Duft gefällt mir. Ich bin schon zu lange Single!

»Sie haben Eliane bisher sehr geholfen«, sagt Carnaud gelassen. Anscheinend hat er nicht bemerkt, dass ich an ihm geschnuppert habe wie an einem Blumenbouquet.

»Ihre Noten haben sich verbessert und ihre Laune ist zumindest nicht schlechter geworden. Können wir uns weiterhin auf Sie verlassen? Helfen Sie ihr, die Schule abzuschließen?«

»Ich werde tun, was ich kann, Monsieur Carnaud, aber natürlich liegt es nicht nur bei mir. Eliane muss sich langfristig darauf einlassen.«

»Sie hat das nicht zu entscheiden. Ich zahle ihr diese teure Privatschule ...« Er stockt und da wir gerade an einer Ampel halten, kann er mir seine gesamte Aufmerksamkeit widmen. »Wie konnten Sie sich den Unterricht an dieser Schule leisten? Wer im Quartier Sud wohnt und solch billige Kleidung wie Ihre trägt, besucht normalerweise andere Institute.«

»Die Schule vergibt jährlich ein Stipendium an Schüler mit hervorragenden Leistungen im Collège«, erkläre ich leise. Erinnerungen tauchen in meinen Gedanken auf – sie stechen wie Nadelspitzen. Das Spießrutenlaufen durch die Schulflure, vorbei an abschätzigen Blicken und beleidigenden Kommentaren, gemurmelt zwar, aber doch in einer Lautstärke, dass ich sie hören konnte. Über meine billige Kleidung, meine unvorteilhafte Frisur, das fehlende Make-up. Das fehlende Standing. Absichtlich-unabsichtliche Rempler im Sportunterricht; Rücken, die sich mir zuwandten, sobald ich mich auf dem Schulhof einer Gruppe näherte. Zerrissene Schulbücher, beschmierte Jacken, beiläufige Beleidigungen.

Mein Mund ist trocken, als ich versuche, die damals empfundene, plötzlich wieder so lebendige Demütigung ironisch zu brechen: »Vor einigen Jahren war ich die Glückliche und konnte am Busen der gesellschaftlichen Elite saugen.«

Abschätzig schüttelt er den Kopf. »Schon wieder Sarkasmus? Und zu Ihrer Information: Diese Stipendien werden durch meine regelmäßigen, großzügigen Spenden mitfinanziert. So gesehen haben Sie damals auch an mir gesaugt.«

»Um Himmels willen, Monsieur Carnaud«, platzt es aus mir heraus. »So etwas sollten Sie nicht zu mir sagen. Das gehört sich nicht.«

»Was? Das war doch nur ein Scherz. Fühlen Sie sich geschmeichelt, ich mache nicht oft welche.«

»Sollten Sie auch nicht. Sie sind überhaupt nicht gut darin.«

Sein kurzes, trockenes Lachen schießt wie eine Pistolenkugel durch den Wagen. »Sie schlafen in meinem Arbeitszimmer und widersprechen mir ständig. Anscheinend sind Sie einer der wenigen Menschen, die keine Angst vor mir haben.«

»Wieso sollte ich auch?«

»Weil ich sehr viel reicher bin als Sie und sehr viel mehr Ahnung vom Leben habe. Weil ich Sie mit ein paar Worten schmerzhafter verletzen könnte als mit einem Messer und Sie mir gleichgültig genug sind, es zu tun.«

Mein Herz schlägt mir bis in den Hals, denn ich weiß, dass er recht hat, aber ich würde eher sterben als zuzugeben, wie viel Angst er mir tatsächlich einflößt.

»Was wollen Sie mir denn Grauenhaftes sagen? Dass ich zu arm bin, um mein Potenzial jemals ganz entfalten zu können? Dass sich mir viele Chancen gar nicht erst eröffnen? Dass ich weder charmant noch hübsch bin? Weiß ich alles schon. Also – überraschen Sie mich.«

Ich höre, wie forsch und selbstsicher ich klinge, aber tief in mir drinnen sieht es anders aus. Auch wenn man akzeptiert hat, an was es einem mangelt, kann man trotzdem darunter leiden.

In diesem Moment biegen wir in meine Straße ein. Das Navi verkündet, dass wir unser Ziel erreicht haben und Carnaud bremst seinen Angeberwagen butterweich vor der Bausünde aus den Siebzigern, in der Maman und ich leben. Wir steigen aus, er hebt mein Fahrrad aus dem Kofferraum und stellt es ab.

»Nicht sehr fahrtüchtig, Ihr Drahtesel.«

»Jetzt haben Sie es mir aber gegeben«, knurre ich ihn an.

»Nein. Es war nur eine Feststellung. Gute Nacht, Mademoiselle.«

»Gute Nacht und Danke für die Fahrt.«

Er nickt und es wirkt, als beende er eine Audienz. Fast erwarte ich, dass er mir seine Finger reicht, um seinen Ring küssen zu lassen. Tatsächlich streckt er mir seine Hand entgegen, aber nur, um mir mit einer hauchzarten Bewegung eine Haarsträhne hinters Ohr zu streichen. »Sicherlich sind Sie arm und angewiesen auf die Hilfe anderer.« Seine Stimme ist auf einmal genauso sanft wie seine überraschende Berührung. »Ihr Charme bleibt noch hinter dem eines Panzers zurück, aber Sie sind klug und hübsch. Sehr hübsch sogar.«

Fassungslos, wortlos, atemlos starre ich ihn an, während Carnauds Blicke langsam von rechts nach links über die Hochhäuser des Blocks wandern. »Hier sind Sie mit Sicherheit eine Ausnahmeerscheinung. Vielleicht wollen Sie deshalb nicht mehr aus Ihrem Leben machen, denn in einem anspruchsvolleren Umfeld wären Sie nur mehr Mittelmaß.«

Er steigt in sein Auto und gleitet lautlos in die Nacht.

Maman erwartet mich an der Tür. Ich sehe ihr an, dass sie sich Sorgen gemacht hat und nehme sie in den Arm. Wir setzen uns an den Küchentisch und ich erzähle ihr, dass Eliane und ich viel Stoff durchzugehen hatten und es deshalb so spät geworden ist. Bezüglich Monsieur Carnaud halte ich mich bedeckt, sage nur, dass er mich nach Hause gefahren hat. Was die Wahrheit ist, aber das Wesentliche verschweigt.

Als ich endlich ins Bett gehe, mäandert dieser Satz von ihm durch meine Gedanken: dass ich hübsch sei. Sehr hübsch sogar. Diese Worte wirken wie ein Gegenmittel für das Gift, das er gleich hinterher geträufelt hat. Mit offenen Augen starre ich in die Dunkelheit und presse mir das Kissen auf die Ohren, im hilflosen Versuch, seine Worte auszusperren, aber vergeblich, denn sie hallen in meinem Inneren nach. Als Carnaud sagte, er könne mich mit wenigen Worten verletzen, hatte ich an Beleidigungen oder Wahrheiten gedacht, nicht jedoch an ein Kompliment. Aber er behält dennoch recht, es ist schmerzhaft. Weil es Hoffnungen weckt und diese Hoffnungen sich unweigerlich mit ihm verbinden. Ich kann mir kaum etwas Furchteinflößenderes vorstellen.

5 Das Zentrum des Universums

»Musst du dich nicht langsam auf den Weg machen?« Genüsslich leckt Flo an ihrer Kugel Schokoladeneis und stellt mir dabei diese unwillkommene Frage.

Da das Wetter so wundervoll frühlingshaft ist, haben wir uns nach Schichtende im *Prix* mit einem Eis in den Park gegenüber dem Supermarkt gesetzt. Außer uns nennt niemand dieses Fleckchen Grün ›Park‹, aber in unseren Augen machen es die Bank, auf der wir sitzen, ein stets überfüllter Mülleimer und zwei Bäume zu einem würdigen Träger dieses Titels.

»Noch Zeit«, nuschele ich, während meine Zunge in der Waffel nach den Resten des Blutorangensorbets tastet.

»Echt? Es ist halb sechs.«

»Willst du mich loswerden?«

»Unsinn. Ich will nicht, dass du diesen Job verlierst, wo dir ein heißer Typ einen Haufen Geld gibt.«

Natürlich habe ich ihr von dem irrwitzigen Stundensatz erzählt, den Carnaud mir zahlt. Flo ist deshalb nicht neidisch, das ist eine Charaktereigenschaft, die sie gar nicht besitzt. Allerdings habe ich ihr nichts von der Autofahrt gesagt und von seinem Kompliment. Es reicht schon, dass mir diese Worte seitdem immer wieder durch den Kopf schwirren. Da brauche ich nicht auch noch eine Freundin, die nur allzu begierig ist, mich in ein amouröses Abenteuer mit einem gewissen Monsieur Carnaud verstrickt zu sehen.

»Ich muss nicht so weit rausfahren. Eliane will sich mit mir in der Mall treffen.«

Ihre Nachricht heute Morgen, in der sie mir diese Planänderung mitteilte, löste bei mir Erleichterung aus, Carnaud nicht zu sehen, aber auch Enttäuschung, ihn eben nicht zu sehen.

»In der Mall? Geiler Unterricht. Könnte mir auch gefallen.« Mit drei Bissen verschlingt Flo die Eiswaffel und wischt sich die Hände an der Hose ab. »Was willst du ihr da beibringen? Baumwolle von Polyester zu unterscheiden?«

»Nicht ganz. Anhand des Angebots in den Läden will ich mit ihr über die Arbeitsbedingungen in den Textilfabriken der Dritten Welt sprechen und Konzepte für eine gerechtere globale Wirtschaft überlegen.«

Flo wirft mir einen abschätzigen Blick zu. »Donnerwetter, Sophie! Du wirst es schaffen, einen tollen Ausflug langweilig werden zu lassen.«

»Es ist kein Ausflug. Es ist ...« Nach einem Blick auf meine Uhr unterbreche ich mich selbst. »Mann, ist es spät. Ich muss los!«

»Sag ich doch.«

Ich werfe ihr einen Luftkuss zu und lege im Rekordtempo die Strecke bis zur Mall zurück. In dem riesigen Gebäude kämpfe ich mich durch Menschenmengen bis zu dem Klamottenladen, den Eliane als Treffpunkt angegeben hat. Dort steht sie auch schon. Allerdings nicht allein, sondern mit drei Mädchen, die genau wie sie schlank, hübsch und blond sind.

Sie habe ihre Freundinnen hier zufällig getroffen, sagt Eliane und stellt mir die Drei als ihre ›Besties‹ vor, gerade so, als wären sie ein Menschenkonglomerat, das sich durch seinen Nutzen für Eliane beschreibt und deshalb keine eigenen Namen benötigt. Ich selbst werde als ›Die, von der ich euch erzählt habe‹ eingeführt und mit mitleidigen Blicken begutachtet. Keines der Mädchen richtet das Wort an mich, was ich nicht bedauere. Etwas abseits steht Elianes Freund Lucien, der sich als niedlicher Kerl mit schwarzen Locken und Kinderaugen entpuppt. Er bewacht die Einkaufstüten der vier und hat den Blick fast unverwandt auf sein Smartphone gerichtet. Währenddessen schießen die Freundinnen Selfies, bei denen sie sich ihre neuerworbenen Klamotten anhalten. Sie geben sich beständig Küsschen und nennen sich ›Ma louloute‹ oder ›Mon ange‹. Nähme man das Sonnensystem als veranschaulichendes Modell für unsere Gruppe, so wäre Eliane das hell leuchtende Zentralgestirn und Lucien der Merkur. Ihre Freundinnen stellen Venus, Erde und Mars dar. Ich bin Pluto. Irgendwie dazugehörig, aber sehr weit abgeschlagen.

Während ich überlege, ob ich die Spaßbremse geben und Eliane auffordern soll, unseren Unterricht bei ihr zu Haus fortzusetzen, tritt unerwartet Monsieur Carnaud in den Kreis. Sofort verändert sich die komplette Dynamik. Die Sonne erlischt zu einem mürrischen weißen Zwerg, Merkur steckt sein Smartphone ein und steht mit gebeugtem Kopf vor dem Vater seiner Angebeteten, während Venus, Erde und Mars eben jenem Vater schöne Augen machen. Ihre Schwärmerei könnte nicht offensichtlicher sein, würden sie ihre Blusen aufreißen. Pluto steht mit heftig schlagendem Herzen drei Schritte hinter alldem und beobachtet. Carnaud so unerwartet zu begegnen, macht mich nervöser, als mir lieb ist.

»Ich finde es scheiße, wenn du die Handyortung benutzt«, mault Eliane.

»Du warst nicht dort, wo du sein solltest, und reagierst nicht auf meine Nachricht. Natürlich mache ich mir da Gedanken.«

»Du siehst, ich lebe noch und habe Spaß. Falls dir das etwas sagt.«

»Du solltest aber für die Schule lernen.«

Eliane rollt mit den Augen. »Ich lerne nur noch für die Schule. Meine Noten sind besser als jemals zuvor. Was willst du denn noch?«

Carnaud bleibt erstaunlich ruhig. »Zum Beispiel meine Tochter zum Essen einladen.«

Unisono entfährt Venus, Erde und Mars ein gerührtes ›Oh‹, auf das Carnaud mit seiner üblichen Freundlichkeit reagiert: »Verschwindet. Das hier geht euch nichts an.«

Die drei gehorchen sofort wie dressierte Äffchen. Auch Lucien macht eine Bewegung, als wolle er gehen, aber Eliane umklammert fest seine Hand.

»Ich habe keine Zeit. Lucien und ich werden den Abend zusammen verbringen. Und ich übernachte bei ihm.«

Carnaud zuckt die Schultern. »Gut. Viel Spaß euch beiden.« Sein Blick wandert zu mir. »Gehen Sie mit mir essen, Mademoiselle Morel?«

So unvermittelt in das Zentrum des Universums geschleudert, brauche ich ein, zwei Herzschläge, bevor ich reagieren kann.

»Essen? Was denn?«

»Etwas Gutes.«

»Na, dann viel Spaß euch beiden«, klirrt Elianes Stimme, bevor sie Lucien hinter sich herziehend verschwindet.

Carnauds Gesichtsausdruck, als er mich ansieht, gleicht dem eines Katers, der auf einen Jahresvorrat *Miaou Leckerli* gestoßen ist.

»Also, womit stillt man im Quartier Sud seinen Hunger?«, fragt er.

»Mit billigem Schnaps. Wenn das nicht hilft, kauen wir auf Lederriemen.«

Er prustet. »Im Gegensatz zu mir gelingt Ihnen das ganz gut mit den Scherzen. Ich würde sogar so weit gehen, Sie als drollig zu bezeichnen. Kommen Sie.«

Mit ausgreifenden Schritten durchquert er die Menschenmenge in der Mall, die ihm Platz macht, als hätte er ein Anrecht darauf. Ich folge ihm hinaus – ein weiteres dressiertes Äffchen. Zielstrebig steuert er das *Palais Marchand* auf der anderen Straßenseite an, ein Restaurant mit schätzungsweise hundert Sternen. Um mir hier auch nur einen Teller Suppe leisten zu können, müsste ich einen Kredit aufnehmen. Carnaud hält mir die Messingtür auf und ich betrete eine andere Welt, die mir für einen Moment den Atem stocken lässt. Es hat Einfluss auf einen Menschen, in welcher Umgebung er sich bewegt. Im *Prix malin* fühlt man sich beengt und zwischen Pappkartons und Metallregalen wenig wert. Hier jedoch inmitten von eleganter Möblierung, dicken Teppichen und übermannshohen Spiegeln mit goldenen Rahmen glaubt man, wichtiger, schöner und wertvoller zu sein. Mir geht es zumindest so. Carnaud nickt einem der Kellner zu. »Mein Tisch ist frei?«, fragt er.

»Selbstverständlich, Monsieur Carnaud«, erwidert der Kellner mit einer kleinen Verbeugung.

»Danke, Maurice.«

Ich folge Carnaud zu einem Zweiertisch, der durch eine Säule geschickt vom übrigen Raum isoliert ist.

»Sie sind oft hier?«

»Immer, wenn ich Lust auf überteuerte Kulinarik habe oder jemanden beeindrucken will.«

Er zieht einen der Stühle hervor, ich setze mich und er rückt ihn für mich zurecht. Das ist wie im Film!

Lächelnd nimmt er mir gegenüber Platz. »Und – sind Sie beeindruckt?«

Scheiße, ja! Von allem. Vom köstlichen Duft nach Gewürzen und Fisch, von der Opulenz der Ausstattung, von meinem Gastgeber. Die Selbstverständlichkeit, mit der er ein Teil dieses Ganzen ist, haut mich um. Ich möchte das auch können – anwesend sein, nicht fehl am Platz.

Der Kellner Maurice tritt an unseren Tisch. »Das Übliche, Monsieur?«

»Für mich ja. Brauchen Sie die Karte, Mademoiselle, oder vertrauen Sie meinem Urteil?«

Ich stopfe mir die Damastserviette wie ein Lätzchen in den Kragen und lächele den Kellner an. »Haben Sie Lederriemen an Kresseschaum und Wurzelgemüse?«

Carnaud und der Kellner starren mich an.

»Ich bitte um Verzeihung, Madame?«

»Ich nehme das Gleiche wie Monsieur.«

Kaum ist Maurice verschwunden, packt Carnaud mein Handgelenk. »Finden Sie das komisch?«

Ich nicke und ziehe die Serviette wieder herunter. »Drollig zumindest. Sie nicht?«

»Was habe ich Schreckliches getan, dass Sie mich zu blamieren versuchen?«

Ach, wenn ich das nur so genau wüsste. Ich mag es, wenn Spannung zwischen uns herrscht. Die Luft scheint dann zu knistern, als wäre sie elektrisch geladen.

»Ich versuche nur, Ihren Erwartungen an meine Herkunft gerecht zu werden, Monsieur Carnaud.«

»Nein, das tun Sie nicht. Sie kokettieren damit. Wollen Sie mir ein schlechtes Gewissen machen, weil ich nicht dem Quartier Sud entstamme?«

»Niemand kann etwas für seine Herkunft. Sie nicht, ich auch nicht.«

Sein Griff um mein Handgelenk wird fester, aber nicht unangenehm. Im Gegenteil, die Berührung seiner warmen Finger lässt die Verwirrung, die er in mir hervorruft, noch einmal ansteigen.

»Ganz genau. Also was stört Sie dann so sehr an mir, Mademoiselle Morel?«

»Sie ...« Verdammt schwer, das in Worte zu packen, wenn seine blauen Augen einen derart unerbittlich gefangen halten und einem eine unglaubliche Hitze in die Wangen steigt. »Sie sind kein guter Mensch. Und kein guter Vater. Und Sie tun so, als wollten Sie Ihre Tochter zum Essen einladen, dabei wollten Sie sich doch in Wirklichkeit von Anfang an mit mir treffen.«

Seine Finger schließen sich noch etwas enger um mein Handgelenk. »Sie kennen mich zu wenig, um ein Urteil über meine Fähigkeiten als Mensch und als Vater zu fällen, also sollten Sie das auch nicht tun. Und wie kommen Sie darauf, dass ich mich mit Ihnen treffen wollte?«

Ich schweige, denn geredet habe ich schon viel zu viel und würde diese unangenehme Situation gern durch beharrliche Verweigerung aussitzen. Hoffentlich kriegt er gleich einen Schlaganfall, der die letzten Minuten aus seinem Gedächtnis löscht. Daumen drücken!

Der Kellner bringt eine Wasserflasche und zwei Gläser Weißwein an unseren Tisch, Carnaud hält immer noch meine Hand fest und ich sage immer noch kein Wort.

»Glauben Sie etwa, ich fände Sie anziehend?« Seine Finger streichen über meine Handinnenfläche.

Mein Herz bekommt Schluckauf. »Sie haben es gesagt«, erwidere ich leise. »Sie haben gesagt, dass ich hübsch bin.«

»Und diese kleine unverbindliche Höflichkeit geistert Ihnen seitdem im Kopf herum?«

Merde! Wie ein Fisch an Land öffne und schließe ich meinen Mund, suche nach Worten.

»Ist schon gut. Ich bin es gewohnt, dass Frauen Interesse an mir haben. Es lässt mich in den meisten Fällen kalt.«

»Darum geht es hier aber nicht«, sage ich heiser. »In diesem Fall haben Sie Interesse an einer Frau.«

Er lässt meine Hand los, lehnt sich in seinem Stuhl zurück und verschränkt die Arme vor der Brust. »Sie sind interessant. Eine Gänsemagd, die mit schmutzigen Füßen über glänzende Böden huscht und zwischen Rebellion und Neid hin und her schwankt wie ein Weidenrohr im Wind.«

Er betrachtet mich so kalt und intensiv, als wäre ich ein Versuchstier in einem Labor. Das Bemerkenswerteste dabei ist, dass dieser empathielose Mensch mich durchschaut. Aber bestimmt ist das gar nicht so schwer.

Der Kellner unterbricht die eigenartige Situation, als er zwei Teller mit Fischmedaillons und Grüne-Bohnen-Risotto vor uns auf den Tisch stellt.

Carnaud greift nach seinem Besteck. »Wir sollten essen, Mademoiselle, bevor der Seeteufel kalt wird. Das wäre ein Jammer.«

Zum nächsten Unterrichtstermin stehe ich zunächst vor verschlossenen Türen. Schnell checke ich mein Smartphone, ob ich eine Nachricht von Eliane übersehen habe, in der sie mir für heute absagt, aber nein. Bevor ich sie anrufen kann, wird dann doch die Tür von Carnaud geöffnet. Er wirkt traurig, zumindest würde ich das denken, wenn ich ihm eine solche Gefühlstiefe zutraute. Er sieht mich erst an, als sei ich ihm unbekannt, dann nickt er. »Natürlich. Es ist Donnerstag und Mademoiselle Morel pünktlich wie ein Schweizer Uhrwerk.«

Irritiert folge ich ihm in sein Arbeitszimmer. Der Computer ist an, auf dem Schreibtisch liegen Bücher und eine geöffnete Flasche Whiskey steht neben einem Schwenker auf dem Rauchglastisch, an dem ich mein Einstellungsinterview hatte.

Carnaud deutet auf einen der Freischwinger. »Nehmen Sie Platz, Mademoiselle.«

Ich folge seiner Aufforderung, während er ein zweites Glas aus einer Kommode holt und es vor mir auf den Tisch stellt. »Möchten Sie auch?« Er hebt die Whiskeyflasche hoch.

»Nein danke.«

»Warum nicht?«

»Drei Gründe: Es schmeckt scheußlich, ich muss später noch Radfahren und ich möchte Eliane nicht betrunken unterrichten. Wo ist sie überhaupt?«

»Nicht hier.«

»Aber sie kommt gleich ...«

»Ich denke nicht. Seit unserer Begegnung vor zwei Tagen habe ich sie nicht mehr gesehen. Der Ortungsapp nach zu urteilen, geht sie tagsüber in die Schule und verbringt die restliche Zeit bei ihrem schwachsinnigen Freund.«

»Ich glaube nicht, dass Lucien ...«

»Sie wollen wirklich nichts?« Er gießt sein Glas halb voll und nimmt einen Schluck, während mir sein Verhalten rasant auf die Nerven geht.

»Warum haben Sie mir nicht Bescheid gesagt, dass der Unterricht heute ausfällt? So habe ich mich vollkommen umsonst auf den Weg gemacht.«

»Oh, entschuldigen Sie bitte!« Er schlägt sich mit der Hand gegen die Stirn. »Das war natürlich das Erste, an das ich hätte denken müssen! Wie konnte ich zulassen, dass Mary Poppins ihren Schirm umsonst aufspannt.«

Seine unverschämte Art trifft bei mir auf den Ärger über Kunden, die einen wie eine Leibeigene behandeln, auf Menstruationskrämpfe und meinen ständig vorhandenen latenten Weltschmerz. Wie es so schön heißt: Zuviel ist Zuviel.

»Ich habe kein Interesse daran, Ihren Sandsack zu spielen, Monsieur Carnaud. Laden Sie jemand anderen ein, den Sie nerven können, ich ertrage Sie heute nicht.«

Wütend renne ich aus dem Zimmer, schmeiße die Tür hinter mir zu und haste zum Eingang. Als ich in meine

Ballerinas schlüpfe, höre ich Carnauds Stimme hinter mir. »Da würde sich keiner finden.«

Ich drehe mich um. »Wofür?«

»Um sich von mir nerven zu lassen.« Er zuckt die Schulter mit einem kleinen Lächeln. »Zumindest nicht auf die Schnelle. Aber da Sie nun schon einmal hier sind ...«

»Hören Sie zu«, erwidere ich und stehe kurz davor, richtig unangenehm zu werden. »Es war ein anstrengender Tag im *Prix*. Ich musste Regale einräumen, es ist heiß, ich bin erschöpft vom Radfahren und habe keine Lust auf Ihre Spielchen. Sagen Sie mir doch einfach, was Sie von mir wollen.«

»Leisten Sie mir Gesellschaft, Mademoiselle. Eine Stunde für hundert Euro.«

In welche Richtung bewegt sich das hier? Obwohl kein unanständiges Wort gefallen ist, fühlt es sich an, als verlange er etwas Schamloses von mir.

»Was erwarten Sie dafür?«

»Jemanden, der mir gegenübersitzt.«

»Nichts anderes?«

Er hebt zwei Finger zum Schwur. »Nichts anderes.«

Tatsächlich macht er keine Anstalten, mir zu nahe zu kommen. Wir sitzen am Tisch, er hält das Whiskeyglas in der einen Hand, sein Tablet in der anderen und liest. Ich drehe die Mineralwasserflasche, die er mir gebracht hat, zwischen den Händen und weiß nicht, was ich von der Situation halten soll. Um überhaupt etwas zu tun zu haben, schäme ich mich dafür, dass mich sein Desinteresse kränkt. Nach einer guten halben Stunde, die in völligem Schweigen vergangen ist, streife ich durch das Zimmer, lese mir die Titel der Bücher durch, die auf seinem Schreibtisch liegen. Neben den Jahresabschlüssen einiger größerer Firmen und einer Politikerbiografie finde ich die signierte Ausgabe von *Der Graf von Monte Christo*, die ich mir aus dem Bücherregal genommen hatte. Ich blättere darin herum, lese mich an der Stelle fest, in der Edmond und Mercedes endgültig Abschied voneinander nehmen. Immer wieder aufs Neue rührt mich die Bittersüße dieser Liebesgeschichte. Die Zeiten, in denen so etwas Herzergreifendes zwischen Mann und Frau möglich war, sind vergangen. Heutzutage gibt es Freunde, die einen mit »Du warst etwas ganz Besonderes für mich, Minou« abservieren und unanständig reiche Männer, die mit »Hey!« nach einem rufen. Ich drehe mich um.

»Was ist?«

»Sie wollten mir Gesellschaft leisten. Verdienen Sie Ihr Geld, Mademoiselle.« Carnaud deutet auf den Platz ihm gegenüber.

»Sie haben das Zauberwort vergessen.«

»Sitz?«

Ich blicke ihn missbilligend an, was schwerfällt, wenn man eigentlich lachen möchte.

»Also gut«, stöhnt er. »Bitte – hören Sie, ich sage es: Bitte – setzen Sie sich wieder. Und nehmen Sie um Himmels willen diesen alten Schmöker mit.«

»Den *Grafen*? Soll ich Ihnen daraus vorlesen?«

»Sie sollen ihn behalten.«

Seine so lapidar vorgebrachte Großzügigkeit raubt mir den Atem. »Sie schenken es mir? Das ist nicht Ihr Ernst.«

»Ich bin immer ernst. Mir bedeutet das Buch bei Weitem nicht so viel wie Ihnen anscheinend. Ich habe es gekauft, weil die Unterschrift des Autors drinsteht. Ist das nicht lächerlich?«

Damit er nicht seine Meinung ändert, setze ich mich schnell und stecke das Buch in meinen Rucksack. Jetzt gehört es mir. Wahnsinn!

»Vielen Dank. Ich liebe den Roman.«

»Natürlich. Wenn Sie diese Seiten aufschlagen, lesen Sie von Sehnsucht und Aufopferung und einem glücklichen Ende für den, der gut ist und leidet.«

Zum ersten Mal erscheint es mir, als hätte ich mit Monsieur Carnaud einen fühlenden Menschen vor mir. Jemanden, mit dem man reden kann.

»Was sehen Sie darin?«, frage ich vorsichtig, um diesen Moment der Öffnung nicht durch Ungeschicklichkeit zu beenden. »Was lesen Sie auf diesen Seiten?«

»Verrat. Betrug, Falschheit, Intrigen, aber vor allem Verrat.«

»Na ja, das steht auch da drin«, gebe ich zu.

»Dann haben wir beide Recht. Zwei Seiten der Medaille. Sagt man nicht so?« Er hebt sein Glas, prostet mir zu und konzentriert sich wieder auf sein Tablet.

Ich sollte es dabei belassen. Sollte die hundert Euro fürs Nichtstun als kleines Geschenk des Universums akzeptieren, aber dumm, wie ich mitunter bin, kann ich das nicht.

»Gibt es einen Grund, warum Eliane nicht nach Hause kommt?«

»Natürlich gibt es den«, erwidert er, ohne den Blick zu heben. »Meine Unfähigkeit, ein guter Vater zu sein. So wie Sie sagten, Mademoiselle.«

Ich denke an unser Gespräch im Restaurant, in dem ich ihm diese Beleidigung an den Kopf warf. Hat sich damals besser angefühlt als jetzt, wo ich erkenne, dass es ihn verletzt hat.

»Sie könnten daran arbeiten. Versuchen Sie für Eliane ein besserer Vater zu werden.«

Jetzt sieht er mich doch an. »Gibt es dafür Kurse? Kann man in einem Wochenendseminar lernen, seine Tochter zu lieben?«

Geschockt starre ich ihn an. Wie kann man sein Kind nicht lieben? Hat mein Vater mich geliebt?

»Das meinen Sie nicht so, oder? Gewiss, Eliane kann zickig sein und anstrengend, aber da steckt doch etwas dahinter.«

»Zum Beispiel?«

»Das weiß ich nicht, aber sehen Sie: Zu Anfang von Dumas' Geschichte ist Dantès ein optimistischer, fröhlicher junger Mann. Es braucht vierzehn Jahre schrecklicher Kerkerhaft, um sein Herz mit Verbitterung und Rachsucht zu füllen.«

Carnauds Augen verdunkeln sich zu einem nachtschwarzen Blau. »In der Vergangenheit eines jeden schwierigen Menschen steht ein Chateau d'If – wollen Sie das damit sagen?«

»Ja, so könnte man es ausdrücken.«

»Eine schöne Vorstellung, Mademoiselle. Beinahe versöhnlich, aber glauben Sie mir, manche Menschen sind von Natur aus unausstehlich.«

Ich lächele ihn an. Komisch, doch ich kann nicht anders. »Haben Sie sich aus Ihrem Chateau schon befreit oder arbeiten Sie noch an einem Fluchtplan?«

Seine Finger reiben über den Rand des Tablets. Etwas Nachdenkliches liegt in dieser Geste. »Ich habe meinen

Abbé Faria noch nicht gefunden«, sagt er nach einer kurzen Pause.

Seine Worte treffen mich mitten ins Herz. Am liebsten würde ich aufstehen und ihn in die Arme nehmen. »Das werden Sie.«

»Glauben Sie?«

»Ganz sicher.«

Mit einem Mal, als würde ein Schalter umgelegt, verschwindet die Weichheit aus seinem Gesicht und es wird wieder zu dieser schönen, kalten Fassade, die ich inzwischen so gut kenne.

»Sie sind sehr naiv, meine Liebe. Ziehen Sie bitte in Erwägung, dass ich zu der Sorte Mensch gehöre, die ohne Grund so ist, wie sie ist. Sie werden nichts daran ändern können.«

Das ist jetzt ein Faustschlag mitten in den Magen. Ich stehe auf und greife meinen Rucksack. »Die Stunde ist vorüber, Monsieur. Geben Sie mir mein Geld.«

Er zieht sein Portemonnaie hervor und reicht mir das Doppelte dessen, was wir vereinbart haben. Bevor ich protestieren kann, legt er die Scheine in meine Hand und schließt seine Finger darüber. »Tun Sie mir den Gefallen und akzeptieren Sie es. Sie haben es sich verdient, Sophie.«

Der Moment unserer Berührung scheint sich auszudehnen wie das Universum nach dem Urknall. Da gibt es nur unsere ineinander verschlungenen Hände und viel Geld zwischen meinen Fingern. Dann lässt er mich los.

»Nun gehen Sie schon. Ich muss noch arbeiten.«

Zu Hause lege ich das Buch auf meinen Nachtisch. Ich will nicht darin lesen, ich will nur wissen, dass es da ist. Dass Carnaud es mir geschenkt hat, nehme ich als Zeichen, dass seine Kerkermauern nicht so undurchdringlich sind, wie er es wohl gerne hätte.

Während einer Schicht im *Prix malin* habe ich immer nur für wenige Minuten Kontakt mit den Kunden, aber anhand dessen, was sie kaufen, erfahre ich etwas über sie.

Da gibt es die armen Kerle, die schon vor der Tür warten, bevor der Laden aufmacht und dann eine große Flasche billigen Alkohols mit einer Wagenladung Cent-Stücke bezahlen. Etwas später am Tag kommen die alten verwitweten Damen, die verschämt Likörpralinen und Weinbrandbohnen zwischen ihre Katzenfutterdosen legen, weil sie es im Gegensatz zu meinen frühen Kunden nicht mit ihrem Selbstverständnis vereinbaren könnten, ganze Flaschen zu kaufen. Aber auch sie sehnen sich nach dem einzigen Trost, den sie kriegen können, so trügerisch und flüchtig er auch sein mag, und sie sehen mich niemals an. Am Nachmittag hasten dann die alleinerziehenden Mütter durch die Gänge. Erschöpft von der Arbeit haben sie ein, zwei oder mehr Kinder im Schlepptau, werfen Nudeln, Fertigsoßen, Konserven und Hygieneartikel auf das Band, um danach mit vollen Tüten weiter zu eilen. Ganz selten hat man, so wie ich jetzt, ein junges Pärchen, das Kondome, Reis, Tomaten, Paprika und Räuchertofu aufs Band legt. Der Anblick versetzt mir einen Stich, denn bei unserem dritten Date hatte David mich auf eine Tomaten-Paprika-Tofu-Pfanne eingeladen. Damals hatte er genau dasselbe gekauft wie diese beiden. Die Kondome wurden später an dem Abend noch wichtig. Danach waren wir unzertrennlich – zwei Jahre lang. Keine Zeit in meinem Leben war schöner – bis auf den letzten Tag. Überwältigt von schmerzlicher Nostalgie sehe ich auf und da stehen sie – David und die Frau, die ich von meinem beschämenden Stalking-Ausflug zur Uni kenne. Sein Blick verrät, wie überrascht er ist, mich hier zu sehen. Kein Wunder – wir Kassiererinnen sind für die meisten Kunden ein durchlaufender Posten, so wie sie für uns. Man vergisst sie in dem Augenblick, in dem man sie sieht.

David räuspert sich, blickt zu seiner Freundin, dann wieder zu mir. »Hallo«, sagt er mit einem verlegenen Lächeln, das darum zu bitten scheint, dass ich keine Szene mache. Aber das hatte ich sowieso nicht vor. Ich erwidere seinen Gruß und ziehe die Kondompackung über den Scanner. Größe XL. Echt jetzt?

Seine Freundin stellt sich auffällig dicht neben ihn. Spürt sie irgendeine andere Schwingung in der Luft außer unerträglicher Peinlichkeit?

Ohne ein weiteres Wort kassiere ich ab, David stopft die Einkäufe hastig in seinen Rucksack und legt den Arm um seine Freundin, als sie gehen.

»Hier möchte ich ja nicht arbeiten«, höre ich sie sagen. »Eher würde ich mich erschießen.«

Da kann ich nur zustimmen. Stünde ich vor der Wahl, im *Prix* zu arbeiten oder sie zu erschießen, müsste ich nicht lange nachdenken.

Wie sich herausstellt, als wir nach Schichtende auf eine Zigarettenlänge quatschen, ist Flo mein Ex-Freund aufgefallen. Bei seinem Anblick, so sagt sie, habe ihr Mistkerl-Detektor knallrot aufgeleuchtet. ›Langweilige Lusche‹ ist der Abschluss einer beeindruckenden Reihe von Bezeichnungen, mit denen sie mir zu verstehen gibt, dass David keine Gnade vor ihren Augen findet. »Was hat dir an dem bloß gefallen?«

»Er ist klug und sensibel. Außerdem macht er eine gute Gemüsepfanne«, erkläre ich meine Partnerwahl und füge hinzu: »David ist keine Lusche und auch nicht all das andere, was du gesagt hast.«

»Versteh ich nicht. Warum verteidigst du ihn, wenn du ihn doch verlassen hast?«

»So war es nicht. Er hat Schluss gemacht.«

»Versteh ich noch weniger. Warum verteidigst du ihn, wenn er dich doch verlassen hat?«

Weil ich mich nicht für mein Verhalten während unserer Trennung schämen möchte, wenn wir wieder zusammen sein werden. So einfach ist das und so jämmerlich illusorisch.

»David ist ein guter Kerl. Beziehungen zerbrechen nun einmal, ohne dass jemand daran schuld ist. Liebe ist doch nicht nur etwas wert, wenn sie ewig hält. Ist es nicht entscheidend, überhaupt geliebt zu haben?«

»Ja genau. Und außerdem bla bla bla und bla. Mensch, Sophie! Dieser Typ hat dich sitzen lassen und dann reibt er dir an deinem Arbeitsplatz seine neue Freundin unter die Nase.«

»Er wusste nicht, dass ich ...«

Flos beringter Zeigefinger auf meinem Mund unterbricht meine Absolution. »Sag es, Sophie! Für mich!«

Ich weiß genau, was sie will.

»Ich weiß nicht, was du willst.«

»Sag es. Sei ein böses Mädchen, einmal wenigstens. Komm schon!«

Ein infernalisches Triell spielt sich in meinem Inneren ab: Da ist der Wunsch, keine schlechte Beziehungsverliererin zu sein und dann das Verlangen, Flo nachzugeben, damit sie das Thema endlich ruhen lässt. Als dritter Akteur meiner seelischen Zerrissenheit steigt der Zorn über Davids Verhalten nach oben wie ein Avenger, der sich mit seinen Superkräften unter dem Geröll eines eingestürzten Hochhauses zurück ans Sonnenlicht kämpft. Ich habe diese Wut immer unterdrückt. Sie kam mir kindisch vor, peinlich sogar. Aber verdammt noch mal – er ist gegangen, als ich ihn am dringendsten gebraucht habe.

»Er ist ein Mistkerl«, bricht es aus mir hervor.

»Wie bitte?« Flo bringt ihr Ohr dicht an meinen Mund. »Ich habe dich nicht verstanden.«

»Ein Mistkerl!«, brülle ich so laut, dass sie zurückschreckt. »Eine Lusche. Ein egozentrischer Feigling, und seine Gemüsepfanne schmeckt scheiße!«

»Oh Kleines«, sagt Flo und zieht mich an sich. »Ich bin so stolz auf dich.«

Mein Gesicht in ihrem Megabusen vergraben, Nikotingeruch und ihr blumiges Parfum in der Nase, fühle auch ich ihn – diesen Stolz darauf, ein böses Mädchen zu sein, das ein negatives Urteil über einen anderen Menschen fällt, ohne eine Abwägung aller möglichen Umstände vorzunehmen, aufgrund derer eben jenes Urteil weniger harsch ausfallen könnte.

Nein, für jetzt ist David ein Mistkerl!

7 Behaart und mit Hufen

»Du bleibst! Mein Vater bezahlt auch dafür.«

Was aus Elianes Mund unumstößlich klingt, ist für mich nur eine Möglichkeit. Die nämlich mich dazuzugesellen, wenn ihr Vater und sie mit der Rektorin ihrer Schule zu Abend essen. Die Schule, die auch einmal meine war. Deren Besuch mir große Chancen bot und deren reiche Schüler und Schülerinnen mir jede Sekunde zu verstehen gaben, dass ich keinen Wert hatte, egal, wie gut meine Noten auch waren. 1789 hat nichts daran geändert, dass der Adel – ob der von Geburt oder der durch Geld – in Frankreich das Sagen hat. Er bleibt unter sich, Versuche der Prekarisierung seiner Welt nimmt er am liebsten gar nicht und wenn doch, dann nur unter Protest hin. Für mich bedeutete das auf dem Lycée vier Jahre Ausgrenzung und Mobbing. Deshalb habe ich keine überschäumende Lust darauf, die Frau wiederzusehen, die meine wiederholten Bitten, auf die anderen Schüler einzuwirken, wie Squashbälle abschmetterte.

Außerdem habe ich Carnaud seit unserem seltsamen Gespräch in der letzten Woche nicht wiedergesehen. Beide Male war er außer Haus gewesen und hatte das Geld für mich in einem Umschlag bei Eliane deponiert. Heute hat er sich in seinem Arbeitszimmer eingeschlossen. Wichtige Zoom-Konferenz laut Eliane. Ihn nicht zu sehen, erleichtert mich auf der einen Seite, auf der anderen enttäuscht es. Ihm heute Abend zu begegnen, macht mich gleichermaßen ängstlich und erwartungsvoll. Anscheinend bin ich, was ihn angeht, weder zu klaren Gedanken noch zu klaren Gefühlen in der Lage.

»Das ist doch ein Termin für die Familie. Da habe ich nichts zu suchen«, bemühe ich mich um einen Ausweg.

»Pah!« Eliane macht eine abwertende Handbewegung. »Familie. Das sind mein Erzeuger und ich und dann diese Person. Du wirst diesen Abend aufwerten, Sophie.«

Ja, ich weiß, dass Eliane mich durch Schmeichelei ködern will. Die einfachste Art der Manipulation, leider auch die erfolgreichste. Außerdem gefällt mir, dass sie Madame de la Tournotte als ›diese Person‹ bezeichnet.

»Bitte, ich brauche dich. Du musst mich davon abhalten, irgendwelche Dummheiten zu sagen.«

»Dummheiten? Welcher Art?«

»Keine Ahnung.« Eliane zuckt die Schultern. »Dass sie eine schreckliche Rektorin ist – so etwas zum Beispiel.«

Nun ist Madame de la Tournotte keine Dolores Umbridge, aber ich könnte eine solche Bemerkung nachvollziehen. Ich sollte Eliane vor dem Unheil bewahren, das ihr nach solchen Worten drohen würde.

»Bitte, Sophie!«

Mein Widerstand schmilzt unter dem waidwunden Blick, den meine Schülerin mir aus großen Augen zuwirft. Mit einer ausholenden Handbewegung deute ich in einem letzten Versuch, mich der Situation zu entziehen, auf meine Kleidung, die aus einem schlabbrigen T-Shirt und einer Caprihose besteht. »Ich bin nicht gut genug angezogen für so ein Dinner und die Zeit reicht nicht, um nach Hause zu fahren, mich umzuziehen und wieder zurückzukommen.«

Wobei es unter meinen Klamotten nicht sehr viel Passenderes gibt.

Eliane springt vom Stuhl hoch und reißt ihren Kleiderschrank auf. »Kein Problem. Ich borg dir etwas. Wir sind ungefähr gleich groß, da finden wir schon das passende für dich.«

»Dein Vater wäre bestimmt nicht damit einverstanden, wenn ich ...«

»Lass das meine Sorge sein. Ich frage ihn und du suchst dir inzwischen etwas aus.«

Und schon ist sie aus dem Zimmer verschwunden und huscht über den Flur. Auf ihr Klopfen öffnet Carnaud die Tür zum Arbeitszimmer. Ich kann ihn nicht sehen, aber ich höre ihre Stimmen – die von Eliane hell und aufgeregt, seine dunkel und emotionslos. Da ich kein Wort verstehe, reiße ich mich los und trete an den Schrank, in dem tausend Wunder auf Bügeln hängen. Seidenröcke, die in allen Farben schimmern, Blusen und T-Shirts, elegante Hosen und traumschöne Kleider. Eines davon – smaragdgrün, knielang, mit Wasserfallausschnitt und breiten, gerafften Trägern – nehme ich aus dem Schrank. Es ist wunderschön. Ich glaube, so etwas Exquisites habe ich noch nie getragen. Verdammt! Noch ein Grund, heute Abend hierzubleiben.

»Ja.« Unbemerkt ist Eliane neben mich getreten. »Das ist es. Probiere es an.«

»Und dein Vater ...«

»Der sagt Ja.«

»Na dann.« Resigniert schicke ich Maman eine Nachricht, nehme das Kleid und will mich im Badezimmer umziehen, was Eliane förmlich in einen Lachkrampf treibt.

»Bist du so verklemmt, dass du dich nicht vor mir ausziehen willst?«

»Nein. Natürlich nicht.« Ertappt streife ich mir meine Klamotten vom Leib und Eliane pfeift anerkennend.

»Du hast eine richtig geile Figur«, sagt sie. »Sieht man gar nicht unter deinen Kartoffelsackklamotten.«

Was erwidert man auf so eine Bemerkung? Ich entscheide mich für: »Etwas schmächtig, denke ich.«

»Unsinn. Du siehst aus wie ein Reh.«

»Behaart und mit Hufen?«

Sie lacht nicht. War vielleicht auch gar nicht komisch.

»Du bist ziemlich smart, Sophie und ziemlich dumm. Natürlich bist du nicht so umwerfend wie ich, aber schau dich doch mal an.«

Carnauds Bemerkung, dass ich hübsch sei, hallt wie ein Echo in mir wider. Hat ein seltsames Schicksal mich in diese Familie verschlagen, damit mein Selbstbewusstsein, das von der Zeit auf der *École Descartes* und dann mit David in tausend Teile zerbrochen wurde, sich wieder zusammenfügt? Könnte sein, denn nachdem ich das Kleid übergestreift habe und mich im Spiegel begutachte, finde ich mich okay. Mehr als okay. Das Kleid passt wie angegossen, nur das Oberteil ist etwas weit, da Eliane im Gegensatz zu mir über Brüste verfügt, die den Namen auch verdienen. Als sie das bemerkt, greift sie kurzerhand nach ihrer Kleenexbox und stopft meinen BH mit Taschentüchern aus.

»So«, sagt sie nach getaner Arbeit, »jetzt bist du die Königin des heutigen Abends. Also nach mir natürlich.«

»Natürlich.«

Eliane sieht in ihrem dunkelblauen Hosenanzug atemberaubend aus, aber ich gefalle mir auch richtig gut, umso mehr, als Carnauds Augen sich für einen Moment überrascht weiten, als er mich sieht.

»Mademoiselle Morel«, begrüßt er mich. »Ich höre, Sie leisten uns heute Gesellschaft.«

»Danke für die Einladung«, stelle ich den Sachverhalt etwas abgeändert dar. »Ich kenne Madame de la Tournotte ja noch aus meiner Zeit auf der Schule.«

»Erstaunlich, dass Sie trotzdem bleiben wollen.«

Bevor ich über die Bemerkung nachdenken kann, klingelt es an der Tür und die Caterer treffen ein. Zu zweit bauen sie die Rechauds in der Küche auf, bereiten Canapés zu und stellen den Wein kühl. Als ich den Vorbereitungen zusehe, beschleicht mich Angst, das hier könnte sich zu einem veritablen Abendempfang ausweiten, von dem mir Eliane nichts gesagt hat.

»Wie viele Gäste erwarten Sie?«, frage ich vorsichtshalber.

»Nur Madame de la Tournotte. Ich weiß, es ist alles recht üppig, aber ich muss das Gleichgewicht des Schreckens aufrechterhalten.«

»Gleichgewicht des Schreckens? Ich sehe Avocadohäppchen, keine Atombomben.«

»Dieses Gleichgewicht definiert sich hier anders.« Carnaud hält beide Hände auf Brusthöhe vor sich, die Innenflächen gen Himmel gerichtet und lässt die linke etwas nach unten sinken. »Hier haben wir das schulische Schicksal meiner Tochter, das zu einem guten Teil in Madames Verantwortung liegt. Und hier ...«, nun senkt er seine rechte Hand auf die gleiche Höhe ab, »hier haben wir meinen finanziellen Einfluss auf den

Schulrat und damit auf die Besetzung von Madames Posten. Beides ist im besten Fall ausgeglichen und im allerbesten Fall zu meinen Gunsten. Deshalb lade ich sie gelegentlich zum Essen ein, um ihr zu verdeutlichen, wie verdammt reich ich bin.«

»Dann ist der heutige Abend also das kulinarische Äquivalent zu einer nordkoreanischen Militärparade?«

»Hmm.« Er wiegt den Kopf von einer Seite zur anderen. »In Ihrem Bild wäre ich Kim Jong-un. Ich mag seine Frisur nicht, aber Sie haben die Situation gut erfasst.«

Als es abermals an der Tür klingelt, werden meine Hände feucht. Albern, dass ich mich wieder in die Schulzeit zurückversetzt fühle – umso alberner, da Madame de la Tournotte mich nicht wiedererkennt. Sie selbst hat sich nicht verändert, ist wie stets elegant gekleidet und trägt ihre grauen Haare noch immer in diesem schicken Kurzhaarschnitt. Sie scheint alterslos. Während meiner Schulzeit habe ich vermutet, sie sei eine Untote wie Dracula, die in den Katakomben der Schule in einem Sarg schläft. Obwohl meine Theorie einen großen Schwachpunkt aufweist – Madame de la Tournotte verbrennt nicht bei Tageslicht – mag ich sie nicht als widerlegt bezeichnen. Sie ist nur noch nicht bewiesen.

Meine ehemalige Rektorin begrüßt Carnaud mit ausgesuchter Höflichkeit, Eliane mit distanziertem Wohlwollen und mich mit unverhülltem Desinteresse.

Oh ja, es ist genau wie früher und während wir uns durch das Oeuvre an Canapés, geräucherter Entenbrust an Rucola, Rindercarpaccio und gratinierten Miesmuscheln auf Frisée-Salat arbeiten – alles jeweils in homöopathischen Dosen serviert – höre ich mit zunehmendem Erstaunen, wie sich zwei Menschen angeregt über gar nichts unterhalten können. Madame erzählt von ihrer Reise nach Barbados im letzten Winter, Carnaud von einem Start-up, in das er zu investieren gedenkt. Beide stimmen darüber ein, dass die Bürgermeisterin unserer Stadt nicht genug für den inneren Zusammenhalt der Gemeinde tut und Madame schlägt Carnaud mit einem peinlich flirtigen Lachen vor, er solle doch selbst kandidieren. Daraufhin entfährt Eliane ein Geräusch, dass weder ein Seufzen noch ein Stöhnen ist, aber auf perfekte Weise ausdrückt, wie sehr ihr die Situation auf die Nerven gehen muss. Ich bin versucht, es nachzumachen, doch da wendet sich Carnaud auch schon an seine Tochter. »Hast du etwas zum Gespräch beizutragen, Eliane?«

In aller Seelenruhe spießt sie eine Miesmuschel auf ihre Gabel, steckt sie in den Mund und sagt: »Nö.«

Madame lacht wieder, diesmal peinlich verständnisvoll. »Ihre Tochter, mein lieber Pierre, ist eine sehr eigenständige Persönlichkeit. Immerhin haben sich in letzter Zeit ihre Noten verbessert.«

Carnaud wirft mir einen Blick zu. Ernst, aber mit einem leichten Kopfnicken. Anerkennend. Mein Herz setzt einen Moment lang aus.

»Das haben wir Mademoiselle Morel zu verdanken«, sagt er. »Sie ist eine großartige Nachhilfelehrerin. Früher übrigens Schülerin Ihrer Institution.«

»Wirklich?« Zum ersten Mal an diesem Abend sieht Madame mich an und ›ansehen‹ ist untertrieben. Ihr Blick frisst sich förmlich in mein Gesicht.

»Sie war eine der Absolventinnen des Stipendienprogramms.« Ein leichtes Lächeln legt sich auf seine Lippen und ich begreife, dass er mich soeben absichtlich in die Arena geworfen hat, wie einen Gladiator, der nur mit einem Wurfnetz ausgestattet gegen einen Löwen kämpfen soll.

»Wie interessant. Verzeihen Sie, dass ich Sie nicht gleich erkannt habe, Mademoiselle.«

Von wegen. Sie hat immer noch keine Ahnung, wer ich bin, sonst würde sie mich nicht so breit angrinsen.

»Der Schulvorstand und ich sind sehr glücklich, wenn unsere Stipendiaten Erfolge vorzuweisen haben.«

Elianes Vorbild folgend, stopfe ich mir eine Muschel in den Mund, um einer Antwort zu entgehen. Kauend gebe ich ein zustimmendes Brummen von mir.

»Darf ich fragen, wie Ihre Karriere nach dem Abschluss vorangegangen ist? Studieren Sie?«

Mit einem Schluck Wein spüle ich die Muschel herunter. Was zum Henker sage ich jetzt? Muss ich mich schämen für das, was ich bin? Für die Entscheidungen, die ich getroffen habe?

»Ich nehme eine Auszeit vom Studium. Familiär bedingt.«

»Ach ja.«

Schon bin ich nicht mehr von Interesse. Madame würde sicher gern hören, dass ich Jura studiere und in einer großen Kanzlei ein Praktikum ablege oder dass ich in einem internationalen Medienkonzern hospitiere. Menschen sind für sie nur dann wichtig, wenn sie sich in ihrem Glanz sonnen oder etwas von ihnen erhalten kann. Deshalb ist sie hier. Deshalb kriecht sie den Eltern ihrer reichen Schüler in den Allerwertesten. Und das ist beschämender als die Arbeit im *Prix*.

Ich lege die Gabel beiseite und nehme einen Schluck Wein. »Ich habe eine Zeit lang studiert. Dann bekam meine Mutter schwere Depressionen und ich hatte viele Monate Angst um sie. Jeden Morgen, wenn ich das Haus verließ, fürchtete ich, sie könne sich in meiner Abwesenheit etwas antun. Ich kümmerte mich um sie, weil es niemanden gab, der es sonst getan hätte.«

Noch ein Schluck Wein. Ich sollte aufhören, zu reden. Das sollte ich wirklich. Aber diese Chance ist einfach zu verlockend, jetzt, wo sie hier sitzt und mich nicht vor die Tür schicken kann.

»Mittlerweile geht es ihr besser, aber nicht gut genug, um für sich selbst sorgen zu können.«

Nachdenklich ruht Carnauds Blick auf mir. Madame lacht nervös. »Das ist doch schön, wenn sich alles langsam zum Besseren ...«

»Ich arbeite in einem Supermarkt an der Kasse und unterrichte nebenbei Schüler wie Eliane. Sie geht auf Ihre großartige Institution, für die ihr Vater viel Geld zahlt, aber trotzdem gelingt es den Lehrern nicht, sie für den Unterrichtsstoff zu interessieren. Was läuft da falsch bei Ihnen, Madame de la Tournotte?«

Eliane schlägt mir ungeniert auf die Schulter und prustet vor Lachen. Carnauds Augenbrauen ziehen sich zusammen.

Sie werden ärgerlich? Gut so, Monsieur. Wenn Sie nicht in diese Auseinandersetzung hineingezogen werden wollen, dann hätten Sie mich nicht wie einen Bauern beim Schach nach vorn schieben sollen.

»Falsch läuft bei uns gar nichts«, erwidert Madame schmallippig. »Nicht jeder Schüler ist gleichermaßen in der Lage, dem Unterricht ...«

Sie spricht nicht weiter und genau an dieser Stelle wollte ich sie haben. Um sich zu verteidigen, müsste sie vor Carnaud abschätzig über Eliane reden. Vor dem Vater, der ihr heute Abend wieder einmal verdeutlicht, dass er genug finanziellen Einfluss hätte, um sie von ihrem Posten entfernen zu lassen. Vielleicht habe ich nur ein Wurfnetz zur Verfügung, aber es sieht so aus, als hätte sich der Löwe heillos darin verfangen.

»Da wir schon über die Mängel am École sprechen, lassen Sie mich darauf hinweisen, dass die Stipendiaten unter dem Mobbing der anderen Schüler zu leiden haben. Während meiner Zeit dort habe ich Sie des Öfteren vergeblich um Hilfe gebeten. Anscheinend nehmen Sie gern das Geld Ihrer Spender für das Programm entgegen, haben aber wenig Interesse daran, sich entsprechend dafür einzusetzen.«

Es ist Madame deutlich anzusehen, dass sie mich endlich erkennt.

»Ah, Sophie Morel«, sagt sie und legt die Fingerspitzen aneinander. »Hervorragende Noten, aber Schwierigkeiten beim Einordnen in die Klassengemeinschaft. Verallgemeinern Sie nicht Ihre höchsteigenen Probleme und wälzen die Verantwortung auf andere ab? Immerhin haben Sie auch Ihr Studium nicht durchgehalten. Aber daran ist ja Ihre Mutter schuld, nicht wahr?«

Ich springe auf, werfe dabei mein Weinglas um, renne aus dem Zimmer. Bevor die Tür hinter mir zufällt, höre ich noch Elianes belustigte Stimme: »Und da

hast du geglaubt, ich würde den Abend ruinieren,
Papa.«

Tränen sitzen in meinem Hals, als ich mir in Elianes
Zimmer das Kleid vom Leib reiße. Die Taschentücher
fallen dabei aus dem Dekolleté und gleiten zu Boden
wie Schneeflocken. Ich sollte einfach nichts vorgaukeln, weder Vollbusigkeit noch Selbstsicherheit, denn
nichts davon besitze ich.

Hastig schlüpfe ich in meine Kartoffelsackklamotten,
wie Eliane sie so treffend bezeichnet hat, und laufe zur
Haustür.

Warum habe ich mich nur auf diesen Abend eingelassen, auf diese Auseinandersetzung? Ich hätte wissen
müssen, dass ein Netz keinen Löwen zurückhält. Und
letztlich ist es Madame wieder gelungen: Sie hat mich
vor die Tür geschickt.

»Sie haben mich angelogen, Mademoiselle«, ertönt
Carnauds Stimme hinter mir.

Rasch wische ich mir über die Wangen und drehe
mich zu ihm um. »Ich habe nie versprochen, ein angenehmer Gast zu sein.«

»Unsinn, das meine ich nicht. Der Grund, warum Sie
Ihr Studium abgebrochen haben, war also die Krankheit Ihrer Mutter und nicht Ihre Unentschlossenheit
hinsichtlich Ihrer Lebensplanung.«

»Ja.« Ich bin zu erschöpft, um vor ihm weiter eine
coole Fassade aufrecht zu erhalten.

»Warum haben Sie das bei unserem ersten Gespräch
nicht gesagt?«

»Sie wirkten nicht wie ein Mann, dem man so etwas
anvertrauen möchte«, sage ich und setze meinen

Rucksack auf. »Ich gehe jetzt. Tut mir leid, dass ich Ihren Abend verdorben habe.«

»Machen Sie sich deshalb keine Gedanken.« Mit einer nachlässigen Handbewegung wischt er meine Schuldgefühle fort. »Warten Sie einen Moment, ich werfe nur schnell meinen Gast hinaus, dann fahre ich Sie.«

»Nicht nötig, ich ...«

»Ah!« Er hält mir seinen erhobenen Zeigefinger direkt vors Gesicht. »Keine Widerrede. Sie setzen sich nicht aufs Rad. Nicht um diese Zeit, nicht nach vier Gläsern Wein, nicht in diesem Zustand.«

Ich gehorche. Manchmal tut es gut, wenn ein anderer das Heft des Handelns übernimmt. Er reißt die Wohnzimmertür auf, ruft Madame de la Tournotte zu, dass er gehen muss und sie sicherlich allein hinausfindet, dann gibt er den Caterern den Hinweis, dass jetzt aufgeräumt werden kann, und zieht mich hinter sich her zum Auto.

Wir fahren in völligem Schweigen. Er sieht mich nicht einmal an. Man könnte glauben, er hätte vergessen, dass ich neben ihm sitze – oder es wäre ihm egal. Erst als wir ankommen, er mit mir aussteigt und mein Fahrrad aus dem Kofferraum hebt, wendet er sich mir zu – auf eine Art und Weise, die ich nie erwartet hätte. Lächelnd gibt er mir einen formvollendeten Handkuss, bei dem seine Lippen meine Haut nicht berühren, ich nur die Wärme seines Atems spüre.

»Sie haben mich heute Abend beeindruckt«, sagt er. »Zuerst durch Ihren Auftritt in diesem Kleid und dann bei Ihrem Auftritt gegenüber Madame. Sie hätten nur nicht bei der ersten Breitseite das Zimmer verlassen sollen.«

»Ich konnte nicht anders.«

»Standhalten ist wichtig, Sophie. Sie erinnern sich an das Gespräch, das wir führten, bevor mein Gast eintraf?«

»Über das Gleichgewicht des Schreckens?«

»Genau. Durch Ihre Flucht haben Sie Ihre Waagschale sehr leicht werden lassen.«

Seine Finger lösen sich von meiner Hand.

»Es existiert nicht immer, dieses Gleichgewicht«, sage ich, während sie mir entgleiten. »Manchmal findet sich nichts, um dem Schrecken etwas entgegenzusetzen.«

»Das bedeutet Kapitulation.«

»Ich weiß.«

In die Stille zwischen uns dringt das allabendliche Geschrei von Familie Carousse im ersten Stock. Carnaud sieht mich überrascht an.

»Willkommen in meiner Welt.« Ich muss lächeln, obwohl es dafür so gar keinen Grund gibt.

Er erwidert mein Lächeln nicht. »Also dann, Mademoiselle. Ich wünsche Ihnen ein schönes Wochenende. Wir sehen uns am Dienstag.«

»Dann soll ich wiederkommen?«

»Selbstverständlich.«

Meine Freude über die Entschiedenheit, mit der er mir antwortet, wird ein wenig von dem nachfolgenden Satz geschmälert: »Ich habe ja keinen Ersatz für Sie.«

Ich sehe ihm nach, wie er geräuschlos im Dunkeln verschwindet, schiebe mein Fahrrad an der Schnapsleiche vorbei, die im Vorgarten liegt, und schließe die

Haustür auf. Ein handgeschriebener Zettel am Fahrstuhl klärt darüber auf, dass er zurzeit defekt ist.

Was für ein Abend! Zuviel Alkohol, eine Niederlage, ein Mann, der höchst widersprüchliche Emotionen in mir weckt und jetzt auch noch zu Fuß in den achten Stock.

8 La mer

Der schreckliche Abend mit Madame de la Tournotte hat die Beziehung zwischen Eliane und mir erstaunlicherweise zum Guten verändert. Sie bemüht sich, ihre Überheblichkeit, die immer wieder hervorgeblitzt ist, zu verbergen und mir freundschaftlich entgegenzutreten. Vielleicht, so denke ich, haben sie und ihre Freundinnen anderen Stipendiaten ebenfalls das Leben schwer gemacht und das tut ihr jetzt leid. Ich mag diesen Gedanken und versuche meinerseits, mich ihr gegenüber zu öffnen. Meine vorsichtigen Bemühungen, etwas über das Verhältnis zu ihrem Vater zu erfahren, nimmt sie allerdings entweder nicht wahr oder sie will mit mir nicht darüber reden. Muss sie auch nicht. Sie soll nur wissen, dass sie es könnte.

Während sie immer wieder aus ihrem Zuhause flieht und bei Freundinnen oder Lucien übernachtet, fällt es mir von Mal zu Mal schwerer, nach einem Besuch dort mein anderes, mein normales Leben wieder aufzunehmen. Diese vier Stunden in der Woche sind zu einem Maßstab geworden, an dem ich mein übriges Dasein bewerte – was für dieses Dasein negativ ausfällt. Kein Ambiente, in dem ich mich sonst bewege, ist so elegant, so exquisit wie diese Villa. Die kleinen Flecken Gras, die das Grau der Wohnblöcke auflockern soll, sind nicht zu vergleichen mit dem samtigen Grün, das Carnauds Haus umgibt. Und natürlich das Meer! Ich habe es bisher nur durch die Fensterscheiben von Elianes Zimmer bewundert, aber an einem besonders heißen Donnerstag, an dem Carnaud nicht anwesend zu sein scheint, wage ich mich nach dem Unterricht an den Strand hinter dem Haus. Ich lasse meine Schuhe und den Rucksack auf dem Gras zurück und laufe zum Ufer. Obwohl es nur Sand ist, den ich betrete, habe ich das Gefühl, eine Grenze zu überschreiten, aber seine Weichheit unter meinen Füßen zu spüren und die von ihrem jahrhundertelangen Weg durch das Wasser rundgeschliffenen Steine macht alles andere unwichtig. In der warmen Luft schwebt die salzige Nässe des Meeres und der Schein der abendlichen Sonne färbt die Gischt der sanften Wellen rot. Ich grabe meine Zehen in den feuchten Sand, das Wasser spült glucksend über meine Füße. Es ist wundervoll hier. Wieso gelingt es Eliane und ihrem Vater nicht, an diesem idyllischen Fleckchen Erde glücklich zu sein?

»Und schon wieder«, höre ich eine leise Stimme hinter mir, »schon wieder huscht die Gänsemagd an Orte, an denen sie nichts zu suchen hat.«

Erschreckt drehe ich mich um und trete ein paar Schritte zurück. Dass Carnaud vor mir steht, ist unangenehm genug, aber dass er nur eine Badehose trägt und triefnass ist, verwandelt diese Situation in eine, bei der man tot umzufallen als Gnade ansieht. Mein Blick haftet an ihm wie ein Insekt an einer Fliegenfalle. Er will sich losreißen, hat aber keine Chance. Carnaud ist mit dieser ›Ich möchte meine Finger in seine Haut graben und meinen Körper an ihm reiben‹-Schönheit gesegnet. Auf seiner muskulösen Brust perlen Wassertropfen in blonden Härchen, Sommersprossen tanzen auf seinen breiten Schultern. Ist es übertrieben, zu behaupten, dass er einen perfekten Bauchnabel besitzt?

Ich lege den Kopf schief, betrachte ihn genauer. Nein, das ist nicht übertrieben. Er ist rund, nicht zu tief, aber doch einladend genug, um mit der Zungenspitze die Wassertropfen, die Carnauds flachen Bauch herunterrinnen, aus ihm herauslecken zu wollen.

»Mademoiselle?«, unterbricht mein Studienobjekt meine Gedanken. »Soll ich mich einmal im Kreis drehen, damit Sie in Ruhe alles betrachten können?«

Oh ja, bitte!

Das sage ich natürlich nicht, sondern versuche mich mit hochgezogenen Augenbrauen an einem Blick, der ihm zeigen soll, dass ich an einer solchen Show nicht das geringste Interesse habe.

Er deutet auf die unendlich scheinende Wasserfläche. »Ab und zu schwimme ich abends eine Runde. Das Meer hat dann eine ganz besondere Weichheit. Wollen Sie auch?«

»Schwimmen? Ich – mit Ihnen? Jetzt?«, stammele ich.

»Was spricht dagegen? Ich lade Sie offiziell in mein Meeresreich ein.«

»Das geht nicht!« Hastig mache ich drei Schritte zurück. »Sie sind Elianes Vater.«

»Und Sie schwimmen grundsätzlich nicht mit Vätern?«

Mir fällt keine Antwort ein, zumindest keine, die mich nicht noch dümmlicher dastehen lassen würde.

»Haben Sie Angst, ich würde Sie bedrängen?«

Er kommt auf mich zu. Sein amüsierter Blick lässt meine Hände feucht werden, mein Kopf verwandelt sich in ein Karussell.

»Oder haben Sie Angst, ich würde Sie nicht bedrängen?«

Okay, das ist zu viel. Ich ziehe mein Kleid über den Kopf und lasse es in den Sand fallen. Schwer atmend stehe ich in meiner Unterwäsche vor ihm. Ach, ich wünschte, ich wäre in der Realität genauso abgeklärt wie in meiner Vorstellung. In der gehe ich hoch erhobenen Hauptes langsam an ihm vorbei ins Wasser und mein Hüftschwung signalisiert: ›Unerreichbar, du arroganter Schnösel.‹

In der Realität zupfe ich nervös an meinem weißen Bustier und hoffe, dass mein Baumwollslip nach ›Sie ist so cool, dass ihr die Meinung anderer egal ist‹ aussieht und nicht nach ›Gehört der ihrer Großmutter?‹. Auf meinem Weg zurück zum Wasser trete ich auf eine zerbrochene Muschel, was mich zwei Schritte hüpfen lässt, und war es noch angenehm, als die Kühle des Wassers nur meine Knöchel umspült hat, fühlt es sich, je weiter ich hineingehe, immer kälter an. Am liebsten würde ich wieder hinauslaufen, aber da muss ich jetzt durch.

Erst als ich bis zum Hals im Wasser stehe und die ersten Schwimmzüge mache, gewöhnt sich mein Körper allmählich an die Temperatur und es fängt an, Spaß zu machen. Carnaud hat recht. Das Meer fühlt sich wirklich weich an und im Schein der Abendsonne ist es, als würde ich durch rote Seide gleiten. Mit kräftigen Zügen schwimme ich ein gutes Stück hinaus, drehe mich um und will ihm mit einer lässigen Geste zuwinken, aber der Strand ist leer.

Die Enttäuschung nimmt mir den Atem. Die Wassertemperatur scheint um zehn Grad zu sinken, das Sonnenlicht dunkler zu werden und auf einmal verstehe ich es. Verstehe ich mich. Nicht der Aufenthalt in dieser schönen Villa lässt mich jeden Dienstag und Donnerstag herbeisehnen, nicht der Anblick des Meeres, nicht das Geld, das ich verdiene.

Ich komme seinetwegen.

Egal, wie Carnaud sich mir gegenüber zeigt, egal, dass unsere Ansichten über das Leben diametral sind – er verkörpert die Aufregung, Anregung, Erregung, die es sonst in meinem Leben nicht gibt. Ihn will ich sehen, wenn ich hier die Türklingel betätige. Aber er will mich nicht sehen. Nicht einmal, wenn ich in Unterwäsche vor ihm stehe. Ich schwimme auf das Ufer zu, laufe die letzten Meter aus dem Wasser und werfe einen Abschied nehmenden Blick auf den Horizont. Ich muss vernünftig sein und nicht mehr hierher zurückkommen, auch wenn mich dieser Gedanke im ersten Moment fürchterlich schmerzt.

Weicher Stoff legt sich um mich. Ich spüre die Hände, die diesen Stoff halten, auf meinen Schultern.

»Ich habe Ihnen ein Handtuch geholt«, sagt Carnaud. »Sie müssen sich abtrocknen, bevor Sie fahren. Erkältet bringen Sie mir nichts.«

Ein Feuerwerk wie zum 14. Juli findet in meinem Kopf statt und Adrenalin fährt in meinen Adern Achterbahn, aber nichts davon zeige ich nach außen. Ich drehe mich um, bleibe wie erstarrt stehen, greife nicht einmal nach dem Handtuch. Verwirrung schleicht sich in Carnauds Blick.

»Alles in Ordnung, Sophie?«

Mein Vorname gibt mir den letzten Anstoß. Nicht, dass er ihn sagt, sondern wie. Mit diesem zärtlichen Ton, zu dem er manchmal fähig ist. Ein Ton, der mich

hoffen lässt, dass es in diesem atemberaubenden Körper einen anderen Monsieur Carnaud gibt. Ich stelle
mich auf die Zehenspitzen, weil er so groß ist, lege die
Arme um seinen Hals und stürze mich in einen Kuss,
der genauso viel Mut erfordert wie ein Bungeesprung
und genauso viel Gefahr einer Verletzung birgt.

Carnaud reagiert, indem er nicht reagiert. Seine Lippen bleiben geschlossen, seine Hände berühren mich
nicht. Das Handtuch gleitet von meinen Schultern und
während ich am Mund dieses Mannes hänge, der zu einem Holzklotz geworden zu sein scheint, frage ich
mich, wie ich diese Situation so erklären kann, dass sie
nicht als das erscheint, was sie ist: die verzweifelte Fehl-
einschätzung einer ziemlich dummen Frau.

Nein, da gibt es nichts, was ich sagen kann. Gar
nichts.

Der Blick, mit dem er mich ansieht, als ich mich von
ihm gelöst habe, ist weder verächtlich noch belustigt.
Seine Stirn liegt in Falten und in seinen Augen stehen
Fragezeichen.

»Sophie?«

»Tut mir leid«, bringe ich hervor. »Salzwasser hat
diese Wirkung auf mich. Ist was Allergisches.«

Na also, doch noch eine gute Erklärung. Hahaha. Ich
bin so dämlich!

Mit einer Handbewegung wischt er meine Worte beiseite. »Was soll das? Mein Verhalten Ihnen gegenüber
kann eine solche Reaktion nicht hervorgerufen haben.«

Ganz schwach fühle ich mich und hilflos und ja, es
stimmt jetzt erst recht: Ich werde nicht mehr hierher
zurückkommen.

»Ich bitte um Verzeihung. Für einen Moment habe ich wohl gedacht ...«

Mein Kleid liegt ein paar Schritte entfernt, ich hole es und ziehe es über.

»Sie dachten was?«

Warum kann er mich nicht in Ruhe lassen? Was bringt es ihm, in dieser Wunde zu bohren, die ich mir selbst gerissen habe?

»Dass es eine gute Idee wäre, Sie zu küssen. Nicht mehr und nicht weniger, Monsieur.«

Endlich schweigt er. Keine weiteren Fragen. Ich nicke ihm zu. »Grüßen Sie Eliane von mir. Sagen Sie ihr bitte, dass ich sie nicht mehr unterrichten kann und dass es mir leidtut.«

Als sich seine Hand um meinen Unterarm legt und er mich zu sich heranzieht, entfährt mir ein leiser Aufschrei. Einen Arm um meinen Rücken gelegt, eine Hand in meinen Haaren, gibt er mir einen Kuss, der so ist, wie ein Kuss sein sollte. Sanft und leidenschaftlich gleichzeitig, Crescendo und Pianissimo im selben Takt. Einen Moment der Verblüffung später schlinge ich meine Arme um ihn, spüre seine Haut unter meinen Fingern, seinen Körper an meinem. Seine Hände umfassen mein Gesicht, er küsst mir den Atem von den Lippen und jeden klaren Gedanken aus dem Hirn.

»Du hältst das für eine gute Idee?«, flüstert er.

Ich nicke, ziehe sein Gesicht wieder an mich heran. Als ich seine Hände warm und fest auf meinem Rücken spüre, weiß ich, dass dies die beste Idee ist, die ich seit Langem hatte. Es tut gut zu begehren, einem anderen Menschen so nahe zu sein. Selbst wenn es Carnaud ist. Oder weil er es ist. Denn dieser Moment mit ihm – und das ist mir so klar, wie das eins und eins zwei ist – wird anders enden, als ich es mir vorstellen kann. Deshalb will ich jetzt so viel wie möglich mitnehmen von dem Gefühl, seine Haut unter meinen Lippen zu schmecken, meinen Körper ganz fest an seinen zu drücken und zu hoffen, dass es weitergeht, sehr viel weiter. Carnaud presst seine Lippen auf meinen Hals, beißt mich mehr, als er küsst, und ich schreie lustvoll auf. Das hier ist so gut!

»Nicht.«

Mit diesem einen Wort beendet er es, schiebt mich von sich, fährt sich ordnend mit den Fingern durch die Haare.

»Verdammt Carnaud!«, entfährt es mir wütend.

»Versteh' mich nicht falsch, Sophie. Ich will dich. Ich schätze, das hast du gemerkt. Aber nicht so.«

»Nicht so? Was zum Henker soll das heißen?«

»Dass ich dir keine falschen Hoffnungen machen will. Ich habe weder Interesse an noch Zeit für romantische Verwicklungen und ich habe den Eindruck, dass derlei Vorstellungen bei dir eine Rolle spielen.«

»Romantik in Bezug auf Sie? Nie im Leben!« Mein Widerspruch kommt zu laut, zu schnell, Carnaud müsste merken, dass es Bullshit ist. Tut er aber nicht.

»Gut, das ist beruhigend. Wenn du das genauso siehst wie ich, können wir in Verhandlungen treten.«

Immer mehr habe ich das Gefühl, in einem dieser Träume gefangen zu sein, die absolut real scheinen, obwohl in ihnen die seltsamsten Dinge geschehen.

»Ich habe keine Ahnung, wovon Sie reden.«

»Ich schlage dir ein Geschäft vor. Du bleibst Elianes Nachhilfelehrerin, denn du leistest gute Arbeit und ich zahle dir dafür gern gutes Geld. Außerdem wirst du meine Geliebte. Ebenfalls für gutes Geld.«

Es dauert, bis ich verstehe. »Sie wollen mich bezahlen? Für ... für ...«

»Für Zeit mit dir.«

»Für Sex.«

»Auch.«

»Das kann nicht Ihr Ernst sein!«

Seine Miene zeigt mir jedoch, dass er keinen Scherz macht. Er will mir Geld dafür geben, wenn ich mit ihm schlafe.

»Gegen ein solches Arrangement ist nichts einzuwenden.«

Das glaubt er tatsächlich, oder?

»Diese Art von Verbindungen gibt es seit Jahrhunderten.«

Fassungslos starre ich ihn an. »Sicher. Man hat sogar einen Namen dafür.«

Nachlässig zuckt er die Schultern. »Ich weiß, aber das macht es weder besser noch schlechter, wenn sich zwei erwachsene Menschen freiwillig darauf einlassen. Ich habe auf jeden Fall kein Interesse an Gefühlsverstrickungen. Sie langweilen mich und enden meistens in unerfreulichen Disputen. Aber du interessierst mich. Ich will die Vorteile mit dir genießen, ohne die Nachteile in Kauf nehmen zu müssen.«

»Halt!« Ich strecke ihm meine Hände wie Stoppschilder entgegen. »Das ist absurd.«

»Im Gegenteil, es wird allem gerecht. Du verdienst Geld für dein Studium, Sophie. Wir müssen uns nichts vorgaukeln, was wir nicht empfinden, aber können endlich das ausleben, was sich von Anfang an zwischen uns abgezeichnet hat.«

»Hat es das, ja?«, fauche ich ihn an. »Hat es das?«

»Wenn nicht, wieso hast du mich dann geküsst?«

Ich drehe mich um, schlüpfe in meine Schuhe, greife meinen Rucksack, fahre los. Mein Kopf ist völlig leer gefegt, nur zwei Dinge haben darin Platz: Die Erinnerung an unsere Küsse und die Entscheidung, nie wieder hierher zurückzukehren.

9 Erdmännchen Abenteuer

Dass ich zwei Wochen später vor Carnauds Villa stehe und meine Hand ausstrecke, um zu klingeln, spricht sicherlich nicht für meine Standhaftigkeit. Aber in den letzten Tagen sind vier Dinge passiert, die mich wie an einer unsichtbaren Schnur hierhergeführt haben:

Da war zum einen die Reaktion meiner Mutter, nachdem ich ihr gesagt hatte, ich hätte mich bei dem Nachhilfejob nicht wohlgefühlt (was eine abgespeckte Variante der Wahrheit darstellte) und ihn deshalb wieder aufgegeben.

Das sei schon gut so, meinte Maman und nahm mich in den Arm. Wir bräuchten dieses Geld nicht und ich müsse auch nicht studieren. Mittlerweile wäre ich sowieso zu alt dafür und fände keinen guten Arbeitsplatz mehr, wenn ich noch so lange zur Universität ginge. Ich solle einfach weiter im *Prix* arbeiten und bei ihr wohnen.

Als wir zusammen auf der Couch saßen und *L'amour éternel* schauten, wurde mir klar, dass sie recht hatte. Ich würde das Studium nicht mehr fortsetzen. Meine Gegenwart war eine Blaupause meiner Zukunft und mein Versuch, den Kopf weiter hinauszustrecken, als mir gegeben ist, war gewaltig schiefgegangen. Ich sollte endlich meine Möglichkeiten akzeptieren, so wie Flo es tat. Ich hatte sie noch nie darüber lamentieren hören, dass sie mehr wollte – etwas anderes wollte. Sie riss ihre Stunden am Kassenband herunter und machte das Beste aus dem, was sie hatte. Das musste mir doch auch möglich sein, ohne dieses beständige Gefühl mein

Leben zu verpassen – gerade so, als würden wir an zwei verschiedenen Straßenecken aufeinander warten. Meine Zeit an der Uni, meine Zeit mit David stellte den Höhepunkt meines Lebens dar. Ein Höhepunkt, der in einer bösen Ironie des Schicksals dem Sex mit David ähnelte – kurz und unbefriedigend.

Punkt zwei war eine Nachricht von Eliane, in der sie mir gute Besserung wünschte und die Hoffnung aussprach, bald wieder von mir unterrichtet zu werden – zumindest las ich das aus ihren Worten:

Bronchitis ist übel. Komm her, wenn du gesund bist.

Außerdem sagten mir diese Sätze, dass Carnaud sie über meine Kündigung im Unklaren gelassen hatte. Erwartete er, dass ich meine Meinung änderte? Hoffte er es?

Und schon wieder tobten diese Gedanken in mir – was es bedeutete, sein Angebot abgelehnt zu haben, und was geschehen würde, nähme ich es an. Wenn ich nachts die Bettdecke an mich drückte, als hielte ich einen Menschen in den Armen, wurde mir bewusst, wie sehr sein Gift schon in mich eingedrungen war. Seine zynische Weltanschauung, diese bruchstückhafte Zärtlichkeit und seine schöne Fassade hatten mich fiebrig und krank zurückgelassen. Es würde Zeit brauchen, davon zu genesen, denn noch immer vermeinte ich, seine Lippen zu schmecken.

Das dritte Ereignis, das mich hierher zurückgeführt hat, fand vorgestern statt.

Flo hatte schon ihre vierte Feierabendzigarette geraucht, deren Überreste wie gekrümmte Würmchen auf dem Boden lagen, aber außer ›Hallo‹ noch kein Wort zu mir gesagt. In Gedanken rekapitulierte ich die letzten Tage. Hatte ich irgendetwas gesagt, was sie gekränkt haben könnte? Selbst wenn es so wäre – Flo hätte mir das auf der Stelle um die Ohren gehauen. Sie frisst Unangenehmes nicht in sich hinein. Ich tue das, deshalb hatte ich ihr nichts von den Geschehnissen im Hause Carnaud erzählt.

»Hör zu, Süße«, fing sie an, drehte das Feuerzeug zwischen ihren Fingern und blieb stumm.

»Ich höre zu.«

»Ich muss dir etwas sagen. Ach scheiße, das ist schwer.«

Langsam wurde mir unheimlich zumute. »Bist du krank? Ist etwas mit deiner Familie? Mit Jean?«

Sie schüttelte ihre seit neuestem mahagonirot gefärbten Haare. »Nee, alles Tutti. Aber ich bin ... ich werde ...«

Sie ließ das Feuerzeug in ihre gigantische Umhängetasche fallen, kramte gleich darauf hastig die Zigarettenschachtel hervor, nur um sie ebenfalls wieder loszulassen.

»Ich höre hier auf, Süße. Ich habe gekündigt. Heute war meine letzte Schicht.«

»Was?«

Das geht nicht!, dachte ich. Es kann nicht schon wieder ein Mensch gehen, den ich brauche. Erst mein Vater, dann meine Mutter in ihrer Krankheit, David und jetzt Flo! Wie soll ich es hier ohne sie aushalten?

»Hey, guck nicht so! Ich hätte schon längst mit dir darüber reden sollen, aber erst glaubte ich, daraus wird sowieso nichts und dann wurde es doch etwas und dann – dann hatte ich Angst, weil ich nicht will, dass du traurig bist und – ach, Scheiße, Sophie, guck nicht so!«

Ich schluckte schwer. »Was wirst du tun? Wechselst du zum Carrefour?«

»Nee, da könnte ich auch gleich hierbleiben. Ich gehe nach Island.«

Unbändige Freude verlieh ihrer Stimme einen goldenen Klang und ich bin nicht stolz darauf, dass ich diese Freude zerstören wollte.

»Nach Island? Was willst du denn da? Es ist kalt und dunkel und du wirst die Sprache niemals lernen. Niemand kann das, nur Isländer.«

So wie es Flos Art ist, überhörte sie meine Negativität. »Ich mache sechs Monate ein Praktikum auf einer Robbenstation. Ich hätte nie gedacht, dass die mich nehmen, aber es hat geklappt. Wie geil ist das? Da muss ich doch Ja sagen. Jemand wie ich bekommt nicht sehr viele Chancen.«

»Es ist ein Praktikum? Noch nicht einmal bezahlt, oder? Dafür gibst du deine feste Stelle hier auf?«

»Ich habe mir das alles gut überlegt, Sophie. Ich habe Geld zurückgelegt, um über die Runden zu kommen. Und was mache ich denn hier schon? Kisten auspacken und Schrott verkaufen. Aber jetzt kann ich mich um Robbenbabys kümmern. Robbenbabys! Weißt du, wie süß die sind?«

Sie riss die Augen auf und hielt den Kopf schief – wahrscheinlich wollte sie damit einen Heuler imitieren, es sah aber ein bisschen unheimlich aus. Himmel, in dem Moment wollte ich auch heulen! Flo konnte doch nicht einfach gehen!

»Und nach diesem halben Jahr hast du keinen Job mehr, kein Geld ...«

»Vielleicht gehe ich dann nach Afrika und kümmere mich um Erdmännchen.« Sie hob die Hände wie Pfoten vor die Brust. Eindeutig ein Erdmännchen!

»Es wird schon gut gehen. Immerhin habe ich mir dann einen Namen im Sich-um-süße-Tiere-kümmern-Business gemacht.«

Sie war so überzeugt von ihrem wahnwitzigen Plan. Ich war noch nie von etwas derart überzeugt, nur von David und mir. Das Ergebnis ist bekannt.

»Du wirst auf die Nase fallen, Flo. Du wirst alles verlieren und dann willst du die Zeit zurückdrehen, aber dafür hat noch niemand einen Schlüssel erfunden. Du wirst scheitern.«

Sie ärgerte sich nicht. Wollte ich das überhaupt? Ich wollte, dass sie blieb, verdammt!

»Auf die Fresse fallen kann ich überall. Aber doch lieber während eines Abenteuers und nicht im *Prix*. Das Leben verteilt keine Garantiescheine. Wenn du darauf wartest, hast du am Ende keine Robben gesehen, keine Erdmännchen, rein gar nichts.«

Sie hatte recht. Sie hatte so sehr recht, wie ich noch nie recht gehabt hatte.

»Ich will am Ende nur das bereuen, was ich verbockt habe, Sophie, und nicht all die verpassten Chancen, etwas zu verbocken. Und wer weiß – vielleicht gehen ja sogar ein oder zwei Sachen gut aus.«

Das hätte ich Maman entgegnen sollen, als sie mir davon abriet, erneut zu studieren. Stattdessen übernahm ich ihre Argumente, um Flo zu entmutigen. Anscheinend war es tatsächlich so – wenn man nicht genug

Courage hatte, um die eigenen Träume zu verwirklichen, wollte man wenigstens die Hoffnungen anderer torpedieren.

Ich würde damit klarkommen müssen, dass Flo ihren eigenen Weg ging.

»Du wirst mir verdammt fehlen.«

»Du mir auch. Schreib mir, okay? Und du kommst mich besuchen.«

»Na klar. Ich wollte schon immer nach Island.«

»Siehst du! Wer denn auch nicht? Pass auf, ich richte mir einen Instagram-Account ein – Robbenflo. Geiler Name, oder? Abonnier mich und dann kannst du immer sehen, was bei mir so los ist, weil ich bestimmt jeden Tag zehn Bilder posten werde.«

»Großartig.« Ich wischte mir über die Augen.

»Also dann!« Sie drückte mich fest an sich. »Mach's gut, Süße, ja? Und finde deine Robben, versprich mir das.«

Ich konnte nur noch nicken und zusehen, wie sie sich ihre riesige Umhängetasche über die Schulter schob und ging. Einfach so. Ich rief ihr nach, dass sie nicht scheitern würde und dass die Isländer verdammt viel Glück hatten.

Dann heulte ich, wusch mir im Personalraum das Gesicht und ging an die Arbeit. Womit wir zu Punkt vier kommen.

Zu David.

An diesem Tag stand er wieder vor mir an der Kasse. Einen Moment lang war ich dämlich genug zu hoffen, dass er gekommen war, um mich für sich zu gewinnen. Diese Hoffnung wurde aber nach unseren stocksteif hervorgebrachten Begrüßungen zunichtegemacht.

»Hör zu, Sophie«, fing er an, »das ist echt dumm gelaufen letztens, als Chloé und ich hier waren, und es tut mir echt leid. Bitte nimm meine Entschuldigung an. Ich wusste echt nicht, dass du hier arbeitest, sonst wäre ich echt sicherlich nicht …«

»Kein Problem«, wiegelte ich ab. »Das geht in Ordnung, wenn mein Ex-Freund und seine Neue bei mir Kondome kaufen.«

Er lachte auf diese verlegene Art, die ich immer so an ihm gemocht hatte.

»Wir lange seid ihr schon zusammen?«, bemühte ich mich um die Rolle als verständnisvolle, abgeklärte Beziehungsverliererin.

»Fünf Monate.« Ein seliges Lächeln erschien auf seinem Gesicht, als würde ein Best-of dieser Zeit vor seinem geistigen Auge vorüberziehen. »Das mit ihr ist etwas Ernstes. Wir überlegen, eine gemeinsame Wohnung zu nehmen.«

»Wow! Ein großer Schritt.« Mein Mund wurde trocken. Er und ich waren zwei Jahre ein Paar gewesen – übers Zusammenziehen hatte er nie geredet. Nicht ein einziges Mal. Und ich verstand, dass er schon wieder versuchte, mich zu verarschen.

»Du bist nicht hergekommen, um dich zu entschuldigen, stimmt's? Du willst mich nur beruhigen, damit ich keine Szene mache, wenn deine Freundin zufälligerweise hier noch einmal aufkreuzt.«

Gäbe man sein vehementes »Wie kommst du denn darauf?« in Google translate ein – von Sprache ›Lügnerischer Bastard‹ in ›Was ich wirklich meine, aber zu feige bin, zu sagen‹, käme »Verdammt, sie ist doch nicht so blöd, wie ich immer dachte« dabei heraus.

»Verschwinde, David«, sagte ich lauter als notwendig,
um meinen Feierabend-Kunden ein bisschen Abwechs-
lung zu gönnen. »Kauf dir deine Sachen zukünftig woanders. Und nimm lieber Kondome in XS, alles andere
schlabbert so an dir.«

Tatsächlich zauberte ich damit ein Lächeln auf das
Gesicht einiger Kunden, allerdings keines auf das von
David, der hastig den Laden verließ.

Später schickte ich eine Nachricht an Eliane, dass wir
am Dienstag den Unterricht wieder aufnehmen würden.

Chancen können übersehen, verspielt, ignoriert werden. Aber besser wäre es, sie zu ergreifen. Deshalb stehe
ich jetzt vor Carnauds Villa und klingele.

10 Chance, ergriffen

Eliane öffnet sofort, als hätte sie hinter der Tür gewartet und zieht mich in die Arme. »Wie schön, dass es dir wieder gut geht. Komm mit, ich habe mir neue Klamotten gekauft. Die musst du sehen.«

Überrascht von ihrer Freude folge ich Eliane in ihr Zimmer, ohne Carnaud überhaupt zu begegnen. Ich kann mir seinen triumphierenden Blick auch so gut vorstellen.

Nach drei Stunden haben wir die verpasste Zeit recht gut aufgearbeitet und ich bewege mich mit zögerlichen Schritten auf das Arbeitszimmer zu. Vor dem Eintreten wische ich die feuchten Hände an meinem Rock ab und atme tief durch. Carnaud sitzt am Schreibtisch, dreht sich langsam auf dem Stuhl herum, als ich seinen Namen sage. Mein Puls pocht in meinem Hals, meinen Ohren, meinen Handgelenken, als er auf mich zukommt. Er läuft mit gemessenen Schritten und ist anscheinend nicht annähernd so nervös wie ich. Dass ich mit diesem Mann Sex haben werde, ist heiß und kalt im selben Moment.

»Ich habe Bedingungen«, sage ich anstelle einer Begrüßung.

»Bedingungen? Welcher Art?«

»Wenn ich – wenn wir – wenn ich mich darauf einlasse ...«

Er lächelt. »Sophies erotische No-go-Areas. Ich höre.«

Was mein Selbstbewusstsein zeigen sollte, empfinde ich momentan nur als peinlich. Mit hochroten Wangen erkläre ich: »BDSM geht gar nicht. Kein Fesseln, kein Schlagen, kein Quälen.«

Carnaud mimt, er würde ein Notizbuch aus seiner Gesäßtasche holen, einen Stift hinter seinem Ohr hervorziehen und sich aufschreiben, was ich sage. »Kein Schlagen, kein Quälen. Gut, ist notiert. Was sonst noch?«

»Wenn ich etwas nicht will, dann müssen Sie das akzeptieren. Ich werde nicht Ihr Eigentum sein, mit dem Sie machen können, was Sie wollen.«

Er sieht mich so entsetzt an, dass ich für meine Worte schäme. »Was denkst du denn, was ich mit dir vorhabe, Sophie?«

»Ich weiß es nicht. Sagen Sie es mir.«

Trotz der angespannten Situation muss ich grinsen, als er das imaginäre Notizbuch wieder zurück in seine Tasche und den unsichtbaren Bleistift hinter sein Ohr steckt.

»Ich habe keinen Plan für das hier. Glaub es oder glaub es nicht, aber ich war noch nie in einer solchen Situation. Auf jeden Fall finde ich in der Erotik nichts langweiliger als diesen Sub-Dom-Kram. Ich will mit dir ab und zu Zeit verbringen und wenn dir etwas unangenehm ist, sagst du es. Ich werde es akzeptieren. Umgekehrt gilt das natürlich genauso.«

»Ach ja? Was sind denn Ihre erotischen No-Gos?«

»Zuerst einmal ...« Das Blau seiner Augen wird dunkler, seine Stimme leiser. »Hör auf mich zu siezen, zumindest wenn wir allein sind. Ich heiße Pierre.«

Ob ich mich daran gewöhnen kann? Für mich wird er, glaube ich, immer Monsieur Carnaud bleiben.

Seine Hände legen sich um meine Taille, ganz dicht zieht er mich an sich heran und ich habe wieder diesen holzigen Geruch in der Nase, als ich meine Arme um ihn lege. Behutsam streiche ich über den gestärkten Stoff seines Hemdes, spüre seinen Körper fest und warm darunter. Ob er merkt, wie gern ich geküsst werden möchte?

»Was noch?«, flüstere ich. »Was willst du nicht?«

»Versuch dir keinen Vorteil zu verschaffen, indem du mir etwas von Liebe erzählst. Das beeindruckt mich nicht, im Gegenteil.«

»Sie sind ziemlich kaputt, Monsieur Carnaud.«

Missbilligend sieht er mich mit gerunzelter Stirn an. »Wie heißt das?«

»Du bist ziemlich kaputt, Pierre«, verbessere ich mich.

»Meine kluge Sophie.«

Sanft liebkosen seine Lippen meinen Hals, ich stöhne leise auf und obwohl ich nichts dagegen hätte, weiterzumachen, löst Carnaud sich von mir und tritt einen Schritt zurück. Ich bin irritiert. Der ganze Mann irritiert mich.

»Und nun?«, frage ich, um mir Klarheit zu verschaffen. »Gehen wir auf dein Zimmer und tun es?«

»Bloß nicht!«, wehrt er mein Ansinnen so vehement ab, dass es fast beleidigend ist. »Würden wir jetzt miteinander schlafen, wäre es genauso, als bezahlte jemand bei dir ein Stück Brot an der Kasse. Wir warten.«

»Worauf?«

»Darauf, dass du es nicht mehr ohne mich aushältst.« Sein Zeigefinger streicht über meine Wange, den Hals entlang, kommt dicht vor meinem Ausschnitt zum Halt. Eine kleine Schweißperle folgt seinem Weg. »Dass du zu mir kommst, weil du unbedingt deinen Teil der Abmachung einhalten willst. Es sogar tun würdest, wenn ich dir nichts dafür gäbe.«

Diesem Zustand bin ich schon recht nahe, aber Carnaud gelingt es, den unmoralischen Zauber zu zerstören, indem er sein Portemonnaie zieht, dreihundert Euro herausholt und mir entgegenhält: »Hier, für den heutigen Unterricht.«

Ich nehme es, wende mich zum Gehen und hauche ihm über die Schulter einen Luftkuss zu: »Dann bis zum nächsten Mal.«

Für eben dieses nächste Mal style ich mich mit Make-up und sehr kurzen Shorts auf. Soll er doch zu mir kommen, weil er es nicht mehr aushält. Dieses Spiel können zwei spielen, Carnaud!

Eine tolle Idee, bei der ich nicht berücksichtige, dass meine Fahrradkette reißen und ich auf der Straße landen könnte. Wer denkt denn auch an so etwas?

Leider passiert aber genau das und so schiebe ich mit blutendem Schienbein, zerschrammtem Ellenbogen und schmutzigen Klamotten mein Rad die letzten Meter zu Carnauds Haus. Die Schmerzen sind besser zu ertragen als die Erkenntnis, dass wieder einmal einer meiner Pläne nicht funktioniert hat. Kaum habe ich den Garten betreten, lasse ich meinen verbeulten Drahtesel fallen und humpele zum Eingang.

»Ach du Scheiße, Sophie!« Blankes Entsetzen zeichnet sich auf Elianes Gesicht ab, nachdem sie mir die Tür geöffnet hat. »Was ist dir denn passiert?«

»Kleiner Fahrradunfall, aber es ist wirklich nicht ...«

Bevor ich sie daran hindern kann, schreit sie schon quer durch die Villa: »Papa? Papa, komm her! Sophie ist mit ihrem Fahrrad schwer verunglückt!«

Himmel, wie kann man nur so übertreiben? Ruft sie den Bestatter, wenn jemand ein Hühnerauge hat? Als Carnaud schnellen Schrittes die Treppe herunterläuft, schockgefriere ich für einen Moment. Er wirft einen Blick auf mich, dann packt er mich am Arm und zieht mich die Treppe hoch. So schnell ich kann, folge ich ihm.

»Mach das gründlich, Papa, egal, wie lange es dauert!«, ruft Eliane uns hinterher. Sie scheint nicht unglücklich zu sein, dass sich der Unterricht verzögert.

Zum ersten Mal betrete ich das Obergeschoss. Die Treppe führt zu einem Flur, auf dessen rechter Seite sich die Glasfront zur Terrasse befindet und links zwei geschlossene Türen. Carnaud öffnet eine davon – sie führt in ein Bad, dessen Wände und Boden mit Sandstein verkleidet sind und das groß genug ist, um Partys darin zu veranstalten. Vor einer Fensterfront, durch die man auf den Garten und das Meer blickt, befindet sich eine frei stehende Wanne, direkt gegenüber eine Regenwalddusche. Während ich mich noch begeistert umsehe, schubst mich Carnaud auf den Badewannenrand.

»Zeig her.«

Ich halte ihm meinen Arm entgegen, er begutachtet die Wunde und kommt zu dem Schluss: »Nicht so schlimm«, nässt einen Waschlappen und reinigt meinen Ellenbogen, bevor er eine fettige Creme auf die Verletzung aufträgt. Dann kniet er sich hin und betrachtet mein Bein. Die Situation ist durchaus anregend – zumindest bis zu dem Moment, als er die Wunde an meinem Schienbein mit dem Lappen säubert.

»Das machst du also in deiner Freizeit, Sophie«, sagt er, ohne aufzublicken.

»Bitte?« Ich kralle meine Finger um den Wannenrand. Trotz Carnauds erstaunlicher Vorsicht brennt es heftig.

»Das hier«, er deutet auf mein Schienbein, »Fahrradunfälle bauen.«

»Oh bitte«, stöhne ich schmerzlich. »Ich habe dir schon einmal gesagt, dass du keine Scherze machen solltest. Die tun mehr weh als das hier.«

»Wie du meinst.« Aus einem Wandkasten kramt er Jodsalbe und eine Mullbinde hervor, desinfiziert die Wunde und verbindet sie.

»Das machst du gut«, muss ich eingestehen.

»Als Vater eignet man sich bestimmte Dinge an.«

So habe ich ihn nie gesehen. Ich weiß zwar, dass Eliane seine Tochter ist, aber dass er ihre Schrammen verarztet hat, das kann ich mir beim besten Willen nicht vorstellen.

Die Hand am Wannenrand abgestützt, steht er auf. »In ein paar Tagen ist es verheilt.«

»Ich glaube nicht«, platzt es aus mir heraus. »Du hast das Wichtigste vergessen.«

Fragend sieht er mich an. »Und das wäre?«

»Einen Kuss, damit alles wieder gut wird.« Die Aufregung schnürt mir die Kehle eng, ich weiß nicht, wie er reagieren wird. Ob er mich auslacht oder ...

»Ach so, das.« Er kniet sich wieder hin, hebt mein Bein an, setzt mit gespitzten Lippen einen Kuss auf den

Verband. Dann packt er meine Hüften und haucht einen zweiten Kuss durch meine Jeansshorts auf meinen Schoß.

»Hier ist auch alles gut?«, fragt er.

»Ich bin mir nicht sicher«, fordere ich ihn heraus und abermals küsst er mich, verharrt diesmal länger dort, sodass sein Atem mich wärmt. Mein Schoß wird feucht, tausend Bienen summen darin. Ich spreize meine Beine weiter und rutsche Carnaud entgegen, der jetzt viele kleine Küsse auf den Stoff der Hose setzt und mich wünschen lässt, ich trüge einen Rock. Meine Hände verirren sich in seine weichen Haare, streichen seinen Nacken hinunter, über seine breiten Schultern. Es tut gut, einen Mann anzufassen. Diesen Mann anzufassen.

Er hebt den Kopf und sieht mich lächelnd an. »Bist du gekommen, um bei mir zu sein?«, flüstert er.

Ich beuge mich hinunter, suche hastig seinen Mund für einen unbeschreiblich ersehnten Kuss, koste fiebrig seine Lippen, seine Zunge. Carnauds Finger öffnen die Knöpfe meiner Shorts, ich hebe meinen Po an, damit er sie mir vom Leib ziehen kann – und in diesem Moment klopft es an der Tür.

»Seid ihr hier? Wie geht es Sophie?«

Hastig springe ich auf, schließe meine Hose. Auch Carnaud erhebt sich, eine verdächtige Beule zeichnet sich in seinem Schritt ab. Verdeckend stelle ich mich vor ihn.

»Alles in Ordnung, Eliane. Ich komme gleich.«

Sie lugt herein, sagt: »Ich bin in meinem Zimmer« und verschwindet sofort wieder.

Ich wende mich Carnaud zu, der mit den Händen in den Hosentaschen vor mir steht, ganz gesetzt und gelassen. Der Moment zwischen ihm und mir ist für erste vorüber.

»Danke für die Hilfe, aber ich muss los. Racine und die Aminosäuren rufen.«

Klingt wie eine Soulband aus den Fünfzigern. Oh Mann, Elianes Gedankengänge sind ansteckend!

»Viel Erfolg.«

Mein Bedauern scheint sehr viel größer zu sein als seines, also vermeide ich jede weitere Intimität und gehe zu Eliane. Aber diesmal bin ich die Abgelenkte – sodass am Ende meine Schülerin mich auf einen Fehler hinweist. Die peinliche Situation wird dadurch beendet, dass Carnaud ins Zimmer schneit.

»Sie haben Ihr Fahrrad in die Rosenrabatte geschmissen, Mademoiselle Morel?«

Daran hatte ich überhaupt nicht mehr gedacht! War viel zu beschäftigt – zuerst wegen des Unfalls, dann wegen Carnauds Kopf zwischen meinen Beinen.

»Das tut mir leid, ich ...«

Mit einer knappen Handbewegung unterbricht er mich. »Die Blumen sind mir egal, aber Ihr Rad ist absolut fahruntüchtig. Wie wollen Sie heute nach Hause kommen? Diesmal kann ich Sie nicht bringen, weil ich schon etwas getrunken habe.«

Verwirrt starre ich ihn an. Worauf will er hinaus? Dass er mich vor Eliane wieder förmlich als Mademoiselle anredet, verstehe ich, aber was soll dieser vorwurfsvolle Ton?

»Das ist doch kein Problem. Ich nehme den Bus und...«

»Papa, sei nicht so Hardcore! Sophie ist verletzt und hat sehr viel Blut verloren. Sie übernachtet hier und morgen fährst du mich zur Schule und sie nach Haus.«

Die ganze Nacht mit Carnaud unter einem Dach. Der Gedanke ist gleichermaßen verführerisch und erschreckend. Als ich sein Lächeln sehe, ahne ich, dass er genau diese Reaktion seiner Tochter erwartet hat.

Nicht dumm, Monsieur, denke ich. Auf diese Weise wahren wir vor ihr den Schein der Wohlanständigkeit. Erwachsene können ziemlich heuchlerisch sein.

»Das wäre wunderbar«, sage ich. »Ich rufe gleich meine Mutter an und gebe Bescheid. Ich schlafe dann im Arbeitszimmer.«

»Nichts da!« Wenn sie will, ist Eliane genauso entschieden wie ihr Vater. »Wir klappen meine Couch aus und du schläfst bei mir.«

Das Lächeln verschwindet von Carnauds Gesicht. So hat er sich das bestimmt nicht vorgestellt. Schön, dass auch seine Pläne nicht immer aufgehen.

Nach dem Unterricht verdrückt Eliane eine halbe Pizza, während ich vor lauter Aufregung keinen Bissen hinunterbekomme. Gemeinsam sehen wir den soundsovielten Teil einer Filmreihe über Männer, die schnelle Autos fahren und wütend sind. Erklärungen zu den vorangegangenen Filmen, die Eliane immer wieder einwirft, machen es eher schwieriger, der Handlung zu folgen. Also gebe ich bald auf, lasse die Bilder an mir vorbeirasen und denke daran, was die nächsten Stunden bringen werden. Noch ist nichts Ernsthaftes zwischen ihm und mir passiert und das muss es auch jetzt nicht. Aber das wird es, wenn ich ehrlich zu mir bin. Und wie es das wird.

Gegen elf Uhr macht Eliane endlich das Licht aus. Es dauert nicht lange, bis regelmäßiges Atmen aus ihrem

Bett ertönt. Ich warte noch ein wenig, bevor ich die Decke zur Seite schlage, vorsichtig die Füße auf den Boden setze und das Zimmer verlasse. Ganz leise schließe ich die Tür hinter mir.

Und jetzt?

Die Treppe ins Obergeschoss schimmert im Mondschein, als wolle sie mich auffordern, sie zu erklimmen. Langsam steige ich Stufe um Stufe empor und mit jedem Schritt lasse ich die Sophie hinter mir, die im *Prix malin* arbeitet und die so viele Nächte um ihren Freund geweint hat. Eine andere Sophie kommt oben an. Eine, die Sex und Liebe trennen kann. Die Chancen ergreift und ihren Weg gehen wird. Ein Weg, der in Carnauds Arme führt und an dessen Ende Geld und multiple Orgasmen stehen.

Durch den Spalt unter seiner Schlafzimmertür fällt Licht. Mit einem tiefen Atemzug drücke ich die Klinke herunter. Sein Schlafzimmer ist wie der Rest der Wohnung von unaufdringlicher Eleganz geprägt. Hell mit Akzenten aus dunklem Holz, so wie das Bett, in dem er sitzt und Zeitung liest. Langsam lässt er sie sinken und versucht tapfer, ein Grinsen zu unterdrücken, als er mich ansieht. Ich kann es ihm nicht verdenken, dass er sich amüsiert – Eliane hat mir als Nachthemd ein kurzes Hängerchen gegeben, auf dem sich kitschige Hunde tummeln.

»Hübsch siehst du aus, Sophie.«

»Ach, halt den Mund.« Kurzentschlossen ziehe ich mir das Kleid über den Kopf, stehe nackt bis auf Slip und den Verband um mein Bein vor ihm.

Geräuschvoll zieht Carnaud den Atem ein. »Komm her. Komm her zu mir.«

Ich mache einen Schritt auf ihn zu, halte inne. Mein Herz schlägt wie verrückt. Oder bin ich es, die verrückt ist? Auf was lasse ich mich hier ein?

Ach, da ist sie ja wieder: Sophie, die Brave. Die Leidende und Opferbereite. Die hat mir gerade noch gefehlt.

Halt die Klappe, denke ich. Halt die Klappe, schau zu und lerne!

Ich lege mich auf das Bett, rutsche dicht an Carnaud heran. Am liebsten würde ich ihm befehlen, sein Shirt auszuziehen, aber ich will nicht wie eine übereifrige Sexklassenstreberin wirken.

Carnaud wirft die Zeitung zu Boden und beugt sich über mich. Er streckt meinen Arm über meinem Kopf auf dem Kissen aus, verschränkt seine Finger mit meinen.

»Jetzt bist du also wirklich da«, flüstert er.

Es klingt nicht so, als würde er es zu mir sagen, also antworte ich nicht. Sanft gleiten seine Fingerspitzen über die Innenseite meines Armes nach unten. Es kitzelt, es prickelt, es lässt mich scharf den Atem einziehen. Ich liege mit Carnaud im Bett. Soll ich irgendetwas tun? Hoffentlich knurrt mein Magen nicht. Ich hätte schon längst etwas essen sollen. Aber dann würde ich hier mit vollem Bauch liegen und befürchten, dass ich pupsen muss.

Himmel, Sophie, denk doch nicht an so etwas! Du liegst fast nackt neben einem attraktiven Mann im Bett und kriegst auch noch Geld dafür. Genieß den Moment. Lass dich gehen.

In meinem Kopf ertönt *Let it go* aus *Frozen*. Na toll! Ich starte meine Karriere als Kurtisane mit einem Disney-Lied. Ist aber auch ein guter Song. Wie ging der Text doch gleich?

Carnauds Hand hält inne. »Summst du etwa das unsägliche Lied aus diesem Eisfilm?«

»Was? Ja, kann sein. Sorry.«

»Erstaunlich. Wir hatten noch keinen Sex, aber trotzdem zeigst du mir bereits ein neues erotisches No-Go auf.«

»Das war vielleicht nur nicht der richtige Song.«

Soll ich meinen Arm so liegen lassen? Wirkt etwas albern, jetzt, wo wir uns über amerikanische Mainstreamkultur unterhalten. Ach, lass ich ihn erst einmal da, wo er ist.

»Welcher würde denn in unserem Kontext passen?«, fordert er mich heraus.

»Das Lied der Zwerge aus *Schneewittchen*?«

»Oh Gott!«

Er lässt sich so heftig neben mir auf die Matratze fallen, dass ich wie auf einer Welle hochgehoben werde. Jetzt nehme ich doch meinen Arm herunter und schmiege mich an ihn. Carnaud streicht mit den Fingern durch mein Haar.

»Irgendwie habe ich mir das hier anders vorgestellt«, sagt er.

»Und wie?« Das macht mich neugierig. Welche Fantasien hat er in Bezug auf mich?

»Zuerst einmal ohne Gesang. Und wirklich, wirklich auf jeden Fall ohne Zwerge.«

»Laaaaaangweilig!«

Er prustet vor Lachen. »Was habe ich mir mit dir nur ins Haus geholt, Sophie?«

Ich kuschele mich noch dichter an ihn. »Jetzt sag schon. Wie sollte unser Zusammentreffen ablaufen – deiner Meinung nach?«

»Ich bin nicht sehr gut darin, zu erzählen.«

Seine Stimme hat das Spielerische verloren, klingt auf eine seltsam anregende Weise geschäftsmäßig. Innerhalb einer Sekunde switcht mein Herzschlag von ruhig auf Trommelwirbel.

»Dann zeig's mir«, flüstere ich.

Und das tut er. Ich schmelze unter seinem Kuss, rekele mich auf dem kühlen Bettlaken, als seine Lippen meinen Mund hinter sich lassen, über meine Halsbeuge streifen, das Tal zwischen meinen Brüsten durchqueren. So sanft liebkost er meine Knospen, dass lustvolle Nässe meinen Slip durchdringt. Schwer vorstellbar, dass ich hierfür Geld kriegen soll. Es wäre nur fair, ihm etwas zu zahlen, so gut fühlt es sich an.

Ohne gierig wirkende Hast kniet Carnaud sich zwischen meine Beine, streicht sanft mit der Hand über meinen Fuß, hebt ihn an, küsst meine Sohle. Es kitzelt, kichernd versuche mich zu entziehen, aber er hält mich fest. Seine Lippen schließen sich um meinen kleinen Zeh, seine Zunge tanzt um ihn. Ich betrachte Carnaud mit angehaltenem Atem. Sein Gesicht, ganz konzentriert auf das, was er tut, wirkt unglaublich erotisch. Er wandert weiter und als er meinen großen Zeh in den Mund nimmt, daran saugt und leckt, überrollt mich warme, zärtliche Lust. Prickelnde Küsse wandern über meinen Knöchel, meine Wade und weiter bis zu meinem Oberschenkel. Mit einem tiefen Einatmen vergräbt Carnaud sein Gesicht in meinem Schoß.

»Das hatte ich mir vorgestellt. Deine Lust zu riechen.«

Er drückt seine Lippen auf meinen Slip, haucht einen Kuss hindurch, nimmt ein Stück des feuchten Stoffs in seinen Mund und saugt daran. Ich presse mir die Hände vor die Augen, finde Halt in dieser Geste, wo mir doch gerade jeder Halt geraubt wird.

»Bitte«, flüstere ich, »bitte, zieh mich aus. Ich will für dich ganz nackt sein.«

Langsam rollt er den Slip über meine Hüften, streift ihn über meine Beine nach unten. Als wäre ich ein Geschenk, das er auspackt.

Nur dass für ein Geschenk keine Gegenleistung erwartet wird.

Ich richte mich halb auf, will ihm sagen, dass es falsch ist, was wir tun oder besser: Warum wir es tun, aber dann drängt sich seine Zungenspitze zwischen meine Schamlippen, stöhnend sinke ich nach hinten und alles andere wird unwichtig.

Er greift in meine Kniekehlen, drückt meine Beine nach oben und spreizt sie. Völlig entblößt liege ich vor ihm und von Zurückhaltung ist jetzt keine Rede mehr. Er kaut mich förmlich, saugt meine Schamlippen in seinen Mund, leckt mich mit kleinen, schnellen Schlägen, dann wieder langsam, mit der ganzen Zunge. Mein Orgasmus naht schnell, viel zu schnell. Ich will das hier auskosten, dieses wunderschöne Gefühl, dass einem nur Sex geben kann. Aber ich bin so ausgehungert, dass ich überwältigend heftig auf Carnaud reagiere. Hemmungslos stöhnend presse ich ihm meinen Unterleib entgegen, während sich die Wellen meines

Höhepunkts von seinem Epizentrum aus in meinem ganzen Körper verteilen, mich erbeben lassen und Schweißtropfen aus meiner Haut drängen.

Noch während ich mit geschlossenen Augen dem Zittern nachspüre, das nur langsam abebbt, legt sich Carnaud neben mich. Auch er ist jetzt völlig nackt, ich spüre seinen muskulösen Oberkörper, an dessen Breite ich mich anschmiegen und verstecken kann. Hart drücken meine Knospen gegen seine Handinnenflächen, als er meine Brüste umfasst. Erst mit sanftem, dann mit stärkerem Griff massiert er sie, presst sie zusammen. Ich bäume mich seinen Händen entgegen. Seinem Begehren. Er birgt sein Gesicht zwischen meinen Brüsten, seine Zähne umfassen meine empfindlichen Knospen, liefern sie seiner Zunge aus, die sie leckt, bis ich vor Lust beinahe weine.

Kurz nur lässt er von mir ab, als er sich hinkniet, aus der Schublade des Nachttisches ein Kondom hervorzieht und die silbrige Verpackung aufreißt. Ich schließe die Augen, will ihn nicht sehen. Ich will ihn spüren. Er legt sich auf mich, küsst mein Gesicht, schließlich meinen Mund. Ich schmecke meine Lust.

Als er in mich eindringt, erstarre ich für einen Augenblick. Carnaud hält inne. »Alles in Ordnung?«

Als Antwort nicke ich und schnappe nach Luft, während ich mich für ihn öffne.

Das hier ist XL, David, denke ich, und dann vergeht jeder Gedanke an meinen Ex-Freund und überhaupt an jeden anderen Mann, mit dem ich je zusammen war, als Carnaud mich mit tiefen Stößen nimmt. Ich schlinge meine Arme um ihn, meine Lippen suchen seine Haut, seinen Mund. Er liebt mich langsam,

schnell, sanft, hart – in einem Augenblick lässt er mich
selig seufzen, im nächsten so wild schreien, dass er mir
die Hand auf den Mund presst, weil man mich sonst
überall im Haus hören würde. Meine Finger krallen
sich in seinen Rücken, ich schlinge meine Beine um
seine Hüften und höre mit unglaublicher Freude sein
Stöhnen, als er in mir kommt. Gleich darauf bahnt sich
auch mein Orgasmus seinen Weg und für kurze Zeit
vergesse ich alles in diesem wunderbaren, ekstatischen
Moment.

Schwer atmend liege ich im Bett neben Carnaud,
streiche eine blonde Strähne aus seiner Stirn, die sich
dorthin verirrt hat. Wie schön es war, will ich ihm sagen. Dass ich so etwas noch nie erlebt habe. Bevor ich
jedoch dazu komme, beugt er sich wieder zum Nacht-
tisch, holt sein Portemonnaie hervor und zählt Geldscheine ab.

»Hier«, er reicht mir ein ordentliches Bündel, »bist du
damit einverstanden?«

Ich starre ihn an. Fast hatte ich vergessen, dass wir
hier nicht liegen, weil wir uns etwas bedeuten.

Fünfhundert Euro. Viel Geld für zwei Orgasmen und
eine Desillusionierung, die wie kalte Asche schmeckt.

»Also entscheidest du jedes Mal, wie viel es dir wert
war?«

»Das war der Gedanke.« Einladend hebt er die Hände.
»Wenn du eine andere Idee hast, immer her damit.«

Natürlich habe ich keine Idee. Bis eben habe ich keinen Gedanken an die merkantile Umsetzung unserer
Vereinbarung verschwendet.

»Du könntest eine Preisliste erstellen«, unterbricht er mein peinlich werdendes Schweigen mit einem seiner unbeholfenen Versuche, witzig zu sein.

Ich setze mich auf. »Das werde ich dann wohl machen.« In meinem ganzen Leben habe ich mich noch nie nackter gefühlt als jetzt.

Sanft streicht er über meinen Unterarm. »Bist du nicht zufrieden?«

Keine Ahnung, ob er das sexuell oder monetär meint. Ich frage nicht nach. »Doch, das bin ich.«

»Wirkt aber nicht so.«

»Ich muss mich erst noch daran gewöhnen, dass es nach dem Sex kein Kuscheln gibt, sondern Geld.«

»Haben deine Freunde hinterher mit dir gekuschelt, Sophie – also nach den ersten drei Beziehungsmonaten, während derer sich Männer noch Mühe geben? Haben sie dir danach nicht einfach einen Kuss auf die Stirn gedrückt und sind eingeschlafen? Ist das besser als das, was ich dir gebe?«

Kennt Carnaud David? Genauso ist es bei uns abgelaufen. Ein Kuss auf Stirn oder Mund – nachlässig, verrutscht, uninteressiert – danach ein »Schlaf gut, Minou« und innerhalb kurzer Zeit leises Schnarchen. Aber weder Zuwendung noch ein pralles Bündel Geldscheine.

Ich verstehe, was Carnaud mir sagen will und dass man Entscheidungen zu einhundert Prozent treffen sollte.

Als er sich aufsetzt, rutscht die Decke herab, entblößt verführerisch seinen Schwanz, der entspannt auf Carnauds muskulösen Oberschenkel liegt. Das ist wirklich mal ein schöner Penis, denke ich. Selbst im schlaffen Zustand lässt er erahnen, zu was er fähig ist, wenn er in Aktion ist. Äderchen zeichnen sich unter der Haut ab und die Eichel prangt über dem geraden Schaft in einem hellen Braunton. Eine kleine Sommersprosse sitzt darauf. Irgendwie niedlich! Unwillkürlich streichen meine Finger darüber, ich spüre Wärme und die klebrigen Tropfen seines Ergusses. Ein leichtes Zucken bebt durch Carnauds Schwanz, ein unterdrücktes Keuchen entfährt seinem Mund. Die glimmende Restlust in meinem Schoß zündet wie ein Raketentriebwerk. Ich beuge mich hinunter, nehme die pralle Eichel zwischen meine Lippen. Bitter schmecke ich sein Sperma daran, was nicht mein bevorzugter Gout ist, aber etwas an diesem Mann, an dieser Situation lässt mich genau das besonders erregend finden. Neugierig lutsche und sauge ich Carnaud, genieße es, wie mein Mund ihn wachsen lässt und ihm raues Stöhnen entlockt. Mit einem atemlosen Lachen packt er mich an den Schultern und legt mich aufs Bett. Er küsst und beißt meinen Hals so fest, dass ich lustvoll aufstöhne und zerfließe, als er mich wieder nimmt. Ich habe eine Entscheidung getroffen und ich werde die Konsequenzen, die aus ihr entstehen, solange tragen, bis sie keinen Spaß mehr machen. Danach sehe ich weiter.

»Morgen sagst du Eliane, dass du zukünftig jeden Donnerstag hier übernachten wirst, damit ihr noch intensiver und besser lernen könnt«, sagt Carnaud, als ich hinterher in seinem Arm liege, die Schweißperlen von seiner Brust küsse und dem allmählich ruhiger werdenden Schlagen meines Herzens nachspüre.

»Das wird sie nicht wollen«, wende ich ein. »Eliane mag mich zwar ein wenig, aber sie hasst die Nachhilfe.«

»Lass das meine Sorge sein. Beim Frühstück schlägst du es ihr vor.«

»Meinetwegen.«

Jeden Donnerstag eine Nacht wie diese – es gibt schlimmere Schicksale.

»Wenn ich dich zwischendurch treffen will, werde ich dir eine Nachricht schicken.«

Ich schmiege mich an seinen Körper. »Einmal die Woche reicht dir nicht?«

Er presst sich fest an mich, seine Hände packen meinen Hintern. »Was denkst du wohl?«

Eine Stunde später dusche ich mir in Carnauds Bad meinen Schweiß und den Geruch unserer Lust vom Körper, bevor ich ihn verlasse. Auf Zehenspitzen betrete ich Elianes Zimmer und taste mich im Dunkeln zu meiner Schlafstätte. Elianes Atem geht immer noch ruhig, ab und zu entweicht ihr ein zartes Seufzen. Ich schlafe erst ein, als sich die ersten Sonnenstrahlen rot durchs Fenster tasten, zu aufgewühlt bin ich noch. Zu sehr kreisen meine Gedanken um den Mann im ersten Stock.

Am nächsten Morgen verläuft das Gespräch mit Eliane bezüglich meiner regelmäßigen Übernachtungen genauso, wie ich vermutet habe. Sie kippt ihren Grüntee hinunter, rührt mit dem Löffel in ihrem Erdbeermagerjoghurt und zieht eine Schnute. »Das war doch nur eine Ausnahme, weil dein Fahrrad kaputt ist. Ich finde vier Stunden jede Woche reichen.«

Bevor ich etwas erwidern kann, mischt sich Carnaud in unser Gespräch ein. Er sitzt nicht mit am Tisch, sondern steht am Fenster zum Garten, eine Tasse Kaffee in der einen und sein Tablet in der anderen Hand.

»Tut mir leid, Mademoiselle Morel«, sagt er, »aber das geht wirklich nicht. Ich will nicht ständig einen Übernachtungsgast hier haben. Außerdem wird es Eliane auch nicht weiterhelfen, wenn wir den Unterricht intensivieren.«

Meine Verwunderung über seine Worte erstirbt bei Elianes heftiger Antwort: »Natürlich wird mir das helfen! Das ist wieder so typisch! Es wird dich schon nicht in den Bankrott treiben, wenn du Sophie für ein paar Stunden mehr bezahlst. Und außerdem möchte ich, dass sie bei mir übernachtet!«

»Keine Widerrede. Ich habe entschieden.«

Wutentbrannt springt Eliane auf und wirft ihre Serviette auf den Boden: »Das werden wir sehen!« Sie stürmt aus dem Zimmer und schmeißt die Tür hinter sich zu.

Carnaud wirft mir über die Schulter einen Blick zu. »Du wirst hier übernachten.«

Eine halbe Stunde später fährt er uns in die Stadt. Eliane lümmelt immer noch schmollend mit Kopfhörern auf dem Rücksitz und ist mit ihrem Handy beschäftigt, ich sitze auf dem Beifahrersitz. Mein Fahrrad ist hinten im Kofferraum. Carnaud hat angeboten, es zu einer nahegelegenen Werkstatt zu bringen und die Reparatur zu bezahlen. Als kleine Belohnung für seine Mühe öffne ich meine Shorts und schiebe meine Hand unter meinen Slip. Ein breites Lächeln auf dem Gesicht schüttelt Carnaud den Kopf und wirft einen Blick nach hinten auf Eliane. Ich verstehe und ziehe meine Hand wieder hervor. Als wir vor der Schule halten, springt Eliane aus dem Auto und auf Lucien zu, der sich mit verhaltenen Schritten dem Wagen nähert. Wahrscheinlich hat er Angst, vom Vater seiner Angebeteten angesprochen zu werden. Carnaud ruft ihr ein »Salut« hinterher, wird aber von seiner Tochter vollständig ignoriert. Sollte ihn das kränken, zeigt er es nicht.

»Also dann, Madame, wohin darf ich Sie fahren?«, fragt er mich mit der förmlichen Attitude eines Butlers.

»Zu meiner Arbeitsstätte, dem exquisiten Einkaufsparadies *Prix malin*, Pierre«, entgegne ich grinsend.

»Sehr wohl.«

Vorsichtshalber teile ich ihm noch die Adresse mit, denn ich gehe nicht davon aus, dass er dort regelmäßiger Kunde ist. Kaum dass sich das Auto wieder in Bewegung gesetzt hat, nehme ich meine Spielerei von vorhin wieder auf, gleite unter meinen Slip und streichele mich in Carnauds Beisein, bis er seine Hand ausstreckt und mit zwei Fingern durch meine Nässe streicht, meine Perle liebkost. Seufzend presse ich mich gegen ihn, vergrößere die Reibung mit leichten Bewegungen meiner Hüften. Als wir auf dem fast leeren Parkplatz vor dem Supermarkt halten, stehe ich kurz vor einem Höhepunkt. Obwohl die Gefahr gegeben ist, dass uns ein Kunde oder eine meiner Kolleginnen auf dem Weg zu ihrem Arbeitsplatz sieht, verstärkt Carnaud seine Berührungen und ich komme mit nur schwer zu unterdrückendem Lustseufzen. Er beugt sich mir entgegen und streift mit den Lippen meine Wange.

»Bis Dienstag«, flüstert er. »Oder bis ich dir eine Nachricht schicke.«

»Gut«, flüstere ich zurück. »Ich stehe dir zur Verfügung.«

Sein heißer Atem trifft mein Ohr. »Himmel, Sophie, am liebsten würde ich dich gleich hier nehmen, gleich jetzt.«

Mit beiden Händen drücke ich ihn ein wenig von mir.

»Das wäre mir dann doch zu öffentlich. Aber gib mir Bescheid, wenn du mich an einem verschwiegeneren Ort willst. Ich werde zu dir kommen.«

Damit steige ich aus dem Auto und drehe mich nicht nach ihm um. Ich weiß auch so, dass er mir nachschaut.

Der Umkleideraum mit seinen schmutzig-beigefarbenen Wänden und den dunkelgrünen Spinden umgibt mich wie eine falsche Realität. Das hier ist seit der letzten Nacht nicht mehr meine Wirklichkeit – zumindest nicht die Wirklichkeit, der ich mich zugehörig fühle, denn die andere, die vor wenigen Minuten in diesem riesigen Wagen davonfuhr, ist so unvergleichlich aufregender. Sie verwandelt mich, die normalerweise im mühsamen, lästigen Fluss des Alltags treibt, in eine waghalsige Schwimmerin im Strom des Besonderen.

Ich ziehe das Geld von letzter Nacht aus meiner Hosentasche, in der ich es zusammengeknüllt deponiert habe. Fünfhundert Euro und das ist erst der Anfang! Wenn Unmoral so viel Lust und Möglichkeiten beschert, dann will ich nie wieder anständig leben. Es ist einfach ein verdammt gutes Gefühl, so viel wert zu sein!

Während jeder Minute meiner Schicht hinter der Kasse bin ich nicht wirklich dort – als schiebe ein Double von mir Strichcodes über den Scanner, gebe Geld heraus, nicke grüßend Kunden zu. Mein eigentliches Ich liegt in Gedanken neben Carnaud in seinem großen Bett, die Lippen auf seiner Haut und die Beine um seine Hüften geschlungen.

Sechs Stunden später, mein weißer Arbeitskittel wieder im Spind verschlossen und mit ihm meine so viel langweiligere Normalität, gehe ich in die Mall, kaufe mir von meinen fünfhundert Euro ein paar neue Kleidungsstücke, darunter einige hauchzarte Seidenslips und Sommerröcke. Alles scheint mir heute zu gelingen, jedes Stück, das ich anprobiere, passt, mein Small Talk mit den Verkäuferinnen ist heiter und fühlt sich keine Sekunde lang gezwungen an. Wenn ich mich im Spiegel der Umkleidekabinen betrachte, sehe ich eine Frau, die in der Lage ist, in Carnaud das Begehren hervorzurufen, dass ich gestern erlebt habe. Für einen Moment denke ich an den anderen Mann in meinem Leben und meine Stimmung sinkt ab. Was würde David von mir halten, wenn er wüsste, dass ich mich kaufen lasse?

Ich schüttele so energisch meinen Kopf, dass meine braunen Locken nur so fliegen – als könne ich damit die Gedanken an ihn aus mir herausschleudern. Flo wäre stolz auf mich und ihre Meinung ist wichtig, seine nicht.

11 Superfahrrad, Supersex

Am nächsten Montag kriege ich früh am Morgen einen Anruf. Der Klingelton lässt mein Innerstes einen Salto schlagen. Vielleicht ist es Carnaud, der mich zu sich ruft …

Wie sich herausstellt, ist es nur die Werkstatt, die mir mitteilt, dass ich mein Fahrrad abholen kann. Da ich erst um zehn Uhr auf der Arbeit sein muss, mache ich mich gleich auf den Weg.

Meine Überraschung ist groß, als in dem mit Schläuchen, Rahmen und Sätteln übervollen Laden der Verkäufer, ein Typ mit Bart und Manbun, ein mattsilbernes Hightech-Rad auf mich zuschiebt.

»Gute Wahl«, nuschelt er. »Carbonrahmen, superleicht, heb's mal an, PU-Schaum-Reifen, superhaltbar, drück mal drauf. Das Design ist von Gabaldi, superhyper, schau's dir an.«

Fraglos ein schönes Teil, aber es ist superbestimmt auch superteuer. Und es ist nicht meins.

»Du musst dich irren, das gehört nicht mir. Der Rahmen meines Fahrrads besteht zu neunzig Prozent aus Rost und wird vom Lack zusammengehalten, die Reifen sind recycelte Ballontiere und das Design stammt von denselben Leuten, die den Tetrapack erfunden haben.«

»Ich weiß!« Sein Gesicht verzieht sich angeekelt, was mich kränkt. »Ich habe das Ding gesehen. Dein Onkel hat das hier gekauft und gesagt, wir sollen das alte Teil entsorgen.«

»Mein ...« Ich unterbreche mich selbst. Da hat mir
doch tatsächlich mein lieber Onkel Carnaud ein Fahrrad gekauft, genauso, wie er mich kauft.

»Er hat es komplett bezahlt?«

»Jepp. Zweijahresversicherung obendrauf.«

Ich strahle Manbun an: »Super!«

Es fährt sich großartig! So leichtgängig, als würden
die Pedalen meine Füße bewegen, nicht umgekehrt.
Ganz besonders gefällt mir der harte, schmale Sattel. In
Kombination mit dem neu erworbenen Seidentanga
unter meinem kurzen Rock führt er dazu, dass mich die
Fahrt zum *Prix* ziemlich anregt. Ich hoffe wirklich, dass
Carnaud heute nach mir verlangt! Und tatsächlich er-
halte ich am späten Mittag eine Nachricht:

Gefällt dir dein Fahrrad?

Sehr

tippe ich schnell. Eine Weile bleibt das Display dunkel
und ich befürchte schon, dass er sich nur nach der Wirkung seines Geschenks auf mich erkundigen wollte,
aber dann:

Komm ins Marchand. Gleicher Tisch

Ich versuche, mein breites Grinsen zu unterdrücken
und stattdessen eine Elendsmiene aufzusetzen, als ich
mich von dem Regal, das ich gerade bestücke, zum Fili-
alleiter begebe. Meine mit leidender Stimme hervorge-
brachte Erzählung von Magenschmerzen und Übelkeit,

garniert mit leichtem Aufstoßen, veranlasst ihn, mich umgehend nach Hause zu schicken. Mit fliegenden Fingern entledige ich mich in der Umkleide meines Kittels und rase in die Innenstadt.

Im *Marchand* sehe ich schon von weitem Carnauds breiten Rücken. An seinen Gesten erkenne ich, dass ihm jemand gegenübersitzen muss, aber diese Person sehe ich erst, als ich neben dem Tisch stehe: Ein Mann von Ende fünfzig schätze ich, schlank und mit sehr hohem Haaransatz, will sagen Halbglatze, der sich halb von seinem Stuhl erhebt, als Carnaud mich ihm vorstellt. Dabei erfahre ich erstaunt, dass ich zu seiner Assistentin aufgestiegen bin. Aber das ist wohl eine bessere Erklärung für meine Anwesenheit, denn die Tätigkeit als Elianes Nachhilfelehrerin.

»Wollen Sie sich nicht zu uns setzen?«, fragt der andere Mann, der sich mir als Arthur Chagny vorgestellt hat. Sein Blick ruht lange und distanzlos auf meinem Gesicht. Ich komme mir vor wie ein Ausstellungsstück in einem Museum. Mein »Nein danke« auf seine Aufforderung fällt deshalb sehr kühl aus. Auch Carnaud wirkt mit verkniffenen Lippen und zusammengezogenen Brauen nicht so, als würde er das Zusammensein mit diesem Mann genießen. Er nimmt die Serviette von seinem Schoß und legt sie mit übertriebenem Schwung neben seinen Teller, bevor er aufsteht.

»Du entschuldigst mich kurz, Arthur? Bis das Dessert kommt, will ich mit meiner Assistentin rasch etwas besprechen.«

So, wie er ›besprechen‹ betont, ist es für jeden absolut klar, dass damit etwas ganz anderes gemeint ist. Über Chagnys Gesicht geht das widerlichste Grinsen, dessen ich je Zeugin werden musste, allerdings nicht sehr lange, denn schon legt Carnaud seinen Arm um meine Schulter und zieht mich in Richtung der Toiletten. Auf dem Weg dorthin sehe ich, wie er dem Kellner, der uns letztens bedient hatte, seine rechte Hand mit ausgestreckten Fingern zeigt. Was um Himmels willen passiert hier?

Der Vorraum der Männertoilette ist leer, Carnaud öffnet eine der Kabinentüren und schiebt mich hindurch. Der Raum ist sauber, weißgefliest und es riecht nach Orangenblüten, aber letztlich ist es doch nur eine Toilette. Kaum hat er die Tür zugeschmissen, küsst Carnaud mich besitzergreifend. Andere würden erst einmal Hallo sagen. Er öffnet die Knopfleiste meines Kleides, seine Hand drängt unter den Stoff, legt sich fest auf meine Brust. Mit hastigen Fingern zerre ich seinen Gürtel auf, öffne den Reißverschluss. Ich kann es kaum noch erwarten, genommen zu werden.

»Kein Gerede heute«, sagt er und nestelt ein Kondom aus seiner Hosentasche. »Ich bin wütend und brauche es schnell und hart.«

Ja, das klingt nach einem guten Plan!

Er hebt mich hoch, drückt mich gegen die Wand und als er sich in mir versenkt, zeigt ihm mein Keuchen, dass ich es ganz genau so brauche. Mit heftigen Stößen reagiert er sich an mir ab, sein Gesicht ist dabei angespannt, voller Zorn. Ich habe noch nie so wilden Sex erlebt und werde so heiß dabei, dass meine Nässe an meinen Oberschenkeln hinunterrinnt. Die Arme um seinen Nacken geschlungen, stöhne ich meine perverse Lust in den rauen Stoff seines Sakkos. Und komme noch vor ihm. Die Ausläufer meines Orgasmus vibrieren durch meinen Schoß, als er sich mit einem unterdrückten Schrei in mir ergießt. Nachdem er mich wieder abgesetzt hat, bleibe ich an ihn geschmiegt stehen, bis er mich von sich wegdrückt: »Jetzt fühle ich mich besser. Hoffentlich steht inzwischen die Crème brûlée auf dem Tisch.«

»Dann war ich dein Dessert vor dem Dessert?«

Lächelnd streicht er mir eine Strähne aus dem Gesicht. »Clever. Eine schöne Beschreibung für dich.«

»Auf jeden Fall besser als …« Ich spreche es nicht aus, dieses Wort. Es kommt mir einfach nicht über die Lippen, denn beim bloßen Gedanken verwandelt sich all die flirrende Aufregung, die ich in Carnauds Nähe verspüre, in einen steinharten Klumpen in meinem Magen.

Carnaud scheint mich zu verstehen, auch wenn ich meinen Satz nicht zu Ende bringe. Sein Lächeln verschwindet. »So würde ich dich nie nennen.«

»Macht es denn einen Unterschied, wie man es bezeichnet?«

»Natürlich! Das ist doch der Trick.« Er führt seine Hand in einer halbkreisförmigen Bewegung durch die Luft wie ein Magier. »Finde eine hübsche Bezeichnung für deine Sünden und dann sündige.«

»Demzufolge wäre mein neues Fahrrad also ein durchdachtes Geschenk und kein Bonus für Sex.«

»Nein.« Er beugt sich mir entgegen, streicht meine Haare zur Seite und drückt einen Kuss in meine Halsbeuge. Die Berührung ist so sanft, dass mir ein Schauer über den Rücken läuft. »Das Fahrrad ist eine Sicherheitsmaßnahme. Es stand zu befürchten, dass du mit deiner schrottreifen Mühle einen weiteren Unfall baust. Mit eventuell schlimmeren Folgen als beim letzten. Das wollte ich verhindern.«

Seine Antwort verschlägt mir die Worte, allerdings nur für einen Moment: »Nicht dein Ernst! Du machst dir Sorgen um mich?«

»Solange ich Interesse an diesem Körper habe, werde ich alles tun, was in meiner Macht steht, damit er intakt bleibt.«

»Oh là là!« Und schon wieder bin ich beinahe sprachlos. »Du weißt, wie man ein Mädchenherz zum Klopfen bringt.«

Als wir die Toilette verlassen, sehe ich vor der Tür ein gelbes Reinigungsschild. ›Hier wird für Sie geputzt‹, steht darauf und ich komme mir vor wie ein neuer Spieler in einem alten Spiel, dem niemand die Regeln erklärt.

»Machst du das öfter? Frauen in die Toilette mitnehmen?«

»Wie kommst du darauf?«

»Logische Schlussfolgerung. Du hast dem Kellner fünf Finger gezeigt. Ich schätze, das bedeutet, dass du fünf Minuten auf der Toilette deine Ruhe brauchst. Deshalb hat er dieses Schild aufgestellt. Damit du nicht gestört wirst.«

Carnauds Augen weiten sich. »Meine Güte, Sophie, das hat vor dir noch keine bemerkt. Kein Wunder, dass Eliane bei dir etwas lernt. Du bist schlau.«

»Ja, ich weiß. Also? Ist das hier eine Art zweites Schlafzimmer für dich?«

»So weit würde ich nicht gehen, aber ja, du hast recht, hin und wieder mag ich das hier. Es hat so etwas

Verruchtes. Wenn es auch nur selten so viel Spaß macht wie mit dir.«

Wieder eines von Carnauds zweischneidigen Komplimenten. Ich bin also gut für tollen Toilettensex. Nachdem ich mich die letzten Tage in meiner neuen Rolle so wohl gefühlt hatte, macht sich nun ein seltsames Ungenügen in mir breit.

»Warum warst du wütend?«, frage ich, um mich davon abzulenken.

»Geht dich das etwas an?«

»Ich denke schon. Dank mir bist du es nicht mehr.«

Er schweigt, scheint zu überlegen, wie viel Intimität er mit mir teilen will. Körperlich ist da ja kaum noch Luft nach oben, aber darum geht es auch nicht.

»Ärger mit meinem Gesprächspartner. Ich plane mit ihm ein Geschäft, aber er zickt herum, schraubt seine Ansprüche in die Höhe. Apropos ...« Er zieht sein Portemonnaie hervor, drückt mir zweihundert Euro in die Hand. »Ausreichend?«

Grinsend stecke ich das Geld ein. »Keine Angst, ich werde jetzt nicht herumzicken und meine Ansprüche in die Höhe schrauben.«

Lachend kneift er mich in die Wange und küsst mich dann auf den Mund. Diese Zärtlichkeit trifft mich völlig unvorbereitet und sorgt in meinem Magen für ein Gefühl wie eine Fahrt auf dem Kettenkarussell.

»Meine zauberhafte Sophie«, flüstert er. »Für nichts gebe ich so gern Geld aus wie für dich.«

Jetzt bin ich endgültig sprachlos. Carnaud scheint Geld als Synonym für Gefühle zu sehen, wahrscheinlich sogar als Ersatz. Oder als eine Flucht davor.

Ich verabschiede mich von ihm und verlasse das *Marchand*. Lasse ihn zurück mit seinem Geschäftspartner, der Crème brûlée und seinem seltsamen Verständnis der Welt. Ein paar Stunden lang bin ich mir absolut sicher, dass ich mich seinen Fängen entziehen sollte, dass er Gedanken und Wünsche in mich pflanzt, die mir nicht guttun.

»Wo ist dein altes Fahrrad hin?«, fragt Maman, während ich meinen Hightech-Drahtesel in den Flur stelle. Hitze steigt mir in die Wangen. Ich habe nicht damit gerechnet, dass ihr mein geändertes Vehikel auffallen wird. Oder hatte ich es nur gehofft, weil ich keine Ahnung habe, wie ich ihr erklären soll, plötzlich im Besitz eines solchen Luxusgegenstandes zu sein?

Leichthin deute ich auf den Verband an meinem Bein. »Das Alte war nicht mehr zu gebrauchen nach dem Unfall.«

»Hätte man es nicht reparieren können?«

»Nein, das war nur noch Schrott. Wir müssen uns beeilen, *L'amour éternel* fängt gleich an.«

Unbeirrt bleibt Maman vor mir stehen. »Weich mir nicht aus. Madame Bonnet hat schon zweimal gesehen, wie du in einer Luxuslimousine angefahren kamst. Ob du einen Sugar Daddy hast, hat sie gefragt. Kannst du dir vorstellen, wie peinlich mir das war? Was geht da vor sich, Sophie?«

»Madame Bonnet soll sich lieber um ihre eigenen Angelegenheiten kümmern«, erwidere ich und meine Stimme klingt unangenehm hoch. »Der Vater meiner Schülerin bringt mich nach Hause, wenn es spät wird. Ich finde das sehr zuvorkommend.«

»Aber woher hast du das Geld für dieses Fahrrad? Das Ding kriegt man doch nicht für ein paar Euro, das erkenne sogar ich.«

Ich will Maman nicht ansehen, weil sie erkennt, wenn ich nicht die Wahrheit sage, also beuge ich mich tief herunter und streife mir die Schuhe ab, als ich antworte. »Meine Schülerin hat in der letzten Woche zwei sehr gute Arbeiten geschrieben, deshalb hat mir ihr Vater einen Bonus gegeben. Das Fahrrad ist secondhand. War gar nicht so teuer.«

Nein, es ist kein angenehmes Gefühl, Maman anzulügen, aber da sie sich mit der Erklärung zufriedengibt und wir dann gemütlich zusammen vor dem Fernseher sitzen, versiegt mein schlechtes Gewissen und macht wieder Platz für die Freiheit und Grenzenlosigkeit, die Carnaud in mir hervorruft. Seit ich ihn kenne, habe ich das Gefühl, in einem Erdbebengebiet heimisch zu sein. Meine Sicht auf mich selbst, meine tiefsten Überzeugungen, schwanken und sind stetig vom Einsturz bedroht.

12 Ich weiß nicht, wo ich suchen soll

Während der nächsten Tage ruft Carnaud mich nicht mehr zu sich und als ich Dienstag in die Villa komme – noch immer in dieser Gefühlsgemengelage aus Dreistigkeit und Zweifel gefangen wie ein Mafiaopfer in Stiefeln aus Beton – ist er nicht dort. Nach dem Unterricht schlüpfe ich rasch in sein Arbeitszimmer, streiche mit der Hand über das alte Leder des Schreibtischstuhls und rieche Carnauds Geruch nach Holz und Zitrone, der wie ein Echo in der Luft hängt.

Am nächsten Donnerstag entschuldige ich mich bei Eliane, dass ich nicht bei ihr übernachten kann, weil ich andere Verpflichtungen hätte. Sie nimmt es mit genauso großem Gleichmut wie ihr Vater, als ich mein Geld bei ihm abhole. Bedächtig legt er mir die Fünfzig-Euroscheine in die Hand, hält den letzten fest.

»Du musst gehen?«, fragt er.

»Ja«, erwidere ich knapp.

Er sieht mich prüfend an, als wolle er in meinem Gesicht die Antwort auf eine ungestellte Frage finden, aber dann legt er den letzten Geldschein zu den anderen in meiner Hand und sagt: »Gut.«

Ich schließe meine Finger um die Banknoten und will das Zimmer verlassen.

»Liest du manchmal darin?«, höre ich seine dunkle Stimme in meinem Rücken, bevor ich die Tür öffne. Von seiner Frage überrascht, drehe ich mich um.

»Worin?«

Er steht breitbeinig in der Mitte des Zimmers, die Arme hinter dem Rücken verschränkt. Der Ausdruck seiner Augen ist unergründlich. Ich kenne keinen anderen Menschen, der so sehr einem verschlossenen Tresor ähnelt.

»Im *Grafen von Monte Christo*.«

Sofort steht der dunkle Leineneinband mit den eingeprägten goldenen Lettern des Titels vor meinem geistigen Auge. Hat er das Buch erwähnt, weil er mit der Erinnerung an sein Geschenk meine Ablehnung durchbrechen will? Klappt so ein bisschen.

»Nein. Das muss ich aber auch nicht. Bei Büchern, die ich sehr liebe und die ich schon oft gelesen habe, scheint es mir, als würden ihre Geschichten wie Nebel in den Raum dringen. Ich muss sie nicht lesen, ich kann sie atmen.«

Er lächelt. Ein wenig. »Also war es ein gutes Geschenk?«

»Eins der Besten, die ich je bekommen habe.«

Ein kaum wahrnehmbares Nicken mit dem Kopf, dann: »Komm heil nach Haus, Sophie.«

Auf dem Weg zurück schwirren meine Gedanken wie aufgescheuchte Hühner durch meinen Kopf. Sie schlagen mit den Flügeln und gackern, dass man seine eigenen Überlegungen nicht versteht. Nur eins ist mir klar: Hätte er mich gebeten, heute Nacht bei ihm zu bleiben, hätte ich nicht Nein gesagt.

Ich wünschte, er hätte mich gefragt.

Ich bin froh, dass er es nicht getan hat.

Hätte ich nur den Mut aufgebracht zu sagen, dass die Aktion auf der Toilette, so lustvoll es im Moment des

Geschehens auch war, für mich im Nachhinein ein No-Go darstellt.

Und warum zum Henker begreift er das nicht selbst?

Ja, schon geht es wieder los in meinem Kopf: Gack, gack, gack!

Glücklicherweise meldet sich am Freitagmorgen eine meiner Kolleginnen im *Prix* krank. Nicht, dass ich ihr etwas Böses wünsche, aber so habe ich die Möglichkeit, ihre Abendschicht zu übernehmen und kann für lange Stunden meinem Gedankenkarussell entgehen, abgelenkt von der Gleichförmigkeit des Abkassierens, des Regaleinräumens und Aufwischens, wenn einem Kunden mit einer Glaskonserve oder einer Flasche ein Missgeschick passiert. Auch am Samstag kann ich mich so beschäftigen, aber der Sonntag trifft mich dafür umso härter. Die meiste Zeit liege ich im Bett. So lange, dass Maman nervös wird und ab und zu ihren Kopf in mein Zimmer steckt. Ich blättere im *Grafen*, doch meine Augen schweifen über die mir so vertraute Geschichte, ohne dass ich etwas davon mitbekomme.

Ich will nicht an Carnaud denken. Nicht an seine kalte Stimme, nicht an seine kalten Augen, nicht an seine warmen Lippen auf meiner Haut.

Natürlich denke ich nur daran. Nichts anderes in meinem Leben fesselt mich so sehr wie er.

Als ich Montag nach meiner Doppelschicht – meine Kollegin ist für sie unglücklicherweise, für mich dankenswerterweise, immer noch krank – meinen Kittel ausziehe, dringt aus meinem geschlossenen Spind das Klingeln meines Smartphones. Ich erwarte keinen Anruf. Zuerst ist da die Angst, es könnte etwas mit Maman sein. Mit hastigen Fingern öffne ich meinen Spind und ziehe das Telefon aus meinem Rucksack. Es ist Carnaud. Mein Herz setzt einen Moment lang aus.

»Was gibt es?«

»Hast du Zeit?«

»Ich bin ehrlich gesagt ziemlich müde und kaputt. Ich denke nicht, dass ich …«

»Nicht deshalb. Ich brauche deine Hilfe.« Seine Stimme klingt so angespannt, dass ich ihm sofort glaube.

»Was ist los?«

»Eliane ist verschwunden.«

»Hast du bei ihren Freunden angerufen?«

»Ja, da ist sie nicht. Ihr Smartphone ist aus. Deshalb kann ich sie nicht orten. Vielleicht weißt du ja, wo sie sein könnte.«

Dass er sich Sorgen macht, weil er seine fast erwachsene Tochter um einundzwanzig Uhr nicht erreicht, hätte ich nicht erwartet. Und es berührt mich.

»Hast du die Polizei informiert?«

»Ich will nicht gleich mit Kanonen auf Spatzen schießen. Wenn sie in einem Restaurant sitzt, nur die Zeit vergessen hat und ihr Akku alle ist, möchte ich ihr nicht die Nationalgarde auf den Hals schicken.«

Ja, das wäre etwas übertrieben. Ich schweige, weil ich nicht weiß, was ich sagen soll und auch keine Idee habe, wo Eliane sich aufhalten könnte.

»Wo bist du?«, unterbricht Carnauds ungeduldige Stimme mein Schweigen.

»Noch im Supermarkt. Ich habe jetzt Feierabend.«

»Bleib da, ich hol dich ab.«

»Oh. Ja, also …«

Aufgelegt. Klar. Ich gebe meiner Mutter Bescheid, schnappe meinen Rucksack und warte, bis Carnauds Wagen auf den Parkplatz rollt. Schnell laufe ich auf ihn zu und nehme auf dem Beifahrersitz Platz.

Er nickt mir kurz zu. »Danke.«

»Ich hoffe, ich kann helfen.«

»Das hoffe ich auch. Hat sie dir irgendetwas erzählt? Wo sie sein könnte? Ich habe schon alle ihre Lieblingsplätze abgesucht. Die Mall, die Restaurants, aber nichts. Und weder dieser schwachsinnige Lucien noch ihre drei Freundinnen wissen etwas. Keine Ahnung, wo ich noch suchen soll.«

Er fährt vom Parkplatz und biegt auf die Straße in Richtung Zentrum ein.

»Warum hast du solche Angst?«, frage ich, anstatt ihm zu gestehen, dass ich genau wie er nicht weiß, wo wir mit der Suche fortfahren könnten. »Ist Eliane schon mal entführt worden? Oder wurde sie Opfer von – ich weiß nicht. Von irgendwas?«

»Nein. Weder das eine noch das andere. Aber es könnte doch sein, nicht wahr? Dass ich viel Geld habe, ist nicht schwer herauszufinden.«

»Schon, aber Elaine ist kein Kind mehr. Womöglich ist sie am Meer und chillt. Du solltest dir nicht so viele Sorgen machen.«

Er schlägt mit der flachen Hand auf das Lenkrad. »Ich bin ihr Vater. Ich muss verdammt noch mal wissen, wo sie ist. Ich kann ihr wirklich nicht viel bieten außer dem Offensichtlichen, aber Sicherheit: Die sollte ich ihr geben können.«

Das ergibt Sinn. Seine Angst um Eliane resultiert aus seiner Angst, als Vater zu versagen. Da wir uns in dieser

Ausnahmesituation befinden, wage ich mich mit meinen Fragen aus der Deckung wohl wissend, dass mir jederzeit die Kugeln seiner scharfen Ablehnung um die Ohren fliegen können.

»Was ist das eigentlich mit euch? Warum habt ihr so ein schlechtes Verhältnis?«

Erstaunlicherweise antwortet er mir. »Eliane ist bei meinen Eltern aufgewachsen. Sie kam erst nach deren Tod vor drei Jahren zu mir. Wir sind uns eigentlich fremd.«

So viele Informationen auf einmal. Schwer zu verarbeiten.

»Deine Eltern sind tot? Und sie sind zusammen gestorben?«

»Ein Absturz mit ihrem Privatflugzeug in den Pyrenäen. Und komm mir bloß nicht mit ›Herzliches Beileid‹. Die Welt ist ein besserer Ort ohne sie. Um den Piloten tut es mir leid, er war ein netter Kerl.«

Ich starre ihn an, aber in seinem Gesicht zeigen sich weder Anzeichen, dass er einen Scherz macht, noch dass er Kummer mit Grobheit überspielt. Er sieht aus wie ein Mann, der sagt, was er denkt. Ich schlucke.

»Aber Eliane hat sie geliebt?«

»Keine Ahnung. Sie haben sie von Kindermädchen erziehen lassen und in Internate gesteckt, so wie mich früher. Das war für uns beide sicherlich besser, als in ihrer Nähe zu sein.«

Es ist die Sachlichkeit, mit der er diese Sätze vorbringt, die in mir bittere Übelkeit hervorrufen. Er hat nicht einmal mehr Hass für seine Eltern übrig. Das wirklich Tragische daran ist, dass Eliane später über ihn genauso sprechen wird und ich glaube, dass er das weiß.

In einem unserer Gespräche sagte sie, dass sie Lucien heiraten wolle und Kinder mit ihm kriegen. Das Haus ihres Vaters verlassen, weil sie endlich glücklich sein wolle. Jetzt verstehe ich, was sie meinte.

Und dann erinnere ich mich an das, was sie noch sagte. Sie wolle Schauspielerin werden und dass sie jeden Montag heimlich eine Theater-AG an der Schule besuche.

Aufgeregt packe ich Carnaud so heftig am Arm, dass der Wagen kurz ins Schlingern gerät. »Fahr zur Schule.«

»Was? Wieso sollte sie ausgerechnet dort sein?«

Ich will ihr Geheimnis für mich behalten und doch auch Carnaud seine Angst nehmen. Eine Zwickmühle, aber ich kann nicht immer versuchen, es allen recht zu machen.

»Sie besucht montags zusätzliche Kurse, von denen du nichts wissen sollst. Vielleicht dauern sie heute länger als sonst.«

»Gut, versuchen wir es.« Er wendet den Wagen und fährt in Richtung Schule. Die Hoffnung, Eliane zu finden, nimmt ihm die Nervosität – ein wenig zumindest.

»Dort hätte ich nie im Leben nach ihr gesucht. Wie clever von mir, dich zu fragen, Sophie.«

»Ja«, entgegne ich sarkastisch, »das hast du richtig gut gemacht.« Aus dem Augenwinkel nehme ich sein breites Grinsen wahr. Sollte das wieder einer seiner Witze gewesen sein? Noch nie habe ich jemanden mit so einem seltsamen Sinn für Humor getroffen.

»Weißt du, was für Kurse das sind?« Seine Frage bringt mich erneut in Bedrängnis.

»Du solltest das eigentlich überhaupt nicht wissen. Ich will dir nicht zu viel von dem verraten, was ich für mich behalten sollte.«

»Ja, ich verstehe.« Seine Einsicht klingt sehr uneinsichtig. »Trotzdem. Es erstaunt mich, dass sich meine Tochter für irgendetwas interessiert, und ich wüsste gerne, was das ist.«

»Frag sie das selbst. Sprich endlich mal mit ihr.«

»Ich spreche ständig mit ihr«, verteidigt er sich, während er auf die Straße einbiegt, die zur Schule führt.

»Das tust du nicht. Du verhörst, du befiehlst, du tust dein Missfallen kund. Miteinander zu sprechen ist etwas völlig anderes. Es bedeutet Zuhören, aufeinander eingehen, Verständnis aufbringen, auch wenn es einem schwerfällt.«

»Ach, Mademoiselle Morel«, seufzt er. »Kleine Klugscheißerin.«

Überrascht, aber nicht verletzt stoße ich ihm mit dem Ellenbogen in die Seite. »Hör auf mich. Sophie bedeutet nicht umsonst ›Die Weise‹.«

Der Wagen kommt vor dem kastigen Schulbau zum Stehen und ich denke daran, dass Pierre ›Stein‹ bedeutet. Bei uns beiden stimmt das Sprichwort: ›Nomen est omen‹.

Das Tor zur Schule ist offen, aus der Turnhalle dringt Licht. Sporttraining fand schon zu meiner Zeit oft bis spät in den Abend statt. Nicht, dass ich je daran teilgenommen hätte. Heutzutage würde ich es vielleicht sogar tun, aber damals war ich froh um jede Möglichkeit,

den abschätzigen Blicken und getuschelten Bösartig-
keiten zu entgehen. Carnaud läuft in die Halle, ich folge
ihm langsamer in diesen Geruch aus Schweiß und
Kreide. Ein paar Jungs trainieren Fußball in der Halle,
sie halten bei unserem Auftritt inne und starren uns an.
Mit der für ihn so typischen arroganten Ungeduld in
der Stimme ruft mein Begleiter: »Ich suche Eliane
Carnaud. Hat sie einer von euch gesehen?«

Kopfschütteln, Schulterzucken, eine Antwort aus der
Menge: »Die sitzt mit ihren Leuten im Garten.«

»Mit ihren Leuten? Was soll das ...«

Ich packe Carnaud am Arm und ziehe ihn aus der
Turnhalle. »Machen Sie hier keine Szene. Wir wissen
jetzt, wo Eliane ist, und sollten sie in Ruhe lassen.«

Wie nicht anders zu erwarten, befreit er sich aus meinem Griff und läuft mit langen Schritten in Richtung
des Gartenbereichs, der sich auf der gegenüberliegenden Seite des Gebäudes befindet. Seufzend folge ich
ihm. Das wird mir Eliane nie verzeihen.

Im Rosengang, der zum Kräutergarten führt, sitzt sie
zusammen mit einer jungen Frau und zwei Männern.
Decken liegen um ihre Schultern, eine offene Flasche
Rotwein steht vor ihnen auf dem Boden. Würziger Ha-
schischgeruch weht uns entgegen, Lachen und Stimmengewirr.

Carnaud bleibt ein paar Meter von der Gruppe entfernt stehen, die uns noch nicht bemerkt hat.

»Siehst du«, flüstere ich. »Alles in Ordnung. Einfach
nur ein paar Freunde, die Spaß haben. Lass uns gehen.«

»Eliane!«

Sie sieht auf, erkennt uns und es schmerzt beinahe körperlich mitzuerleben, wie der fröhliche, entspannte Ausdruck auf ihrem Gesicht von Ärger und Trotz abgelöst wird. Ihre Decke gleitet herab, als sie sich erhebt. Während sie auf uns zukommt, haftet ihr Blick auf mir.

»Hast du ihn hierhergeführt?«

»Er hat sich Sorgen gemacht.« Die Erklärung, die ich Eliane gebe, berührt mich unerwartet. Würde mein Vater in der Dunkelheit nach mir suchen, wüsste er, dass ich verschwunden wäre?

»Sorgen, ja?« Nun sieht sie ihn an, der erstaunlich ruhig ist. »Ich bin ihm doch egal. Er will nur seinen Besitz zusammenhalten. Mit meiner Mutter hat das nicht funktioniert, deshalb versucht er, mich zu kontrollieren.«

Mein Blick huscht über Carnauds Gesicht. Die Erwähnung von Elianes Mutter – Was war sie eigentlich? Seine Frau, seine Geliebte? – bringt keine Regung in seine Miene.

»Ich will dich nicht kontrollieren. Ich wusste nur nicht, wo du warst. Dein Smartphone ...«

»Ich habe es ausgeschaltet«, fällt Eliane ihm ins Wort. »Du musst nicht ständig wissen, wo ich bin. Das wichtigste in meinem Leben findet sowieso ohne dich statt.«

Noch immer zuckt kein Muskel in seinem Gesicht. Bestimmt hat er Eliane schon früher so wütend erlebt, ich jedoch nicht. Deshalb zucke ich zusammen, als sich ihre Aufmerksamkeit plötzlich auf mich richtet. »Ich habe dir das im Vertrauen erzählt. Wie konntest du ihm ...«

»Er ist dein Vater, verdammt«, entfährt es mir, »und die Wahrscheinlichkeit einer Entführung ist bei dir weit höher als bei 99,9 % der übrigen Bevölkerung dieser Stadt. Also tu nicht so, als sei seine Sorge gänzlich unbegründet. Und warum soll er nicht wissen, dass du einen Theaterkurs besuchst?«

Jetzt reagiert Carnaud. Er tritt einen Schritt zurück, sein Blick wandert unter in Falten geworfener Stirn von Eliane zu mir und wieder zu seiner Tochter. »Du spielst Theater?«

Elianes Körper verliert die Spannung, ihr Kopf sinkt herab. »Ja. Jeden Montag nach der Schule. Ich wollte nicht, dass du es weißt. Ich hatte Angst, dass du dich lustig machst.«

»Tue ich das?« In einer ungewohnt hilflosen Geste fährt er sich mit der Hand durch die Haare. »Mache ich mich lustig?«

»Im besten Fall.«

»Und im schlimmsten?«

»Ist es dir egal.«

Mit einem Mal stehen sich Vater und Tochter wie zwei Schauspieler gegenüber, die ihre Masken abgenommen haben. Eine sehr intime Situation ist das – eine, in der ich keinen Platz habe. Vorsichtig zupfe ich an Carnauds Ärmel, da er nicht reagiert, sage ich: »Dann gehe ich mal. Ihr wollt sicher miteinander sprechen, da würde ich nur ...«

Mit einer Bewegung seiner Hand bedeutet er mir, zu schweigen und zu bleiben, den Blick weiterhin auf seine Tochter gerichtet. Unschlüssig rühre ich mich nicht von der Stelle.

»Das finde ich gut«, sagt er. »Theaterspielen. Überhaupt nichts dagegen einzuwenden.« Die

Unbeholfenheit seiner Worte zeigt, dass er es nicht gewohnt ist, Komplimente zu machen.

»Ernsthaft?« Nun ist es an Eliane, die Stirn zu runzeln.

»Ja. Ich ... Du willst Zeit mit deinen Freunden verbringen?«

»Heute war der letzte Kurs vor den Sommerferien. Wir wollen ein paar Szenen durchgehen und hier im Garten übernachten.«

»Welches Stück?«

»*Geschlossene Gesellschaft.*«

»Sartre. Guter Stoff.« Carnaud nickt anerkennend. »Die Hölle ...«

»Das sind die anderen«, unterbricht ihn Eliane und führt damit das Zitat zu Ende.

»Dann viel Spaß euch«, sagt Carnaud nach einem Moment, in dem er sie und sie ihn angelächelt hat. Das habe ich noch nie bei den beiden gesehen. »Solltest du doch in der Nacht zurückwollen, nimm dir ein Taxi.«

»Klar.«

»Du hast genug Geld dafür?«

»Ja.«

Mit einer vagen Handbewegung deutet er auf ihre Freunde, die ungerührt vom Geschehen die Weinflasche und den Joint kreisen lassen.

»Und du fühlst dich sicher hier ...«

»Papa!«

»Ist ja schon gut. Dann bis morgen früh.«

Er dreht sich um, legt im Vorbeigehen die Hand auf meine Schulter und zieht mich mit sich zum Wagen. Die Fahrt vergeht schweigend und endet nicht bei mir zu Haus, sondern im Carport der Villa. Carnaud betrachtet seine Hände auf dem Lenkrad.

»Kommst du mit rein?«, fragt er, ohne mich anzusehen.

»Wenn wir schon mal hier sind.« Meine Stimme verrät nichts von der Unruhe in mir, der nervösen Erwar-
tung.

Wir gehen in die Küche, wo er zwei Weingläser aus
einem der Hängeschränke und eine geöffnete Flasche
Weißwein aus dem Kühlschrank holt. Er gießt ein und
reicht mir ein Glas. Ich setze mich auf den Küchentisch
und trinke. Der Wein ist erfrischend in seiner kühlen
Fruchtigkeit. »Gut.«

»Ich weiß«, antwortet Carnaud und setzt sich vor
mich auf einen Stuhl. Unsere Position lädt dazu ein, die
Beine ein wenig zu spreizen, aber ich halte mich zurück. Ich weiß nicht, ob es richtig wäre.

»Hattet ihr euch gestritten? «, frage ich stattdessen.
»Warst du deshalb so nervös, als du sie nicht erreichen
konntest?«

»Natürlich hatten wir Streit. Wir haben immer
Streit.«

»Worum ging es dabei?«

»Ich weiß es nicht mehr. Es war nichts Wichtiges. Das
ist es ja meistens nicht.« Er leert sein Glas und stellt es
neben mich auf den Küchentisch. Seine Hand streift
dabei meinen Oberschenkel, ganz kurz nur und ich
glaube unabsichtlich, aber die Berührung lässt mich
nach Luft schnappen. Carnaud bemerkt es nicht oder
er ignoriert es.

»Du könntest ihr richtigen Schauspielunterricht bezahlen«, schlage ich vor. »Möglicherweise ist das ja der
Weg, den sie gehen soll.«

Die Weinflasche in der Hand, um sich nachzuschenken, hält Carnaud inne und sieht mich an. »Glaubst du an so etwas? Dass einem ein Weg für das Leben vorgegeben ist? Dass man ihn bis ans Ende gehen muss, um Erfüllung zu finden?«

Der Ton seiner Stimme zeigt mir, dass er die Idee für Unsinn hält.

»Keine Ahnung«, antworte ich wahrheitsgemäß. »Könnte doch sein, oder?«

»Und dein Weg hat dich an die Kasse des *Prix malin* geführt?«

Er will mich nicht ärgern, nur provozieren, mittlerweile erkenne ich den Unterschied, aber ich lasse mich weder auf das eine noch auf das andere ein.

»So ein Weg verläuft nicht immer geradeaus. Auch ein Labyrinth kann ans Ziel führen.«

»Das wäre in deinem Fall?«

Eine interessante Frage! Mein Studium zu Ende zu bringen. David zurückzugewinnen. Ein zufriedenes Leben zu führen. Schon in Gedanken klingt das langweilig. Aber gut, nicht jeder Mensch kann ein Star sein und nicht jeder Mann ist wie Carnaud.

»Was ist deines?«, gebe ich die Frage zurück. Sein leichtes Lächeln lässt nicht erkennen, ob er meine Replik als gekonnte Gesprächsführung oder gekonnte Ablenkung begreift. Statt einer Antwort beugt er sich mir entgegen, zieht mir das Shirt über den Kopf und haucht einen Kuss auf meinen Bauch. Seine Fingerspitzen gleiten hauchzart zwischen meinen Brüsten entlang, über meine Knospen, und die sanfte Berührung ist so intensiv, dass ich stöhne. Das ist auf jeden Fall eine sehr gekonnte Ablenkung von meiner Frage. Ich will mich nicht darüber beschweren.

Wärme durchströmt meinen Körper von den Haarspitzen bis in die Zehen. Ich lehne mich nach hinten, stütze mich auf den Ellenbogen ab, seufzend ergebe ich mich seinen Küssen und dem festen Griff, mit dem seine Hände meine Taille packen, dem Kitzeln, als seine Zunge sanft über meinen Nabel streicht. Er zieht mir den Rock bis auf die Knöchel, schenkt ihm gleich darauf die Gesellschaft meines Slips. Als sein Mund meine empfindlichste Stelle berührt, sinke ich auf den Tisch, als bestünde ich nicht mehr aus Haut, Fleisch, Knochen, sondern aus schmelzender, reiner Lust. Mit sanften Küssen und beinahe quälend behutsamen Liebkosungen seiner Zunge schenkt er mir einen Höhepunkt, der wie eine Supernova in mir explodiert, mich dazu bringt, mich aufzurichten, die Finger in seinen Haaren zu vergraben, ihn dichter an meinen Schoß zu ziehen, weil ich nicht von ihm lassen will.

Ohne ein Wort zu sagen, öffnet Carnaud den Reißverschluss seiner Hose, zieht mich herunter, bis ich auf ihm sitze, er in mir ist. Langsam kosten wir jede Note der Symphonie aus, die unsere Körper im perfekten Zusammenspiel erschaffen. Carnauds große Hände streichen meine Haare nach hinten, umfassen meine Brüste, halten sie wie Kostbarkeiten. Da er noch vollständig angezogen ist, kann ich mich an sehr viel weniger seiner Haut erfreuen, aber ich bedecke seinen Hals mit Küssen, spüre die Wärme an meinen Lippen und den glatten Stoff seines Kragens. Sein Geruch nach Sandelholz und Mann steigt mir in die Nase. Wir lieben uns schweigend, anfangs sogar ohne einen Laut, bis wir unser Stöhnen nicht mehr zurückhalten können, seine Finger sich tiefer in meine Taille graben, meine Bewegungen schneller und schneller werden, bis sich jeder Muskel meines Körpers zusammenzieht, verkrampft und sich nach einer endlosen, viel zu kurzen Zeit wieder entspannt.

Als wir beide ruhiger atmen, schiebt Carnaud mich ein wenig von sich weg. Sein Blick tastet über mein Gesicht und nur über mein Gesicht, obwohl ich nackt auf seinem Schoß sitze und ihn noch immer in mir habe.

»Danke«, sagt er, und in einem Versuch, witzig zu sein, der allerdings nur dümmlich ist, erwidere ich: »Nicht dafür.«

»Dass du mir geholfen hast, Eliane zu finden.«

»Auch dafür nicht.«

Carnauds Hände liegen noch immer um meine Taille, er hebt mich so leicht von seinem Schoß, als wöge ich nicht mehr als ein Katzenjunges und stellt mich auf den Boden. Dann erhebt er sich und schließt seine Hose. Diese Geste, mit der er den Stoff richtet und den Reißverschluss zuzieht, wirkt ernüchternd. Genauso ernüchternd wie unsere Begegnung auf der Toilette des *Marchand*. So sehr ich es genieße, mit ihm zu schlafen, so sehr wünsche ich mir eine sanfte, zärtliche Zeit hinterher, aber daran hat er kein Interesse, obwohl er sie umsonst bekäme.

Als wir nach einer in Schweigen verbrachten Fahrt bei mir zu Hause ankommen, er mein neues Fahrrad aus dem Kofferraum hebt und mir zum Abschied statt eines Kusses wenigstens auf die Wange fünfhundert

Euro in die Hand drückt, halte ich seine Finger fest. »Du bist ziemlich kaputt, Pierre.«

»Das kommt darauf an, was man unter ›intakt‹ versteht.«

»Und deine Definition wäre ...«

»Derjenige zu sein, der für eine intensive, entspannende Erfahrung fünfhundert Euro zahlen kann.«

Ich lasse seine Hand los, nicht jedoch das Geld. »Dann gute Nacht«, sage ich und will den Lenker meines Fahrrads greifen, um es über den Vorgarten ins Haus zu schieben, da packt mich Carnaud an den Schultern, zieht mich an sich und küsst mich derart leidenschaftlich, dass mir der Atem wegbleibt. Abrupt lässt er mich wieder los und nickt mir kurz zu. »Gute Nacht, Sophie.«

13 B-A-M *in da face*

Den Unterrichtstermin am nächsten Tag sagt Eliane per WhatsApp ab. Angeblich sei sie erkältet, aber ich denke, dass sie nach der Nacht mit ihren Freunden einen fürchterlichen Kater hat. Ich wünsche ihr gute Besserung, schöne Ferien und erinnere sie daran, dass wir danach die Nachhilfe wieder aufnehmen. Ihre Antwort ist ein Daumen-hoch-Emoji.

Das war es dann also mit den Carnauds für die nächsten acht Wochen. Ich bin fest davon überzeugt, auch ihn erst nach dem Sommer wiederzusehen, denn der Kuss, den er mir gegeben hatte, fühlte sich wie ein Abschied an. Umso größer ist meine Überraschung am Tag darauf eine Nachricht von ihm zu erhalten, dass ich ihn und Eliane in zwei Stunden vor dem Büro von Madame de la Tournotte treffen soll. Nicht zum ersten Mal ärgert mich die Art und Weise, wie er mich herumkommandiert. Da aber der Termin nicht mit meiner Arbeit im *Prix* kollidiert und die Möglichkeit, ihn vor den Ferien doch noch einmal zu sehen, nicht gänzlich unangenehm ist, sage ich zu. Natürlich frage ich mich, wieso er mich bei einer solchen Besprechung dabeihaben will, wo meine letzte Begegnung mit Madame nicht sehr erfreulich verlief. Aber anscheinend bin ich – wann auch immer – zu einem Teil dieser Familie geworden. Wäre nicht meine erste dysfunktionale Beziehung.

Der Weg zu Madames Büro durch die Glastür im Erdgeschoss, die zum Verwaltungstrakt führt, dann die

Treppe hoch in den ersten Stock, ist mir so vertraut, als
wäre ich ihn gestern das letzte Mal gegangen. Die
Gänge sind menschenleer, die Schüler wurden am Vor-
mittag in die Ferien verabschiedet, aber trotzdem fühle
ich mich, als liefe jemand hinter mir, der mich gleich
überholen, dabei absichtlich mit der Schulter rammen
und eine Entschuldigung hinterherheucheln würde.
Meine Schritte werden immer schneller und schneller,
bis ich renne und atemlos vor Madames geschlossener
Bürotür ankomme, wo Eliane und ihr Vater schon auf
mich warten. Während Elaine mich zur Begrüßung in
die Arme zieht und mir ein triumphierendes »Ferien!«
ins Ohr flüstert, schenkt Carnaud mir ein distanziertes
Kopfnicken. »Mademoiselle, können wir?«

»Selbstverständlich«, entgegne ich und versuche,
nicht ganz so außer Atem zu klingen, wie ich es bin.

Carnaud klopft an und ohne abzuwarten, dass er her-
eingebeten wird, reißt er auch schon die Tür auf. Madame de la Tournotte kommt bei seinem Anblick hinter
dem Schreibtisch hervor und läuft auf ihn zu. »Monsieur Carnaud, Eliane, was verschafft mir die Ehre ...« Ihr
Lächeln erstirbt, als ihr Blick auf mich fällt. »Mademoiselle Morel, wie schön, Sie auch wiederzusehen.«

»Halten wir uns nicht mit Belanglosigkeiten auf.«
Carnauds Stimme klirrt wie Eiswürfel. Man könnte Ge-
frierbrand am Trommelfell kriegen, so kalt ist sie.
»Zwei Sachen: Meine Tochter wird erst einen Monat
nach den Ferien wieder zur Schule gehen. Bitte stellen
Sie sicher, dass ihr die Dokumente für alle versäumten
Unterrichtseinheiten per E-Mail zur Verfügung gestellt
werden, damit sie die verpassten Stunden nachholen
kann.«

Diese Bekanntmachung trifft uns alle drei unvorbereitet. Eliane starrt ihren Vater mit offenem Mund an, Madame de la Tournottes Oberkörper zuckt zurück, als wiche sie einem Schlag aus und ich verspüre Enttäuschung. Heißt das etwa, ich werde auch ihn erst in drei Monaten wiedersehen?

Eliane ist die Erste, die sich von dem Schock erholt. »Papa? Was ist los? Schickst du mich in ein Bootcamp?«

Carnaud bedeutet ihr mit erhobener Hand zu schweigen, und Eliane fügt sich, wenn auch offensichtlich widerwillig. Ihr fragender Blick sucht meinen, aber ich kann nur mit einem Achselzucken antworten.

»Halten Sie das für eine gute Idee, Monsieur Carnaud?«, fragt Madame. »Wenngleich sich ihre Noten mittlerweile durchaus verbessert haben, sollte Ihre Tochter trotzdem keine Stunde Unterricht verpassen.«

»Deshalb mein Wunsch, ihr den Lehrstoff digital zur Verfügung zu stellen. Muss ich bezweifeln, dass Sie dazu in der Lage sind?«

Madames Rücken strafft sich, sie verschränkt die Arme vor der Brust. »Selbstverständlich nicht. Das *École Descartes* hält unter meiner Leitung einen hohen Standard in Sachen digitalen Lernens. Durch eine außerplanmäßige Spende könnten Sie dazu beitragen, dass es so bleibt.«

»Ich bin nicht gekommen, um von Ihnen angebettelt zu werden.«

Stellte das Abendessen in Carnauds Haus eine Demonstration des Gleichgewichts des Schreckens dar, so ist mittlerweile der Krieg ausgebrochen und wir befinden uns in einem Artilleriefeuer. Keine Ahnung, was ihn so verärgert hat.

»Was wäre dann der zweite Punkt?«, fordert ihn Madame mit ebenfalls frostiger Stimme zum Weitersprechen auf.

»Bedingt durch Mademoiselle Morels Informationen habe ich Recherchen hinsichtlich des Umgangs mit den Stipendiaten dieser Schule angestellt.«

»Recherchen?« Madames Stirn legt sich in Falten.

»Ich habe mit einigen von ihnen gesprochen«, erklärt Carnaud. »Interessanterweise erzählten mir alle die gleiche Geschichte. Mobbing durch die regulären Schüler und Desinteresse den Problemen gegenüber von Ihrer Seite.«

Madame will etwas sagen, aber so, wie er schon Eliane zum Schweigen gebracht hat, so unterbindet er ihren nicht einmal begonnenen Satz mit einer Handbewegung. Ich selbst stehe völlig perplex vor dieser Entwicklung. Sollte er sich tatsächlich bemüht haben, etwas für jemand anderen zu tun? Sieht ihm nicht ähnlich. Oder vielleicht doch. Immerhin hat er mir dieses wertvolle antiquarische Buch geschenkt – einfach so, weil es mir mehr bedeutet als ihm.

»Ich habe die Problematik dem Schulrat gegenüber angesprochen. In den nächsten Wochen werden wir beraten, ob Sie geeignet sind, Ihren Posten weiterhin auszuüben.«

»Monsieur!« Madame de la Tournotte starrt Carnaud mit offenem Mund und weit aufgerissenen Augen an. Eliane und ich tun es ihr gleich. Auch wenn ich nicht die Gedanken der beiden anderen Frauen lesen kann, so vermute ich doch, dass keine von uns mit so einer Entwicklung gerechnet hat.

»Madame.« Carnaud nimmt ihren hilflosen Ausruf als Abschiedsgruß und nickt ihr kurz zu, bevor er das Zimmer mit schnellen Schritten verlässt. Eliane und ich folgen ihm hastig. Erst nachdem wir die Schule verlassen haben, bleibt er stehen und sieht uns mit einem jungenhaften Grinsen an. »Das«, sagt er, »hat richtig Spaß gemacht.«

»Das war krass, Papa. Wollt ihr sie wirklich rauswerfen?«

»Es werden zumindest Probleme thematisiert werden, die viel zu lange unter den Teppich gekehrt wurden«, erwidert Carnaud.

Ich bin zu verwirrt, um etwas zu sagen und weiß nicht, ob ich es gut finden soll, die Jungfrau in Nöten zu sein, die ein blonder Ritter vor dem Drachen rettet. Ich kann mir vorstellen, was Flo jetzt sagen würde: ›Sei nicht dämlich, Sophie. Freu dich, dass er so etwas für dich macht.‹ Natürlich hätte sie recht. Hatte sie ja meistens.

»Und was hat das zu bedeuten, dass ich einen Monat länger Ferien habe?« Elianes Augen glänzen vor Aufregung, aber Carnauds Antwort wischt das Strahlen aus ihrem Gesicht.

»Niemand hat von zusätzlichen Ferien gesprochen, Eliane. Du wirst zur Schule gehen.«

Sein Schweigen dehnt sich, bis ein Lächeln über sein Gesicht zieht. Es ist weich und erwartungsvoll, ich habe es noch nie an ihm gesehen und es gefällt mir verdammt gut.

»Über einen Freund konnte ich für dich kurzfristig einen Platz in einem Schauspielworkshop bekommen. Drei Monate im Lee Strasberg Theatre & Film Institute in New York. Dein Flug geht morgen früh.« Sein nach einer kurzen Pause hinzugefügtes »Wenn du das möchtest« erstirbt in Elianes lautem Freudenschrei. Und dann – ich glaube kaum, was ich sehe – wirft sie sich an seine Brust. Nach einem kurzen Zögern schließt er die Arme um sie. Hätten wir nicht Hochsommer, würde ich von einem Weihnachtswunder sprechen. Aber auch so rührt mich der Anblick dieser beiden, die sich so nahe sind und gleichzeitig so fremd.

»Ist ja gut«, sagt Carnaud nach einer Weile und tätschelt Elianes Rücken. »Ist ja gut.«

Sie löst sich von ihm und wischt sich über das Gesicht. Ihre Wangen sind gerötet und ihre Augen glänzen verräterisch.

»Ich muss packen, Papa«, sagt sie. »Und meine Freunde anrufen. Fahren wir nach Hause?«

Er wirft ihr den Autoschlüssel zu. »Setz dich schon mal rein, ich komme gleich.«

Eliane spurtet los, hält inne, dreht sich um und kommt auf mich zugeschossen. Auch ich erhalte eine feste Umarmung, bevor sie endgültig zum Auto läuft.

»Du hast sie sehr glücklich gemacht«, sage ich, als sie außer Hörweite ist.

»Drei Monate New York machen wohl jedes Mädchen in ihrem Alter glücklich.« Carnaud sieht mich nicht an, als er mir antwortet. Sein Blick heftet an seiner Tochter, die das Auto aufschließt und sich auf den Beifahrersitz fallen lässt.

»Wo wird sie wohnen?«, frage ich. »Du steckst sie hoffentlich nicht in eine Künstlerkommune in Greenwich Village.«

Er gibt ein missbilligendes Schnauben von sich. »Das könnte ihr so passen! Sie wird bei einem befreundeten Ehepaar in New Jersey wohnen. Sehr strikt, sehr konservativ.«

Ich grinse. »Alles Gute ist halt nie beieinander. Trotzdem zeigt ihr dein Geschenk, dass du sie ernst nimmst und sie unterstützen willst bei dem, was ihr wichtig ist.«

Jetzt wendet er sich mir endlich zu. »Ich versuche, ein besserer Vater zu sein.«

»Das ist gut.«

In seinen Mundwinkeln blitzt ein Lächeln auf. »Ich denke ja. Soll ich dich nach Hause fahren?«

»Nicht nötig. Der Tag ist so schön, ich nehme das Rad. Und ihr beide habt noch viel vorzubereiten.«

Als er sein Portemonnaie hervorholt und Geld daraus hervorziehen will, lege ich meine Hand auf seine und halte sie fest. »Für das Vergnügen mitzuerleben, wie du Madame zusammenfaltest, musst du mir nichts zahlen.«

»Wenn du meinst.« Er steckt die Brieftasche wieder ein und wir bleiben etwas unbehaglich voreinander stehen. Nach alldem, was eben geschehen ist, fühlt es sich antiklimaktisch an, sich jetzt für zwei – oder sogar drei – Monate voneinander zu verabschieden. Anscheinend denkt Carnaud das Gleiche, denn er erkundigt sich, ob ich eine Reise plane, was ich verneine. Die heftige Freude, die ich empfinde, als er mich fragt, ob ich dann ab und zu Zeit für ihn hätte, zeigt mir, wie groß meine Angst, ihn wochenlang nicht zu sehen, tatsächlich war.

»Ich denke schon«, entgegne ich. »Ab und an.«

»Ich werde mich bei dir melden«, sagt er, und ohne ein weiteres Wort dreht er sich um, geht zu Eliane und fährt los.

Mein Weg führt mich zu einem Reisebüro. Carnauds Geschenk an Eliane hat mich inspiriert und so buche ich für Maman eine einwöchige Reise nach Nizza mit Aufenthalt in einem schönen Wellness-Hotel. Sie wollte schon so lange dorthin! Trotzdem bin ich mir nicht sicher, ob sie sich freuen wird, und meine Befürchtung täuscht mich nicht.

Den Hotelgutschein und die Bahntickets für die übernächste Woche in den Händen, sieht sie mich misstrauisch an. »Wie kannst du dir das leisten?«

»Ich verdiene gut mit dem Nachhilfeunterricht.«

Nicht nur damit, aber das behalte ich besser für mich.

»Ich fahre allein?«

»Ja, aber du wirst trotzdem eine tolle Zeit haben. Bestimmt lernst du jemanden kennen.«

Sie sieht mich an, ihre Augen leuchten. »Meinst du?«

Ich weiß, woran sie denkt, aber das war nicht meine Intention. Seit der Trennung von Jacques hatte sie keine Beziehung mehr und Maman ist eine der Frauen, die sich nur komplett fühlen, wenn sie einen Mann an ihrer Seite haben. Seufzend streichele ich ihre Hände. »Vielleicht findest du eine nette Freundin. Eine, mit der man stundenlang quatschen kann.«

»Ja, das wäre auch schön.« Ihr Blick verliert den Fokus, gleitet über die Papiere in ihren Fingern. Ich wünschte, ich könnte ihr diese Einstellung ausreden – dass sie nur etwas wert ist, wenn es einen Mann in ihrem Leben gibt.

»Möglicherweise ist sie ja auch ein Fan von *L'amour éternel*. Da hättet ihr euch bestimmt viel zu erzählen.«

Maman lächelt und zieht mich in eine Umarmung. »Danke, mein Schatz. Ich war so lange nicht mehr verreist. Ich schicke dir jeden Tag eine Postkarte, wenn du schon nicht mitkommst. Ich freu mich sehr! Obwohl es schön wäre, wenn wir gemeinsam fahren könnten.«

Ich drücke sie fest an mich und küsse sie auf die Wange. Hoffentlich nimmt das der Lüge, die ich erzähle, etwas von ihrer Schlechtigkeit: »Es geht leider nicht. Die brauchen mich im *Prix*.«

Nein, es ist nicht der Supermarkt, weshalb ich Belard nicht verlassen möchte.

»Wie geht's dir? Wie ist das Leben in Island?«

Zum ersten Mal seit ihrer Abreise skypen Flo und ich. Die Verbindung ist nicht sehr stabil, aber ich freue mich unheimlich, sie zu sehen. Sie hockt im Schneidersitz auf einer zerschlissenen tannengrünen Couch in einem kleinen Zimmer und strahlt über das ganze Gesicht.

»Es ist toll hier! Ich habe Wale gesehen und Papageientaucher und Schafe. Vor allem Schafe. Hier gibt es überall welche.«

»Und die Arbeit? Hast du viel zu tun?«

Die Kamera stoppt, fängt den Moment ein, als Flo den Mund öffnet, um zu antworten, aber so sieht es aus, als würde sie gähnen. Bevor ich einen Screen Shot machen und ihr schicken kann, wird die Verbindung wieder flüssiger.

»Es ist anstrengend, aber ich liebe es! Ich bin fast den ganzen Tag draußen. Es gibt dieses Jahr viele Heuler. Wir suchen die Muttertiere und bringen sie wieder zusammen, wenn wir sie finden. Wenn nicht, nehmen wir die Kleinen zu uns und ziehen sie auf.«

Ach, ich bin neidisch! Das klingt nach einer guten Art, seine Zeit zu verbringen. Nach einer nützlichen Art.

»Und was ist bei dir so los? Steht der *Prix* noch?«

»Beinahe nicht mehr. Am Freitag gab es einen Sonderverkauf herabgesetzter Jeans. Fast echte Levi's für zehn Euro. Ich hatte Angst, der Laden würde den Ansturm nicht überstehen.«

Flo lacht. »Also alles wie immer! Gibt's was Neues von deinem sexy Millionär? Wühlt ihr inzwischen in den Laken?«

»Ach, Flo, was du dir denkst!«, gebe ich zurück und klinge wie eine alte Jungfer. »Da ist nichts, wirklich nicht. Wie sollte auch? Ich unterrichte seine Tochter, das ist alles.«

Flo zieht die Nase kraus. »Meine Mutter sagt immer: Je mehr man etwas leugnet, umso wahrer ist es.«

Flos Mutter ist eine weise Frau und bestimmt sieht man mir an der Nasenspitze an, dass ich lüge, doch glücklicherweise läuft in diesem Moment ein junger Mann durchs Bild. Flo leuchtet wie mit 4000 Lumen, als er erscheint. Sie wendet sich ihm zu und sagt ein paar Worte auf Isländisch – so vermute ich wenigstens, denn ich verstehe nicht das Geringste. Der junge Mann, Typ Wikinger mit langen, rotblonden Haaren und dichtem Vollbart, beugt sich der Kamera entgegen, winkt mir lächelnd zu und verschwindet wieder.

»Das ist Yngvi«, sagt Flo und der Ton ihrer Stimme gibt mir zu verstehen, dass er mehr ist als nur ein Kollege.

»Du lässt aber auch nichts anbrennen.«

»Nicht, wenn es so lecker ist wie Yngvi.« Flos breites Grinsen bringt mich zum Lachen.

»Schön, dass es dir gut geht.«

Und schön auch, dass ich unser Gespräch weg von den Carnaud'schen Klippen zurück nach Island steuern kann, denn natürlich will ich ganz genau wissen, was zwischen Flo und ihrem Wikinger so läuft.

Ihrer Erzählung nach brauchte es nicht mehr als einen tiefen Blick in seine Augen und eine besonders kalte isländische Nacht, um ihn zu erobern. Sie will es nicht zeigen, aber ich erkenne, dass sie heftig verliebt ist. Ihre Entscheidung, alles hinter sich zu lassen, war genau richtig. Nicht auszudenken, wenn sie sich von mir hätte überreden lassen, das Abenteuer nicht zu wagen.

Das Abenteuer meines Lebens beschränkt sich momentan wieder auf die Arbeit im *Prix* und mein Zuhause. Carnaud hat sich seit unserem Abschied vor der Schule nicht mehr gemeldet. Nachdem Maman zu ihrer Wellness-Woche aufgebrochen ist, bleibe ich allein zurück, tigere durch unsere Wohnung – durch die ganzen einundfünfzig Quadratmeter –, räume auf, mache Wäsche und langweile mich am Abend. Immer wieder starre ich auf das Display meines Handys, hoffe auf ein Zeichen von Carnaud, aber nichts passiert. Ich bin versucht, mich bei ihm über die Vernachlässigung zu beschweren, will aber nicht zu bedürftig klingen. Deshalb schreibe ich:

Ich hätte am Wochenende Zeit, und du?

Kaum dass ich die Nachricht abgeschickt habe, kneife ich vor lauter Peinlichkeit die Augen zusammen, um den Text nicht mehr sehen zu müssen. Das ist so cringe! Erst als der Ton für eine eingegangene Nachricht erklingt, schmule ich unter halbgeöffneten Lidern auf das Display. Eine Antwort von Carnaud!

Ich hole dich morgen um 11 Uhr ab. Rechne mit einigen Stunden.

Bingo! Der Sonntag ist gerettet!

Machen wir einen Ausflug?

Picknick

Ich schicke ein infantiles *Ich freu mich* hinterher, erhalte aber keine Antwort mehr.

Am nächsten Morgen dusche ich ausgiebig, rasiere mich sorgfältig und creme mich mit einer Bodylotion ein, deren unverschämt hoher Preis zumindest zum Teil durch ihren herrlichen Duft gerechtfertigt wird. Punkt elf Uhr trete ich vor das Haus und sehe Carnauds Protzschlitten anrauschen. Mit einer rasanten Drehung hält er direkt vor mir und steigt aus. Er trägt Jeans und ein weißes T-Shirt, in diesem Aufzug sieht er ungewohnt und jung aus.

»Du riechst gut«, stellt er fest, als er mich mit einem Kuss auf die Wange begrüßt. Ich würde gerne etwas Schlagfertiges erwidern, aber meine Freude darüber, ihn zu sehen, lähmt meinen Intellekt.

»Orange und Mandel«, stottere ich also nur. »Die Creme war teuer.«

Mit einem Ruck zieht er mich an sich. »Wie auch immer. Ich könnte dich auf jeden Fall auffressen.«

»Das verstehst du also unter Picknick. Ich dachte, du hättest Sandwiches dabei.«

Gott sei Dank, die Hirnzellen fangen wieder an zu arbeiten.

Noch immer drückt er mich mit einem Arm an sich, öffnet mit der anderen Hand die Beifahrertür. »Steig ein, du Klugscheißerin.«

Er startet den Wagen, fährt aber nicht los. Die Art, wie seine Hände das Lenkrad umklammern, verrät seine Nervosität. Mit einem Aufseufzen lehnt er sich im Sitz zurück und schaltet die Zündung aus.

»Sind wir schon da? Das ging aber schnell.«

Den Mund zu einem halben Grinsen verzogen, sieht er mich an. »Dieses Picknick ...«

»Ja?« Ich richte mich kerzengerade in meinem Sitz auf. Das unbehagliche Gefühl macht sich in mir breit, dass das, was Carnaud als Nächstes sagt, mir nicht gefallen wird.

»Wir wären dort nicht allein.«

»Heißt?«

»Du erinnerst dich an meinen Freund, den du vor einigen Wochen bei mir getroffen hast? Jules Fouchet?«

Jetzt, wo er den Namen ausspricht, sehe ich ihn vor mir: dunkle Haare, freundliche, braune Augen. Er hat mich als Märchenwesen bezeichnet und mir entzückend altmodisch die Hand geküsst. Ein sympathischer Mann.

»Ja. Er ist viel zu nett, um mit dir befreundet zu sein.«
»Du magst ihn?«

Es irritiert mich, in welche Richtung sich dieses Gespräch entwickelt. »Schon, ich ...«

»Gut. Er mag dich auch.«

»Das ... freut mich?« Noch immer tappe ich im Dunkeln und Carnauds seltsame Äußerungen tragen nichts dazu bei, mich zu erhellen.

»Es fällt Jules nicht leicht, den ersten Schritt zu machen. Bei Frauen. Das war schon immer so und ich kenne ihn wirklich viele Jahre. Früher habe ich ihm geholfen, Frauen kennenzulernen, wenn wir zusammen unterwegs waren.«

Langsam begreife ich. »Und jetzt willst du mich an ihn weiterreichen? Bin ich ein Staffelstab? Bist du verrückt geworden?«

Wäre ich ein Gericht, bestünde ich momentan aus einer großen Portion Entrüstung und einer leckeren Beilage geschmeichelter Überraschung, gleich auf zwei gutaussehende Männer derart anziehend zu wirken, abgeschmeckt mit einer Prise Enttäuschung, dass Carnaud mich loswerden will.

»Sei nicht albern, Sophie.« Er zieht ein Gesicht, als wäre ich diejenige, die einen ausgesprochen unmoralischen Vorschlag gemacht hätte. »Ich gebe dich nicht an ihn ab. Wir wollen dich beide. Gemeinsam. Heute.«

»Was ...« Alle weiteren Worte ersterben auf meiner Zunge. Zu meinem Emotionsrezept kommt die unerwartete Würze Wollust. Carnaud scheint das zu merken, denn er beugt sich dicht zu mir, legt den Daumen unter mein Kinn und zieht mein Gesicht zu sich. Zart streichen seine Lippen über meine. »Stell dir das vor«, flüstert er. »Zwei Männer, die dich begehren. Dich wollen. Vier Hände auf deinem Körper, zwei Münder, zwei Zungen ...«

Ja, das klingt verdammt gut und genau das ist meine neue Devise: mir alles nehmen, was ich will. Was auch Grenzen beinhaltet.

»Also gut«, sage ich, »Aber er darf mich nicht ... nicht richtig ...« Ich bringe es nicht über die Lippen, dafür bin ich noch zu sehr die alte Sophie, aber Carnaud versteht mich auch so.

»Natürlich. Kein Sex im eigentlichen Sinn. Das darf nur ich.« Ein Lächeln zeichnet sich auf sein Gesicht. »Also sagst du ja?«

Sage ich ja? Das ist alles komplett verrückt. Aber ich bin kein Feigling!

»Wie viel zahlst du dafür?«

»Sind zweitausend Euro genug?«

Das Lachen, das ich hören lasse, klingt hoffentlich eindrucksvoll verächtlich. »Von wegen! Ich will dreitausend. Sonst kriege ich womöglich einen Kieferkrampf in einer Situation, in der es dem Vergnügen eher abträglich wäre.« Zur Verdeutlichung des drohenden Unglücks schlage ich meine Zähne wie ein Nussknacker aufeinander.

Carnaud zuckt zusammen. »Du verhandelst knallhart.«

»Ich brauche einen neuen Laptop.«

Nach kurzem Überlegen streckt er mir die Hand entgegen: »Dreitausend.«

Ich schlage ein. Meine Selbstsicherheit ist bei Weitem nicht so groß, wie mein fester Druck vermitteln könnte.

Carnaud zieht mich zu sich heran. »Keine Angst, Sophie«, flüstert er mir zu, »ich werde nicht zulassen, dass dir etwas Böses geschieht. Das hier soll uns allen Spaß machen.«

Zum ersten Mal, seit ich ihn kenne, sehe ich echte Zärtlichkeit in seinem Blick, dann lässt er mich los und startet den Wagen.

Unsere Fahrt führt in die ersten sanften Erhebungen des Zentralmassivs. Die Sonnenstrahlen tanzen über die schroffen Hügel und die dunkelgrünen Wiesen. Nach fast einer Stunde halten wir an einer Lichtung wie aus dem Bilderbuch. Ich springe aus dem Wagen und schaue mich begeistert um. Mitten im satten Gras steht eine Pinie, deren ausladende Krone noch in der ärgsten Mittagshitze Schatten spendet. Ein kleiner Bach läuft durch das blumengesprenkelte Grün. Für einen Moment vergesse ich fast, weshalb wir hier sind, bis ein zweiter Wagen angerauscht kommt. Der Fahrer steigt aus, es ist Jules. Er bleibt neben dem Auto stehen und winkt uns verhalten zu. Carnaud geht zu ihm und begrüßt ihn freundschaftlich, ich folge mit langsamen Schritten.

»Ihr beide kennt euch ja«, sagt Carnaud und lässt uns dann allein, was ich sehr begrüße. Es würde mich noch unsicherer machen, würde er Zeuge meiner Schüchternheit.

Jules lächelt mich an. »Komische Situation, nicht wahr?«

»Ja, schon.« Ich atme tief durch und suche nach einem Anknüpfungspunkt für Small Talk, aber alles, was mir einfällt – Politik, Wetter, Promitratsch – scheint so unpassend, dass mir kein Wort über die Lippen kommt.

»Es ist ein schönes Plätzchen hier, nicht wahr?«, rettet sich Jules in Ortskunde.

Ich nicke. »Wunderschön.«

»Ja. Wunderschön.«

Nachdem ein paar weitere Augenblicke unangenehmes Schweigen geherrscht hat, fangen wir beide gleichzeitig an zu sprechen, halten inne, lachen und Jules streckt mir seine Hand entgegen. »Du zuerst.«

»Nein, du.«

»Bitte, ich bestehe darauf.«

Damit dieses unbeholfene Geplänkel nicht ewig so weitergeht, sage ich kurz entschlossen (und auf die Gefahr hin, dass er einfach davonfährt, Carnaud einen Freund verliert und ich meine dreitausend Euro): »Wie bist du auf diese Idee gekommen? Dich mit mir und Pierre zu treffen? Ist das nicht ein wenig seltsam?«

Jules sieht mich aus großen Augen an. »Es war Pierres Idee. Ich hatte ihm gesagt, dass ich dich – nun, wie soll ich es ausdrücken – berückend finde, und daraufhin schlug er dieses Treffen vor.«

Ja, mit so etwas hatte ich gerechnet. Macht ein solches Arrangement Carnaud zu meinem Zuhälter? Oder bin ich immer noch in spießbürgerlichen Konventionen gefangen? Gewinn durch Genuss, denke ich. Die schönste Spielart des Kapitalismus.

»Mich hat noch nie jemand berückend genannt«, entgegne ich.

»Das ist ein Zeichen für die bedauernswerte Entromantisierung der Welt.«

Jules ist wirklich süß. Allmählich fühle mich ruhiger und dieser Ausflug birgt alle Möglichkeiten, eine wunderbare Erfahrung zu werden. Erst als Carnaud nach uns ruft und wir uns auf den Weg zu ihm machen, fällt mir auf, dass Jules mir nicht verraten hat, was er mir sagen wollte. Als ich ihn danach frage, grinst er breit. »Eigentlich nur, dass du berückend aussiehst. Ich bin unbegabt im Flirten.«

Mit einem schwerelosen Gefühl im Magen beuge ich mich zu ihm herüber und küsse ihn auf die Wange. »Du machst das großartig.«

Pierre hat uns im Schatten der Pinie einen Tisch bereitet, wobei ›der Tisch‹ eine große, dunkelblaue Decke ist, auf der ein prall gefüllter Picknickkorb, eine Flasche Rotwein und Gläser stehen. Bevor ich mich dort setzen kann, kommt er mir entgegen und nimmt mich beiseite: »Kennst du *Le Déjeuner sur l'herbe* von Manet?«

»Natürlich.« Sofort steht mir das Bild vor Augen: Zwei Männer in guter Kleidung sitzen auf einer Waldlichtung und unterhalten sich. Die nackte Frau neben ihnen wendet ihre Aufmerksamkeit dem Betrachter des Gemäldes zu.

Dann verstehe ich. Und weiß nicht, was ich davon halten soll. Ich starre ihn an.

»Alles in Ordnung?«, fragt er.

Mein Mund öffnet sich, schließt sich wieder. »Was bist du nur für ein Mensch?«, sage ich nach einer ganzen Weile.

Er lächelt leicht. »Ich bin der Mensch, der ich sein kann. Der ich sein will. Und du?«

Eine schwierige Frage. Ich hoffe so sehr, dass die Sophie, die ich sein will, auch die ist, die ich sein kann, denn das wird den Unterschied machen, ob Carnaud schlecht für mich ist oder mir guttut. Aber wahrscheinlich ist das nur eine Entscheidung, die ich treffen muss.

»Es fasziniert mich, wie es dir gelingt, Schamlosigkeit und klassische Bildung in Einklang zu bringen.« Ich sehe ihn an, während ich aus den Flip-Flops schlüpfe und die Träger meines Sommerkleides langsam über die Schultern streife. Der Stoff rutscht zu Boden, nackt stehe ich vor Carnaud. Einen Slip hatte ich heute früh für vernachlässigbar gehalten.

Ein tiefer Atemzug hebt Carnauds Brust. »Du bist eine unter Millionen, Sophie.«

Statt zu einer wilden Orgie entwickelt sich der Ausflug zunächst zu einem entspannten Geplauder. Carnaud und Jules unterhalten sich über Börsenkurse, irgendwelche neu berufenen Manager und die europäische Finanzpolitik. Dabei beachten sie die nackte Frau in ihrer Mitte genau so wenig wie die Herren auf dem Bild, das wir hier nachstellen. Carnaud sicherlich, weil er weiß, dass ich jederzeit für ihn zur Verfügung stehe. Bei Jules tippe ich eher auf seine Schüchternheit. Als sein Blick doch über meinen Körper huscht, streiche ich meine Locken zurück und entblöße meine Brüste. Das Lächeln, das sich daraufhin auf sein Gesicht legt, ist entzückend freudig. Ansonsten trinke ich Rotwein, esse Baguette und Salami, höre aufmerksam zu und mache mir im Geiste Notizen hinsichtlich einer Firma von Jules, deren Aktien voraussichtlich in den nächsten Wochen steigen werden, weil sie eine schnellere Ladestation für E-Autos auf den Markt bringen wird. Ich sollte mein hart verdientes Geld gewinnbringend anlegen. Insiderwissen kann dabei nicht schaden.

Gerade als ich müde werde, gesättigt und vom Sonnenlicht getränkt, wendet sich Carnaud mir zu. Seine Finger streifen über meinen Bauch und wie immer reagiere ich sofort auf seine Berührungen. Sanft drückt er mich auf die Decke und beugt sich über mich. Eine blonde Haarsträhne kitzelt meine Nase.

»So«, sagt er, seine Lippen streifen sanft meinen Mund, »es ist Zeit für den Nachtisch.«

Mit je einem attraktiven Mann rechts und links neben mir erkenne ich, dass Carnaud recht hatte: Es ist verdammt heiß, im Mittelpunkt der Aufmerksamkeit zu stehen. Er öffnet eine Dose mit Himbeercreme, steckt einen Finger hinein und lässt mich die Köstlichkeit davon ablecken.

»Weißt du noch, was du im *Marchand* zu mir gesagt hast?«, fragt er. »Dass du das Dessert vor dem Dessert gewesen bist?«

»Ja, ich weiß. Das hatte dir gefallen.«

»Genau.« Er hält die Dose dicht über meine Brüste. Langsam gleitet die Creme daraus auf meine Haut. Die Kälte der Speise verursacht mir im ersten Moment Gänsehaut, aber mir gefällt die Idee. Mit gleichmäßigen Bewegungen wie ein Maler verstreicht er die Süßigkeit auf meinen Brüsten, zieht eine Himbeerspur über meinen Bauch bis hinunter auf meinen Venushügel.

»Heute bist du wirklich unser Dessert.« Damit platziert er je eine Himbeere direkt auf meinen harten Knospen.

Ich muss kichern wie ein kleines Mädchen. »Du bist ein Künstler in der Küche.«

Er legt mir die Hand auf den Mund: »Still! Der Nachtisch spricht nicht.«

Beide Männer beugen sich fast zeitgleich über mich, nehmen die Himbeeren in den Mund und saugen sie von meiner Haut. Nun ragen meine rosafarbenen Knospen wie Früchte aus der hellen Creme. Ich rekele mich auf der Decke, drehe mich mal dem einen meiner Begleiter, mal dem anderen zu, versinke in dem atemberaubenden Gefühl, als ihre gierigen Zungen das Dessert von meinen Brüsten lecken. Sie bedienen sich an mir, um ihren Hunger zu stillen, so wie vorher am Baguette und am Wein. Auf ihren Lippen und Zungen schmecke ich die süße Creme, wenn wir uns küssen. Jules' Mund folgt der Spur, die Carnaud auf meinem Bauch verteilt hat, meine Muskeln zucken, als er mit Zungenspitze die Creme aus meinem Nabel holt. Ganz weich werde ich und ganz nass. Sanft saugt Jules die Süßigkeit von meinem Venushügel und stöhnend bitte ich ihn weiter nach unten zu wandern. Er haucht einen Kuss auf diese Stelle, genau da, wo sich mein Innerstes öffnet, und in diesem Moment weiß ich, dass es kein Fehler war, mich hierauf einzulassen.

Carnaud holt eine Erdbeere aus der Dose, gibt sie mir zwischen seinen Lippen zu essen. In einem Kuss finden sich unsere Zungen und kosten die Süße der Frucht. Eine zweite Erdbeere streicht er durch meine Spalte, gibt mir davon zu kosten, isst den Rest. Unsere Zungen tanzen miteinander, während vier Hände liebkosend über meinen Körper gleiten. Ich spüre Carnauds festen Griff an meinen Brüsten und Jules' zärtlichen auf meinen Schenkeln. Seine Hand gleitet zwischen meine Beine, berührt sanft die weiche Nässe, streicht ein wenig von der köstlichen Creme auf meine Schamlippen. Ich zucke zusammen, doch dann erbebe ich, als sich erst Jules' Mund, dann Carnauds, dann wieder der von Jules, an beidem gütlich tut. Mein erster Orgasmus naht sanft und langsam. Ich strecke mich, als er mich erfasst, drücke meinen Rücken durch, weiß in den Moment, als er mich stöhnen lässt, dass ich noch lange nicht genug habe.

Als ich die Augen wieder öffne, sehe ich, dass Carnaud sich auszieht. Er hat keine Scheu, sich nackt vor einem

anderen Mann zu zeigen, aber die hätte niemand, der
so gebaut ist wie er. Jules entledigt sich ebenfalls seiner
Kleidung. Der eine Mann steht rechts, der andere links
neben mir, ihre prallen Erektionen direkt vor meinem
Gesicht, als ich mich aufsetze. Spielerisch greife ich
nach ihren Eiern, halte sie fest, lasse meine saugenden
Lippen zwischen beiden Männern wandern. Anders als
sonst ist Carnaud dabei sehr dominant. Seine Hände
graben sich in meine Haare, halten meinen Kopf, und
er zwingt mir seinen Rhythmus auf. Ich genieße auch
das und würde schmunzeln ob seiner Zurschaustellung
von Männlichkeit, wenn ich nicht den Mund so voll
hätte. Im Gegensatz dazu lässt Jules sich vollständig darauf ein, verwöhnt zu werden. Mit heiserem Stöhnen
reagiert er auf jedes Lecken meiner Zunge, jeden zart-
festen Griff meiner Hand. Und auch das genieße ich.

»Komm her, Sophie«, flüstert Carnaud, löst sich von
mir und setzt sich auf die Decke. »Setz dich auf mich,
mit dem Rücken zu mir.«

Ja! Genau das will ich jetzt. Spielen ist schön, aber
manchmal muss es eben das eine sein. Ich hocke mich
über Carnaud, streiche seine Eichel durch meine trief-
nassen Schamlippen. Ich liebe dieses Gefühl. Jules kniet
vor uns, hält seinen Penis locker in der Rechten, reibt
ihn mit gleichmäßigen Bewegungen. Ganz langsam
lasse ich mich auf Carnauds Schoß nieder, gebe Jules
die Möglichkeit, genau mitzuverfolgen, wie er mich
weitet und in mir verschwindet. Jetzt verstehe ich, warum Carnaud diese Position ausgewählt hat. Der Blick
in der ersten Reihe muss umwerfend sein. Ich hätte nie
gedacht, dass es mir gefallen würde, mich derart intim
zu zeigen, aber ich hätte ja auch nie gedacht, jemals

Geld für Sex zu nehmen. Carnaud lässt mir völlig freie Hand. Ich nehme ihn genauso, wie ich es will – mit tiefen, langsamen Bewegungen. Jules' Blick verharrt voller Lüsternheit auf meinem Schoß, auf Carnauds Schaft, wenn er mich feuchtglänzend verlässt und bis zur Wurzel wieder in mir verschwindet. Auch ich genieße diesen Anblick mindestens genauso sehr wie die Fülle und Härte in meinem Inneren. Seufzend lehne ich den Kopf gegen Carnauds Schulter.

»Beweg dich nicht«, flüstert er. »Behalt mich in dir.«

Ich gehorche, bleibe auf ihm hocken, auch wenn alles in mir nach seinen Stößen verlangt. Carnaud legt seine Hände auf meine Brüste, hält sie nur fest, quält mich mit seiner Passivität. Ich spanne meine Muskeln an, verenge mich um ihn, massiere ihn damit.

Keuchend lacht Carnaud in mein Ohr: »Du hältst es einfach nicht aus, Sophie. Du brauchst mich.«

»Ja!«, stöhne ich. »Und wie!«

Ich höre Jules' lautes Stöhnen und sehe unter halbgeöffneten Lidern, dass er sich mit heftigen Bewegungen reibt. Es macht mich unglaublich an – dieser Schwanz in mir und dieser Schwanz vor meinen Augen. Ich lasse meinen Unterleib kreisen, finde eine Position, bei der Carnaud gegen meinen G-Punkt presst, verstärke den Druck meiner Muskeln. Carnauds Hände halten meine Hüften fest, drücken mich auf seinen Schoß. Der Schweiß läuft mir über die Stirn und den Rücken, mein stoßweises Atmen ist im Einklang mit Carnauds unterdrücktem Stöhnen. Immer heftiger lasse ich meine Muskeln arbeiten, immer intensiver wird die Anspannung in meinem Inneren. Als würde er in mir wachsen, noch größer werden, noch dicker. Als Jules über meine

Perle streicht, ist das der letzte Reiz, den ich brauche, damit es geschieht.

»Oh Gott, halt mich! Halt mich, Carnaud!«, schreie ich, kralle meine Hände in seine Oberschenkel, dann explodiert es in mir. Ich reiße den Mund auf, aber kein Ton kommt über meine Lippen. Mein Orgasmus ist so heftig, dass ich eine klare Flüssigkeit in hohem Bogen auf die Decke spritze. Carnauds Arme sind eng um mich geschlungen, er verströmt sich in mir und Jules auf meinen Brüsten. Kraftlos sinke ich zusammen. Kaum bekomme ich mit, dass Carnaud mich auf die Decke legt, mir die nassgeschwitzten Locken aus dem Gesicht streicht. Als ich die Augen öffne, sehe ich beide Männer über mir, echte Besorgnis in den Gesichtern.

»Alles in Ordnung, Sophie?«

»Ja.« Meine Stimme klingt rau. »Aber ich dachte, ich sterbe.«

Er lächelt. »Tod aus Geilheit. Nicht übel.«

Ich nehme die Wasserflasche, die er mir reicht, und trinke mit hastigen Schlucken. Allmählich komme ich wieder zu mir, spüre eine unglaubliche Befriedigung, die wie eine Sonne durch meinen Körper strahlt.

Jules berührt sanft meine Wange. »Geht es dir wirklich gut?«

Seltsam. Noch nie habe ich mich als Frau so umsorgt gefühlt wie in der Mitte dieses moralisch fragwürdigen Dreiers. Ich fahre mit dem Finger durch meine Spalte, nehme Carnauds Saft auf, vermische ihn mit dem von Jules auf meinen Brüsten und koste das bittere Gemisch. »Es ging mir nie besser.«

Jules stöhnt: »Pierre, du bist ein Glückspilz!«

Carnaud sieht mich an: »Ich weiß.«

Nach einer Weile gehe ich an den Bach, wasche mit dem erfrischend kalten Wasser das Dessert, Sperma und Schweiß von meinem Körper und lege mich dann zurück auf die Decke. Dösend vermischt sich in meinem Kopf das Gespräch der beiden Männer mit dem hundertfachen Summen der Insekten. Dieser Nachmittag ist aus Sonne gewebt, dem Geruch der Wiese und einer wärmenden Lust.

Irgendwann wenden sich die Männer mir wieder zu. Ihre streichelnden Hände und küssenden Münder holen mich aus meinem traumlosen Schlaf. Die Grenzen verschwimmen zwischen ihren Körpern und meinem. Ich liege Brust an Brust mit Jules, in einen tiefen Kuss versunken, während Carnaud sich an meinen Rücken schmiegt und mich tief und langsam stößt.

Dann knie ich über Jules' Gesicht, reibe mich an seiner Zunge und streichele seinen Penis, während Carnaud hinter mir hockt, zart an meinem Nacken knabbert, sich hart und heiß an mich presst. Wir kommen fast gleichzeitig – Jules ergießt sich warm über meine Finger, ich spüre Carnauds Hitze an meinem Rücken und stöhnend ergebe ich mich den sanften Zärtlichkeiten, die Jules' Mund mir spendiert. Wenn es ein Paradies gibt, dann muss es genauso sein.

Der Abschied gestaltet sich nicht so peinlich, wie ich es befürchtet hatte. Die Männer ziehen sich wieder an und räumen die Reste unseres Picknicks auf, während ich immer noch nackt auf dem weichen Gras liege und in den fast wolkenlosen Himmel blinzele. Ich kann nicht verstehen, worüber sich die beiden unterhalten, aber Carnauds Stimme dringt wie eine dunkle Melodie in mein Ohr und ich spüre bei ihrem Klang atemlose Leichtigkeit.

Dann reicht mir Jules seine Hand, lacht mich an und zieht mich hoch. Er holt mein Kleid, hilft mir dabei, es anzuziehen, legt einen Arm um meine Taille und presst mich kurz an sich. Wie wundervoll es war, flüstert er in mein Ohr. Seine Hand umschließt meine, lässt etwas darin zurück. Ich spüre festes Papier zwischen den Fingern und weiß, ohne hinzuschauen, dass er mir seine Visitenkarte zugesteckt hat. Ich lasse sie in der Tasche meines Kleides verschwinden. Dann fährt er los. Carnaud und ich bleiben zurück und auf einmal verändert sich die Stimmung. Er wirkt genauso beklommen, wie ich mich fühle und der Abgrund zwischen unserer hemmungslosen Leidenschaft und einem normalen Miteinander scheint unüberwindbar, bis er die Beifahrertür öffnet, mich mit einer leichten Verbeugung auffordert, einzusteigen. Amüsiert über seine höfliche Förmlichkeit gehe ich auf ihn zu und mache einen Knicks. Carnaud lächelt. Wir sehen uns in die Augen, was der intimste Moment dieses Tages ist, obwohl ich mit zwei Männern Sex hatte, und auf einmal weiß ich es.

Komisch, dass es so passiert, in dieser stillen Situation. Ich meine, wie lange kenne ich Carnaud mittlerweile? Vier Monate? Während dieser Zeit war er der Mensch, um den sich meine Gedanken gedreht haben wie ein Karussell. Ich habe mich über seine Arroganz und Unfreundlichkeit geärgert; doch seine großzügige Entlohnung eröffnet mir endlich eine Zukunft. Er hat mir sein Meer zum Schwimmen angeboten und mir ein wertvolles Buch geschenkt, einfach, weil es mir mehr bedeutet als ihm. Ich habe ihn geküsst und er hat mich zu seiner Mätresse gemacht. Es gab so viele Gelegenheiten, es zu erkennen, aber es geschieht in dieser Sekunde.

Ich bin verliebt.

Keine Ahnung, wann es geschehen ist oder warum, doch es fühlt sich gut an. Verliebtsein fühlt sich immer gut an. Wie Zuckerwatte im Herzen und Achterbahnen im Bauch. Aber Carnaud ist kein Mann, für den ich so empfinden sollte. Trotzdem tue ich es, was alle Probleme, die ich vorher mit ihm hatte, lächerlich klein erscheinen lässt. Nur eins bleibt noch wichtig – wie ich genau dieses Gefühl vor ihm verheimliche.

Wir steigen ein, fahren los, schweigen während der ganzen Fahrt. Mein Blick verirrt sich immer wieder zu ihm. Ich weiß nicht, wonach ich in seinem Gesicht suche. Nach einem Hinweis darauf, dass auch er jetzt anders für mich empfindet.

Als er vor meiner Wohnung hält, bleibe ich wie angeklebt sitzen, statt mich zu verabschieden und auszusteigen.

Ich will nicht allein sein. Nicht nach dem, was heute gewesen ist. Ich habe mich umsorgt gefühlt, begehrt und wichtig. All das würde zunichtegemacht, wenn ich jetzt abgeliefert würde, als hätte ich eine Pflicht erfüllt.

Eine ganze Weile starren wir beide durch die Windschutzscheibe auf den Hauseingang mit der flackernden ›37‹ über der Haustür, bis Carnaud mir das Gesicht zuwendet. »Sie haben Ihr Ziel erreicht«, versucht er sich mit blecherner Stimme an der Imitation eines Navis.

Bedauernd ziehe ich meine Stirn in Falten und schüttele den Kopf.

»Ich weiß, ja«, sagt er. »Ich mache besser keine Scherze. Aber wir sind trotzdem am Ziel.«

Stimmt.« Ich hole tief Luft, bevor ich ihn frage: »Willst du mit hochkommen? Du warst noch nie bei mir.«

»Nein danke. Wenn ich dich in deinem grauen Alltagseinerlei sehe, vergeht mir möglicherweise die Lust an dir.«

»Und mir vergeht die Lust an dir, wenn du den Mund aufmachst!«

Er sieht mich ernst an, scheint aber nicht wütend zu sein. »Du weißt, dass ich jetzt ein paar unanständige Bemerkungen machen könnte, hinsichtlich meines geöffneten Mundes und deiner Lust?«

»Ja!«, schnauze ich ihn an. »Das war mir schon klar, nachdem ich es gesagt hatte.«

»Und was ist dein Problem?«

Es ist keine gute Idee, ihm gegenüber Schwäche zu zeigen, aber so fühle ich mich nun mal – schwach und verletzlich. Mir fehlt sogar die Kraft, mich zu verstellen.

»Kann ich die Nacht bei dir verbringen?«

»Kein Bedarf, Sophie. Zum einen bin ich rundum befriedigt, zum anderen hast du mir heute schon einen Haufen Geld aus der Tasche gezogen.«

Mit einem Alien Französisch zu reden und zu erwarten, dass es einen versteht, ist eine dumme Idee. Genauso dumm ist es, von diesem Mann empathisches Verständnis zu erwarten. Aber wie viel dümmer ist es, sich in so einen Mann zu verlieben?

Also versuche ich, meinen Wunsch nach Zweisamkeit mittels einer Carnaud-kompatiblen

Verdolmetschung erfüllt zu bekommen: »Du musst mir nur zweitausend Euro zahlen, wenn du mich heute Nacht bei dir schlafen lässt. Einfach nur schlafen.«

»Du verzichtest auf Geld, um bei mir zu sein?«

»Ist dumm, ich weiß.«

»Überhaupt nicht.« Er lässt den Wagen an und fährt los. »Es ist absolut verständlich. Ich bin ein toller Kerl.«

»Ach, sei still.«

»Da wären wir.« Carnaud hat die Tür aufgeschlossen und wir stehen im Flur seiner Villa.

»Ja.« Obwohl der Abend sommerlich warm ist, schlinge ich die Arme um mich. Ich fühle mich schrecklich befangen. Bisher war Elianes Nachhilfe der Hauptgrund für meine Besuche. Zum ersten Mal stehe ich nur seinetwegen hier. Irgendetwas ändert das und auch er scheint das zu merken: »Was machen wir jetzt?«

»Was würdest du tun, wenn du allein wärst?«

»Arbeiten und Wein trinken. Und du?«

»Pizza essen und dummes Zeug gucken.«

Er nickt bedächtig und deutet mit dem Zeigefinger auf mich, als hätte ich etwas sehr Kluges von mir gegeben: »Das klingt nach einem interessanten Plan. Funghi oder Thunfisch?«

»Salami.«

»Gute Wahl. Nehme ich auch. Zieh dich um, wenn du magst. Du findest bestimmt etwas Bequemes unter Elianes Sachen. Ich bestelle derweil.«

Nach einer ausgiebigen Dusche schlüpfe ich in das Nachthemd mit den kitschigen Hunden und ziehe mir Haussocken über. Als ich zurück ins Wohnzimmer komme, stehen dort schon unsere Pizzen und Rotwein.

Carnaud wartet auf dem Sofa, ein Glas zwischen den Fingern.

»Das war ja eine erstaunlich schnelle Lieferung.«

»Das ist nur eine Frage des Geldes.«

Ich setze mich zu ihm und wir stoßen an, mit dem für meinen Geschmack etwas zu saurem Wein.

»Was ist eigentlich dein Job, Pierre? Womit verdienst du dieses Geld, das dir alles so rasch liefert?«

Seine entspannte Haltung verliert sich. »Warum willst du das wissen? Reicht es nicht, dass ich genug habe, um dich zufriedenzustellen?«

Ich rücke ein Stück von ihm ab. »Findest du das nicht selbst lächerlich? Ich kenne deinen Körper, als wäre er mein eigener. Ohne hinzuschauen, kann ich sagen, wo sich auf deinem ...« Ich gestikuliere in Richtung seines Unterkörpers, um nicht die Bezeichnung dessen in den Mund zu nehmen, was ich schon in den Mund genommen habe.

Carnaud beobachtet mich mit geweiteten Augen: »Ja?«

»Wo sich diese entzückende kleine Sommersprosse befindet«, ziehe ich mich aus der Affäre, »aber wir sind nicht vertraut genug, um über deinen Job zu reden?«

»Sex ist eine Sache, Sophie. Alles andere ist etwas anderes.«

»Du bist ziemlich kaputt. Ich denke, das solltest du wissen.«

Es macht mich wütend, dass er dort Mauern aufbaut, wo kein vernünftiger Mensch es tun würde. Es macht mich wütend, dass ich mehr von ihm erhoffe, als ich kriegen kann. Ärgerlich beiße ich in meine Pizza. Ich hätte aussteigen und nach Hause gehen sollen!

Carnaud nimmt einen tiefen Schluck, hält ihn kurz in seinem Mund, bevor er schluckt, als wäre er so ein lächerlicher Weinexperte. »Nach dem Tod meiner Eltern habe ich das Familienvermögen geerbt. Ich verwalte und vermehre es. Das ist mein Job.«

Stimmt, ich erinnere mich an das Gespräch über seine Eltern. Er hatte mir so unbeteiligt von ihrem Unfalltod erzählt, als lese er vom Teleprompter ab. Doch vielleicht liegt hinter dieser Kühle sehr viel Leid verborgen.

Vorsicht, Sophie! Mach nicht diesen Fehler, den Frauen so häufig begehen. Versuch nicht, seine Charakterschwächen mit hypothetischer Sensibilität zu verklären.

»Okay. Und wie vermehrst du das Geld? Mit Aktiengeschäften?« Ich habe keine Ahnung von so etwas und das merkt man mir an. Carnaud grinst. »Ich investiere hauptsächlich in Blue Chips. Sicherheit geht vor. Bei einer Baisse spekuliere ich schon mal. Das ist, als würde man seine Angel in einen sauerstoffarmen Teich halten. Alle Fische wollen raus und beißen in jeden Haken, egal, wie mickrig der Wurm ist. Generell halte ich mein Portfolio aber verlässlich und gemischt – Langläufer neben kurzfristigen Trades, Pfandbriefe, Anleihen, nicht zyklische Aktien und ein paar Penny Stocks, nur so zum Spaß.«

»Und deine Geschäfte sind legal?«

»Das ist so eine Sache mit der Legalität, Sophie. Stell dir unsere Gesellschaft als einen Berg vor und Gesetze als eine Smogwolke im Tal. Je weiter oben du auf dem Ersten bist, umso weniger bist du dem Zweiten ausgesetzt.«

»Das ist zynisch.«

»Dann ist die Realität zynisch. Aber ich gebe zu, auch wenn ich mir damit einen Hauch Faszination raube, dass meine Transaktionen legal sind. Ich habe nicht genug Fantasie für kriminelle Aktivitäten.«

Während ich ihm zuhöre, tropft von dem Pizzaviertel in meiner Hand Tomatensoße auf das Nachthemd. Hastig reibe ich mit der Serviette über den Fleck, was ihn ordentlich vergrößert. »Tut mir leid.«

»Kann man waschen.«

Schweigend essen wir weiter, aber mir brennen so viele Fragen auf dem Herzen. Ich suche mir die heraus, die mich am meisten beschäftigt und werfe sie wie eine scharfe Handgranate in den Raum: »Wer ist Elianes Mutter?«

Carnaud verschluckt sich an seinem Wein und hustet erbärmlich. »Das«, keucht er schließlich, »das geht dich nun wirklich überhaupt nichts an!«

»Fünfhundert Euro.«

»Was?«

»Du kannst weitere fünfhundert Euro von meinem Lohn für heute abziehen, wenn du mir von ihr erzählst.«

»Was bringt dir das?«

»Es stillt meine Neugier.«

»Ich wusste nicht, dass das möglich ist.«

»Vorübergehend.«

Ein langer Blick ruht auf mir, bis Carnaud endlich »Achthundert« sagt.

Wir verhandeln. Also ist er grundsätzlich bereit zu reden.

»Sechshundert.«

»Siebenhundertfünfzig.«

Nach hartem Feilschen treffen wir uns bei sechshundertdreiundachtzig Euro. Carnaud lehnt sich in die Polster zurück.

»Los, frag mich aus, du Zecke.«

»Wie hieß sie? Wer war sie?«

»Marguery, die Tochter eines Gärtners an einem der Internate, die ich besucht habe. Sie war neunzehn, ich drei Jahre jünger. Mit ihr hatte ich mein erstes Mal. Nach vier Monaten voller heimlicher Treffen sagte sie mir, dass sie schwanger sei.«

»Du bist mit sechzehn Vater geworden?«

»Kurz nach meinem siebzehnten Geburtstag.«

Aufgrund seines und Elianes Alters war mir dies eigentlich schon klar, aber es bestätigt zu bekommen, ist etwas anderes. Selbst fast ein Kind und dann schon ein Kind zeugen. Wollte er es?

»Und wo ist sie jetzt? Wart ihr – ich weiß nicht – verlobt? Wolltet ihr heiraten?«

Rühre ich damit an ein zu heißes Eisen? Was, wenn sie gestorben ist? Aber nein, Eliane hat über sie gesprochen, als sei sie am Leben.

Carnaud lacht leise. »Die Tochter eines Gärtners heiraten? Meine Eltern boten ihr Geld dafür, das Kind in unserer Familie zu lassen und die Ansprüche daran aufzugeben. Sie ließ sich darauf ein.«

»Deine Eltern haben ...« Ich kann nicht so recht glauben, was ich da gehört habe. »Deine Eltern haben für Eliane bezahlt?«

»Sie haben schon immer Menschen gekauft, wie es ihnen nötig schien. Für die Zeit der Schwangerschaft kam Marguery in einer Schweizer Klinik unter, nach der Entbindung erhielt sie das geforderte Geld und verschwand. Ich habe seitdem nichts mehr von ihr gehört.«

Carnaud erzählt seine Geschichte in einem gleichgültigen Tonfall, doch spüre ich einen anderen Klang darunter. Einen von Enttäuschung und Verbitterung. Vielleicht bilde ich mir das aber nur wieder ein, weil ich so gerne etwas Verletzliches in ihm finden möchte. Es würde ihn mir ähnlicher machen.

»Und seitdem sorgst du für deine Tochter?«

»Wo denkst du hin? Ich studierte und machte meinen Abschluss. Danach arbeitete ich in verschiedenen Bankhäusern, zuletzt für die Crédit France-Filiale in Hongkong. Eliane verbrachte die ersten Lebensjahre bei meinen Eltern in Lausanne, später schickte man auch sie aufs Internat.«

»Aber du hast sie nach ihrem Tod zu dir geholt. Hierher.«

Er zuckt die Schultern. »Eine meiner schlechteren Entscheidungen, einem alkohol- und sentimentalitätengeschwängerten Abend geschuldet. Ich kann nicht gut mit Kindern. Ich kann generell nicht gut mit Menschen.«

Seine Selbsteinschätzung funktioniert zumindest.

»Du hast Eliane nichts davon erzählt, dass ihre Mutter sie freiwillig zurückgelassen hat, stimmt's?«

»Wieso sollte ich?«

»Sie glaubt, du seist daran schuld, dass sie keinen Kontakt mit ihr hat. Sie nimmt dir das übel, sehr sogar. Wenn sie die Wahrheit wüsste ...«

Carnaud richtet sich im Sofa auf. »Und was soll ich ihr sagen? Dass ihre Mutter sie verkauft hat? Dass sie ihr

Kind ohne zu zögern im Stich ließ, kaum dass sie es zur Welt gebracht hatte? Wäre dieses Wissen für Eliane besser als die Wut auf ihren unausstehlichen Vater?«

»Du machst dir ja Sorgen um sie! Vor ein paar Wochen hast du mir gesagt, du wüsstest nicht, ob du sie liebst, aber um sie zu schützen, nimmst du sogar ihren Zorn auf sich. Das ist Liebe.«

Sanft streichen Carnauds Fingerspitzen über meine Wange. »Du willst es unbedingt, nicht wahr? Dass ich ein guter Mensch bin. Aber diese Kategorien interessieren mich nicht. Es ist einfacher, mit einem wütenden Kind umzugehen, als mit einem traurigen. Außerdem haben die Reise nach New York und der Theaterkurs ihren Zorn schrumpfen lassen. Geld ist in zwischenmenschlichen Beziehungen eine verlässlichere Stütze als Gefühle.«

Er scheint den Kurs seiner Eltern zu verachten und richtet doch seinen inneren Kompass danach aus. Ob er gar nicht sieht, wie sehr er diese Weltsicht verinnerlicht hat?

»Nicht alle Menschen sind so, Pierre. Ich bin nicht so.«

»Nein? Bist du nicht bei mir, weil ich dafür zahle?«

Ich lege das letzte Pizzastück zurück in die Pappschachtel. »Momentan bin ich bei dir, weil ich dich bezahle.«

Carnaud sieht mich an, als wäre ich ein Buch, in dem er liest. Keine Ahnung, ob ihm gefällt, was drinsteht. Erst nach einigen Sekunden merke ich, dass ich den Atem angehalten habe. Meine Lungen verlangen vehement nach Luft und ich atme tief ein. »Hast du sie geliebt, die Tochter des Gärtners?«

»Sie hat mir die Zeit vertrieben. Willst du noch etwas wissen? Du kannst dir für weitere eintausenddreihundertsiebzehn Euro meine Offenheit kaufen.«

Eine Frage hätte ich noch, sie drängt sich mir förmlich auf: Wird er das irgendwann einer anderen Frau über mich sagen – dass ich ein Zeitvertreib war? Werde ich überhaupt eine Erwähnung wert sein in seinen Annalen?

»Nein, das reicht mir für heute.«

»Dann fernsehen?«

Ich nicke. Eigentlich möchte ich heulen, aber das lasse ich besser.

Wir entscheiden uns für einen Liebesfilm, der so dermaßen schlechte Kritiken hatte, dass er sich keine Woche in den Kinos hielt. Unsere Wahl stellt sich als goldrichtig heraus. Angesichts der vorhersehbaren Wendungen und platten Dialoge lachen wir, bis uns die Bäuche wehtun. Erst während der Abspann läuft, sich alle Missverständnisse aufgelöst haben und die Liebe gesiegt hat, fällt mir auf, dass wir dicht nebeneinandersitzen, ich an seiner Schulter lehne und meine Beine über seine Knie gelegt habe. Carnaud dreht mein Gesicht zu sich und lächelt. »Du hast da Pizzasoße, kleine Gänsemagd.«

»Wo?«

»Hier.« Er beugt sich über mich, leckt mit der Zungenspitze meinen Mundwinkel. Ich kichere, weil es kitzelt, und Carnaud küsst mich. Er legt eine Hand in meinen Nacken, ich berühre seine Brust. Ein seltsamer Kuss ist das. Ohne die fiebrige Gier, die wir sonst in uns hervorrufen, nur getragen von dem Wunsch, dem anderen etwas Gutes zu tun. Wenn es nach mir ginge, müsste er nicht mehr aufhören. Aber es geht nicht nach mir und so beendet Carnaud unseren Kuss.

»Ich bin recht müde«, erklärt er und räuspert sich, als fühle er sich in dieser Situation unbehaglich. Ich verstehe den Hinweis und löse alle meine Extremitäten, die ich um ihn geschlungen habe.

»Soll ich in Elianes Zimmer schlafen?«

»Unfug.«

Als ich am nächsten Morgen erwache, ist Carnaud auch schon munter. Ich wende mich ihm zu, betrachte sein schlafentspanntes Gesicht, die Bartstoppeln auf den sonst makellos rasierten Wangen.

»Gut geschlafen, Sophie?«

Statt einer Antwort gähne ich und er lacht. »Anscheinend nicht genug.«

»Es ist doch nie genug.«

»Meine Nacht war auch nicht sehr erholsam«, sagt er, und die wohlbekannte Strengefalte nimmt ihren Platz auf seiner Stirn ein.

»Ach?« Zu mehr Anteilnahme bin ich um diese Zeit nicht fähig.

»Du hast geschnarcht und im Schlaf gesprochen.«

»Nie im Leben!«

»Oh doch! Du hast gesagt, ich wäre einfach großartig und du hättest noch nie einen besseren Liebhaber gehabt.«

Lachend strecke ich den Arm aus, um ihm einen leichten Schlag auf die Schulter zu verpassen, aber er fängt meine Hand ab und drückt einen Kuss auf ihre Innenfläche, was die Schmetterlinge in meinem Bauch dazu bringt, umgehend wild mit den Flügeln zu schlagen.

»Lass mich raten – Mademoiselle Morel möchte Kaffee und ein Croissant mit irgendetwas Süßem darauf zum Frühstück, stimmt's?«

»Und ein Glas Orangensaft. Einen halben Apfel und ein paar Weintrauben, wenn du hast.«

»Sehr wohl. Komm in zehn Minuten in die Küche, dann ist das Frühstück bereitet, Mylady.«

Er lässt meine Hand los, ich balle sie zur Faust, schließe meine Finger um die Erinnerung seines Kusses, als er aus dem Bett springt, nackt bis auf dunkelblaue Boxershorts. Der Anblick ist atemberaubend. Ich möchte ihm die Hose herunterziehen und in seinen muskulösen Hintern beißen. Und wenn Carnaud auch noch zärtlich ist, so wie in diesen wenigen Minuten gerade eben, dann schleicht er sich immer tiefer unter meine Haut.

Pass auf, Sophie, denke ich. Du vertreibst ihm die Zeit. Mehr nicht.

Nach dem Frühstück will ich mich auf dem Weg nach Hause machen. Carnaud fragt, ob ich arbeiten müsse, was ich verneinen kann.

»Beschäftige dich mit irgendetwas«, wirft er mir zu, als er das Geschirr in die Küche trägt. »Ich brauche eine gute Stunde, dann können wir los.«

Mein »Wohin?« lässt er unbeantwortet, verschwindet stattdessen in seinem Arbeitszimmer und schließt die Tür hinter sich. Ich nutze die Zeit, um in Elianes Badezimmer eine ausgiebige Dusche zu nehmen, dann ziehe ich mich an und streife durch den Garten. Es muss in der Nacht geregnet haben, das Gras ist feucht unter meinen Füßen und die Rosenstöcke verströmen ihren

Geruch besonders intensiv. Ich schlendere ans Meer, wate durch den nassen Sand. Hellgraue Wolken hängen dicht über der glatten Wasseroberfläche, aber der Wind treibt sie vor sich her wie ein eifriger Hütehund seine Schafe und lässt blauen Himmel erstrahlen. Während ich auf Carnaud warte, frage ich mich, ob ich auch etwas für ihn empfinden würde, hätte er nicht so viel Geld, gäbe es nicht dieses Haus und den Garten. Dieses Stück Meer.

Eine beunruhigende Frage, die ich ehrlicherweise nicht beantworten kann, denn die Situation ist nun einmal so, wie sie ist. Wäre Carnaud nicht so reich, hätten wir uns nie kennengelernt. Obwohl – vielleicht hätte er eines Tages an meiner Kasse im *Prix* gestanden. Wir hätten uns angesehen, die Zeit wäre für einen endlosen Moment stehen geblieben und er hätte mich gefragt, wann ich Feierabend mache. Mit zwei Croques Monsieur und einer Flasche Rotwein hätte er dann auf mich gewartet, wir wären an den Strand gegangen, hätten gegessen und der Sonne beim Untergehen zugesehen. Dann hätte er mich in einem klapprigen Gebrauchtwagen nach Hause gefahren, wir hätten Telefonnummern ausgetauscht und einen ersten kurzen Kuss.

Als Carnaud auf mich zukommt, in einem tadellos sitzenden grauen Anzug, die Haare so streng zurückgekämmt, als schäme er sich dafür, dass ich sie heute früh wirr auf seiner Stirn gesehen habe, denke ich, dass ich ihn verdammt gern an der Kasse kennengelernt hätte.

15 Diverse Aktivitäten

»Mach die Augen zu«, befiehlt Carnaud gebieterisch.

»Warum?«

»Weil ich es sage.«

»Das ist kein ausreichender Grund.«

»Was wäre denn ausreichend?«

»Keine Ahnung. Du willst, dass ich es tue. Lass dir etwas einfallen.«

Er stöhnt genervt. »Ich zahle dir 50 Euro dafür.«

»Du bietest mir Geld? Hast du keinen anderen Pfeil im Köcher?«

Er sieht mich so überrascht an, dass ich grinsen muss. »Bisher hat das immer genügt, damit man tut, was ich will. Bei dir und bei jedem anderen.«

Seine Worte zerstören die spielerische Atmosphäre zwischen uns, zumindest für einen Moment. Dabei liegt ein wunderbarer Tag hinter uns. Wir fuhren nach Toulouse und spazierten durch die engen Gassen der *Ville rose*. In einem kleinen Bistro am Ufer der Garonne, die breit und behäbig durch die Stadt fließt, aßen wir Croque Monsieur (nach meinem Tagtraum am Meer musste ich die ganze Zeit an knuspriges Brot mit saftigem Schinken und geschmolzenem Gruyère denken) und tranken Orangina, was so ungefähr die beste Mahlzeit der Welt ist, ganz egal, was im *Marchand* serviert wird. Hinterher konnte ich ihn sogar dazu überreden, mit mir die Basilika Saint-Sernin zu besichtigen. Carnaud ist kein religiöser Mensch, aber die hochaufragenden Säulen im Inneren der romanischen Kirche und die klare Struktur des gewaltigen Gebäudes beeindruckten ihn dann doch. Ohne sich nur einmal zu beschweren, folgte er mir durch die Krypten, wo ich mir jede Menge Zeit ließ, die Wandmalereien zu bewundern. Ehrlich gesagt, legte ich es sogar ein wenig darauf an, seine Geduld zu testen – eine Prüfung, die er mit Bravour bestand. Als wir später im Schatten der Platanen den Canal du Midi entlangspazierten, bemerkte ich, dass Carnaud meine Hand ergriffen hatte. Ich weiß nicht, ob er das bewusst getan hatte, auf jeden Fall genoss ich es, seine Finger fest um meine zu spüren, und ich musste mir eingestehen, dass dieser Tag der schönste war, den ich seit Langem erlebt hatte.

Und jetzt stehen wir in einer Straße außerhalb des Zentrums, hinter uns eine Bar-Tabac, vor uns eine Grünfläche und sein Angebot, mir Geld zu zahlen, damit ich meine Augen schließe, liegt wie ein Kantstein in meinem Magen.

»Nun mach schon, Sophie.« Seine Stimme wird dringlicher und ich gebe nach.

»Meinetwegen.«

Er packt mit beiden Händen meine Schultern und schiebt mich vor sich her. Meine Befürchtung, jeden Moment gegen eine Laterne zu knallen, erfüllt sich nicht, da er mich sicher die Straße entlangführt. Wir biegen nach rechts ab, er warnt mich, dass drei Stufen zu erklimmen sind, dann lässt er mich los und ich höre ein Quietschen, als würde eine Tür geöffnet. Mit einer Hand auf meinem Rücken dirigiert er mich behutsam nach vorn. Erneut ertönt dieses Quietschen. Ich spüre einen Luftzug im Rücken und Klacken, als die Tür – ich bin jetzt sicher, dass es eine ist – hinter mir zufällt.

Dann ist es still, aber in der Luft liegt ein köstlicher Geruch nach … Ja, nach was? Es dauert einen Moment, bis ich ihn einordnen kann. Butterpopcorn! Ich reiße die Augen auf. Wir sind in einem Kino, einem winzigen, altmodischen Kino! Die Wände sind dunkelrot tapeziert und übersät mit Filmposter – ich sehe Gabin, Belmondo, Bardot, Signoret und internationale Klassiker: *Casablanca*, *La dolce Vita*, *Lawrence von Arabien*. Jedes dieser bunten Plakate erweckt Szenen, Musik, Emotionen in mir. Sie sind in diesen alten Filmtheatern gefangen wie ein Echo zwischen Berggipfeln.

Meine Blicke wandern zu einem geschwungenen Glastresen, der sich links von uns befindet. Zwei gefüllte Sektflöten stehen darauf und ein Rieseneimer des Popcorns, dessen Geruch mir schon das Wasser im Mund hat zusammenlaufen lassen. Carnaud grinst mich an. »Lust auf Kino?«

»Immer!« Ich bin versucht, ihm um den Hals zu fallen, aber da taucht hinter dem Tresen ein älterer, grauhaariger Herr auf, der uns begrüßt und uns die beiden Sektgläser entgegenhält. Wir nehmen sie und folgen ihm eine geschwungene Treppe hinauf und durch die Tür zum Kinosaal. Wobei Saal übertrieben ist. Der Raum bietet Platz für schätzungsweise 60 Personen, aber außer uns ist niemand da.

»Sind wir zu früh?«, frage ich.

»Zu früh?« In Carnauds Stimme klingt ein selbstzufriedenes Schnurren mit. »Wann immer wir kommen, ist pünktlich.«

»Ich verstehe nicht …«

»Habe ich auch nicht erwartet.«

Schade, er steht zu weit von der Treppe entfernt, um ihn herunterstoßen zu können. Statt also sein vorzeitiges – oder besser: pünktliches – Ende zu finden, nickt er unserem Begleiter zu, nimmt ihm das Popcorn ab und deutet mit dem Kopf in Richtung der leeren Stuhlreihen. »Such dir aus, wo du sitzen möchtest.«

Verwundert starre ich auf die samtplüschig gepolsterten Stühle und rühre mich nicht vom Fleck. Wird zu diesem Ausflug eine Gebrauchsanweisung geliefert?

Ohne weitere Erklärung läuft Carnaud nach hinten. Hastig laufe ich ihm hinterher. Er hat sich inzwischen genau mittig in die letzte Reihe gesetzt, und ich nehme neben ihm Platz.

»Das wollte ich schon immer mal machen«, sagt er. »Einen Film für mich allein laufen lassen.«

Jetzt verstehe ich. Er hat das ganze Kino für uns gebucht! Das ist so dermaßen wundervoll und übertrieben und kindisch und umwerfend, dass ich Angst habe, es könne nicht wahr sein. Er grinst mich an und reicht mir den Popcorneimer. Ich greife hinein und stopfe mir eine Handvoll buttrige Süße in den Mund. »Ganz allein bist du aber nicht«, mampfe ich. »Soll ich lieber gehen?«

Statt einer Antwort zieht er mich an sich und hält mich fest. Als das Licht ausgeht, der Vorhang zur Seite gezogen wird und auf der Leinwand der Vorspann der *Graf von Monte Christo*-Verfilmung mit Jean Marais beginnt, setzt mein Herz vor lauter Freude und Glück einen Moment lang aus. Ich sehe Carnaud an, aber der starrt unbeirrt nach vorn.

»Zufrieden?«, fragt er, worauf ich einen Kuss auf seine Wange drücke und mich dicht an ihn schmiege. Er hält die ganzen drei Stunden tapfer durch, auch wenn er bei

Weitem nicht so fasziniert ist wie ich, was ich an der
Art und Weise merke, in der er auf seinem Stuhl her-
umrutscht und seine langen Beine streckt. Trotzdem
bleibt er bei mir, durch Liebe, Vergeltung und späte Belohnung hindurch. Als wir das Kino verlassen, liegt
Toulouse in tiefer Nacht, der Mond wirft sein fahles
Licht auf die roten Steinhäuser. Hand in Hand laufen
wir über das Pflaster der alten Straßen zu seinem Auto
und diesmal fährt er gleich zu sich nach Haus. Es
scheint das Normalste der Welt zu sein, hinter ihm zu
stehen, als er die Tür aufschließt, mit ihm einzutreten,
sich zu ihm ins Bett zu legen und in seiner Umarmung
einzuschlafen.

Am nächsten Morgen stehe ich früh auf und will verschwinden, damit Carnaud gar nicht erst die Gelegenheit bekommt, mich hinauszuwerfen. Aber das hat er
überhaupt nicht vor. Als ich Abschied nehmend ins
Schlafzimmer blicke, ist er schon wach und winkt mich
heran: »Was soll das? Wo willst du hin?«

»Nach Haus. Ich habe heute Dienst«, lüge ich. Tatsächlich habe ich gestern früh meinen Chef eine Mail geschickt und mir unter Vorspiegelung eines familiären
Notfalls die ganze Woche freigenommen – in einer Mischung aus vorauseilendem Gehorsam und stiller Hoffnung. Dass ich Carnaud jetzt nichts davon sage, hat nur
einen Grund – ich will, dass er mich bittet, zu bleiben.
Und das tut er, wenngleich eine Bitte bei ihm nicht so
klingt wie bei anderen.

»Zick nicht rum, komm her.«

»Ich muss zur Arbeit.«

»Sag ich doch.« Er schlägt die Decke neben sich zurück. »Ganz ehrlich, Sophie, wo verdienst du lieber dein Geld? An der Kasse im Supermarkt oder in meinem Bett?«

Die Entscheidung fällt leicht. Ich schlüpfe aus meinen Klamotten und unter die Decke. Lächelnd zieht er mich auf seinen warmen, großen Körper, seine Hände streicheln meinen Rücken, meine Arme. Ja, es gibt keinen besseren Arbeitsplatz als sein Bett.

»Erinnerst du dich an dein Vorstellungsgespräch bei mir?«

»Natürlich. Es lief etwas holprig.«

»Holprig? Schöner Euphemismus.« Das tiefe Lachen, das ihn erschüttert, vibriert in mir. »Du hast mich Arschloch genannt.«

»Nicht ohne Grund.«

»Hey!« Er zwickt mich in die Seite, giggelnd wehre ich mich, aber er hält mich fest in seiner Umarmung.

»Hast du dir damals vorstellen können, dass wir zusammen im Bett landen?«, fragt er.

»Nein! Nie im Leben! Und du?«

»Selbstverständlich. Ich wusste, dass es nur eine Frage der Zeit sein würde. Man konnte es in deinem Gesicht sehen.«

»Das Einzige, was du an diesem Tag in meinem Gesicht sehen konntest, war ›Um Himmels willen, was für ein Arschloch!‹«

»Ich habe gelernt, zwischen den Zeilen zu lesen und mich gefragt, wann das Unausweichliche geschehen würde.«

»Das Unausweichliche?« Ich lege eine gehörige Portion Skepsis in meine Stimme, obwohl die Tatsache, dass wir nackt zusammen im Bett liegen, eher für seine Einschätzung der Geschichte spricht.

»Das Unausweichliche.« Er packt mich fest um die Taille, dreht mich auf den Rücken und legt sich auf mich. Unsere Albernheit kippt im Bruchteil einer Sekunde. Das Blau seiner Augen verdunkelt sich und ich kann am Griff seiner Hände spüren, dass er mich will.

»Na ja«, flüstere ich, »das Unausweichliche ist dann wohl unausweichlich.«

»Scheint so.« Sein Brustkorb hebt und senkt sich unter schweren Atemzügen. Ich strecke die Arme in die Luft, verschränke sie hinter seinem Nacken, ziehe seinen Kopf zu mir, bis sich unsere Lippen begegnen. Sanft wie ein Windhauch gleiten seine Hände meinen Oberkörper empor und mein Seufzen ist auch nicht mehr als ein Hauch. Schmetterlingsflügelzart bahnen sich seine Lippen ihren Weg über meinen Hals, verharren auf der empfindlichen Stelle unterhalb des Kehlkopfes. Sie hinterlassen ihre warme Spur auf meinen Brüsten und die Knospen richten sich unter seinem Atem auf. Stöhnend strecke ich den Rücken durch, vergrabe die Finger in Carnauds blonden Haaren. Er hebt seinen Kopf, unsere Blicke verschmelzen miteinander. Mit einem Lächeln legt er sich zwischen meine Beine, dringt so langsam in mich ein, als würde er mich nicht so sehr begehren, wie es mir das Zittern seiner Hände verrät. Wir lieben uns so intensiv, dass mir die Tränen kommen. Egal, was Carnaud sagt – oder besser: Was er nicht sagt – Er empfindet etwas für mich, das weiß ich.

Auch ich kann zwischen den Zeilen lesen.

Am nächsten Tag scheitert mein Versuch, nach Hause zu gehen, an seinem Vorschlag, einen Ausflug in die Berge zu machen, und dann gibt es diese Impressionisten-Ausstellung in Montpellier, die uns beide interessiert. Warum sollte man sie nicht gemeinsam besuchen? Und auch dieses Open-Air-Konzert macht zu zweit mehr Spaß.

So vergeht fast eine ganze Woche, die wie aus der Zeit gefallen scheint. Ich sammele Erinnerungen in meinem Kopf wie Smartphone-Schnappschüsse: Carnaud und ich abends beim Weintrinken in einem winzigen Restaurant, während die untergehende Sonne so blutrot leuchtet wie der Barolo in unseren Gläsern.

Carnauds schier endloser Monolog über die Entwicklung des französischen Realismus im 19. Jahrhundert, bei dem er glaubt, er könne mir etwas Neues erzählen, und den ich mit einem Kuss unterbreche. Der stille Abend, den wir auf einem Stein sitzend am Strand verbringen und die Füße ins Meer baumeln lassen. Diese Momente auf seiner Couch, wo er mich im Arm hält und wir kein Wort sagen und gar nichts tun, nur nebeneinandersitzen.

Diese Tage funkeln zwischen den Kieselsteinen meines Lebens wie Brillanten. Ich möchte hier nicht mehr weg, nie wieder. Erst als mein Smartphone mich daran erinnert, dass Maman abends von ihrem Wellness-Urlaub zurückkehrt, kann ich mich losreißen. Carnaud fährt mich nach Hause, wir sitzen während der ganzen Fahrt schweigend nebeneinander.

»Das war nicht übel«, sagt er zum Abschied und ich kann nur nicken, weil mir todtraurig zumute ist. Ohne ein Wort steige ich aus und gehe, was sehr unhöflich ist. Deshalb schicke ich ihm im Aufzug eine Nachricht, in der ich mich für die schönen Tage bedanke, aber es kommt keine Antwort.

Die Wohnung stinkt zum Erbarmen. Rasch entsorge ich den Müll und reiße alle Fenster auf, um die muffige Luft durch heiße, staubtrockene zu ersetzen. Meine Versuche, die nach einer Woche ohne Pflege verdorrten Blumen mittels viel zu viel Wasser zu retten, sind zum Scheitern verurteilt. Ich räume den Wäscheständer ab, wische den Küchenfußboden, schüttele Mamans Bettzeug auf. Aber nichts, rein gar nichts kann bewirken, dass ich mich hier noch zu Hause fühle. Ich will woanders sein und dieses Wollen ist nicht zu unterdrücken, es ist ein ›Mit-dem-Fuß-auf-den-Boden-aufstampf‹-Wollen. Als die Sehnsucht mich beinahe in ein heulendes Baby verwandelt, höre ich den Schlüssel in der Tür und Maman kommt nach Hause. Erleichtert über meine Rettung nehme ich sie in die Arme und mache uns dann Tee.

Begeistert erzählt mir Maman von dem wunderschönen Hotel, ihren Spaziergängen am Strand und durch die Altstadt, vom Aufstieg zum Colline de Chateau und dem atemberaubenden Blick auf die Stadt. Und tatsächlich hat sie jemanden kennengelernt – Antoinette, eine alleinstehende Frau in ihrem Alter, die in unserem Nachbarort wohnt und die Reise bei einem Preisausschreiben gewonnen hat. Darüber freue ich mich so sehr, dass meine Sehnsucht nach Carnaud in den Hintergrund tritt, ja, ich sie sogar für diesen Abend vollständig verdrängen kann.

Am nächsten Morgen ist sie allerdings wieder da. War
ja auch nicht anders zu erwarten.

16 Zurück auf Anfang

Vier Tage später, noch immer ohne Nachricht von Carnaud, sehe ich, dass auf meinem Konto eine Zahlung von ihm eingegangen ist. Zehntausend Euro mit dem Vermerk ›Diverse Aktivitäten‹. Ich starre so lange fassungslos auf die Anzeige meines Onlinebanking, dass es mich aufgrund meiner Untätigkeit automatisch ausloggt.

Diverse Aktivitäten. Eine nüchterne Umschreibung für unsere gemeinsamen Tage. Davor hätte ich mich über das Geld gefreut, hätte diese diebische, lüsterne Freude verspürt, so viel wert zu sein. Aber jetzt möchte ich ›Wert‹ anders definieren und beim Gedanken an die vergangenen Tage fühle ich mich beschmutzt. Ich zücke mein Handy und schicke ihm eine Nachricht:

Wofür?

Fast umgehend kommt seine Antwort:

Für deinen Einsatz.

Das klingt, als wäre ich eine Geheimagentin, dabei bin ich nur eine Frau, die sich unvorsichtigerweise verliebt hat. Verliebt in einen Mann, der ihr Geld gibt für eine gemeinsame Zeit, die sie in ihrer Erinnerung mit rosa Glitzer bestreut.

Mir ist klar, dass ich spätestens jetzt einen Schlussstrich ziehen muss, weil ich sonst nicht unbeschadet aus dieser Angelegenheit herauskomme – sofern das überhaupt noch möglich ist – aber ich habe nicht die Kraft dazu, als Carnaud mich am nächsten Tag anruft: »Ich brauche dich diesen Sonnabend.«

»Aha.«

»Aha? Ist das alles? Wo bleiben deine üblichen impertinenten Einwürfe?«

»Sag, worum es geht.«

Sein Schweigen dehnt sich so lange, dass ich denke, er hätte aufgelegt, aber da nennt er mir die unmöglichste aller Möglichkeiten: »Ein Empfang der Stiftung *Droits des Femmes*. Man bedankt sich mit Canapés, Champagner und Cellosonaten bei den treuesten Unterstützern.«

Nie im Leben hätte ich ihn mit *Droits des Femmes* in Verbindung gebracht, einer Organisation, die sich für Frauenrechte einsetzt. Zu ihm passt eher eine Vereinigung wie *Droits des Machos*. Meine Verwunderung platzt wie ein Sektkorken aus mir heraus: »Was hast du mit *DdF* zu tun? Trittst du als schlechtes Beispiel auf?«

Erneut ein langes Schweigen am anderen Ende, aber als Carnaud dann wieder redet, höre ich Lachen in seiner Stimme: »Da ist sie ja endlich – Sophies Unverschämtheit. Ich befürchtete schon, du hättest sie beim Anblick deines Kontostandes verloren. Aber zu deiner Information, ich bin einer dieser Unterstützer.«

»Du?«

»Selbst, wenn ich dir mit Freude unglaubliche Lust bereite und dich dafür auch noch bezahle, so kann ich mich doch trotzdem gegen sexuelle Gewalt und ungleiche Bildungschancen einsetzen, meinst du nicht?«

Es überrascht mich. Ich hätte jedes negative Wort über ihn unbesehen akzeptiert. Zu glauben, dass er für andere etwas Gutes tut, fällt mir ungleich schwerer.

»Aber du kaufst dir Frauen«, wende ich ein. »Du kaufst mich. Das passt doch alles nicht zusammen. Wenn dir Frauen so wichtig sind, warum suchst du dir nicht jemanden, der dich liebt?« Mental hebe ich wie eine eifrige Schülerin die Hand und schnipse mit den Fingern, denn natürlich kenne ich seine Antwort auf diese Frage und die folgt auf dem Fuße.

»Ich habe kein Interesse an Liebe. Unmissverständliche Absprachen sind unkomplizierter.« Seine Stimme ist jetzt kalt und klar wie ein Eisbrocken. Dieses Gespräch hat innerhalb von Sekundenbruchteilen eine höchst unangenehme Wendung genommen und das ist einzig und allein meine Schuld. Ich gebe ein Lachen von mir, das so gekünstelt ist, dass es mich im Halse würgt.

»Ab wann findet dieser Empfang denn statt?«

Wieder folgt eine lange Pause, dann erklärt er mir in neutralem Tonfall, dass er mich um 18.30 Uhr abholen wird, ich mich aber schon ab 15.00 Uhr zu Hause zur Verfügung halten soll, er würde jemanden vorbeischicken. Eine Erklärung, welche ominöse Person denn da käme, erhalte ich nicht, nur ein kurzes »Wir sehen uns Sonnabend«, dann legt er auf.

Heute ist Mittwoch. Bis Samstag sind es drei Tage. Drei Tage sind lang genug, um mich bei ihm zu melden und unsere ›Beziehung‹ zu beenden, und sie sind eine Ewigkeit, wenn man darauf wartet, dass sie vergehen.

Was dann aber doch passiert. Über die Homepage der Stiftung habe ich herausgefunden, dass der Empfang im Rathaus stattfinden wird, und allmählich kriege ich Beklemmungen angesichts der zu erwartenden Gäste. Bestimmt lauter reiche Schnösel wie Carnaud, alle in ihrem Element und unter ihresgleichen. Ich werde keinen Ton herausbringen. Es wird am besten sein, mich an die Häppchen und den Sekt zu halten und unter dem Radar zu fliegen.

Wie angekündigt, klingelt es am Samstag kurz nach 15.00 Uhr und eine schlanke, ungefähr zwei Meter große Frau mit Pagenschnitt steht vor der Tür, neben ihr auf dem Boden drei Koffer. Bevor ich sie fragen kann, ob sie bei uns einziehen möchte, packt sie mich und drückt mir Küsse auf die Wangen. »Du musst Sophie sein! Ich bin Mélanie.«

Was mich nicht schlauer macht. Sie wuchtet die Koffer in den Flur und ich bin heilfroh, dass Maman sich heute mit Antoinette trifft und diesen Überfall nicht mitbekommt.

»Pierre hat mich geschickt, aber das weißt du ja. Ich habe ein paar Outfits mitgebracht. Wir schauen mal, welches deine Personality am besten zur Geltung bringt. Wo ist dein Zimmer?«

»So!« Inzwischen stehen alle Koffer in meinem Raum und füllen ihn derart, dass Mélanie und ich uns kaum drehen können. »Tolles Zimmer. Ich mag diesen ärmlichen Charme. Diese Street Credibility. Zieh dich aus.«

»Was?«

Erst als Mélanie den größten Koffer öffnet und ich die Kleider darin sehe, begreife ich es endlich. Carnaud schickt sie, damit sie mich für den heutigen Abend einkleidet.

»Vielen Dank, aber das ist nicht nötig. Ich habe mir schon etwas zurechtgelegt.« Durchaus mit Stolz zeige ich ihr meine Neuerwerbungen: einen grünen Rock aus elegant knitterndem Stoff, den man für Seide halten könnte und eine hochgeschlossene beigefarbene Bluse.

Mélanie packt beide Stücke mit spitzen Fingern und wirft sie von sich. »Weißt du, wo die jetzt sind?«, fragt sie und gibt gleich darauf selbst die Antwort: »In der ›Zieh nichts von dem an, was dort liegt‹-Ecke.«

»Aber ...«

»Ah!« Sie hebt den Zeigefinger und hält ihn mir vor die Nase. »Beige zu deiner hellen Haut? Willst du aussehen wie eine todkranke Leiche, der es richtig schlecht geht?«

»Nein, aber ...«

»Dann lass mich machen! Ich arbeite, Pierre bezahlt und du genießt.«

Genuss definiere ich zwar anders, aber nachdem ich mich zehnmal an- und wieder ausgezogen habe, stehe ich am Ende in einem bordeauxroten, knöchellangen Kleid vor dem Spiegel und finde meinen Anblick durchaus beeindruckend. Dazu hat Mélanie mir schwarze High Heels aufgezwungen, in denen ich zumindest unfallfrei stehen kann. Eine goldene Kette, passende Ohrringe und eine schwarze Clutch vervollständigen das Bild.

»Großartig!«, lobt Mélanie ihr Werk. »Du siehst aus wie Schneewittchen. Blasse Haut, dunkles Haar und ein wunderbares Rot. Pierre wird es lieben.«

»Und darum geht es ja.«

»Genau, Chérie. Und jetzt setzt du dich hierhin« – sie zieht einen Stuhl vor den Spiegel – »damit wir loslegen können.«

»Loslegen? Ich dachte, wir hätten schon ...«

Nachdem im zweiten Koffer Schuhe und Accessoires verstaut waren, lüftet sich jetzt das Geheimnis des Dritten. Make-up, Schminke, Kosmetik. Noch nie habe ich so viel davon auf einen Haufen gesehen, nicht einmal in der Drogerie-Abteilung des *Prix*. Mit energischem Druck auf meine Schultern presst mich Mélanie auf den Stuhl, wirft mir einen Umhang über und bürstet mir die Locken mit solcher Vehemenz, dass ich Angst bekomme, am Ende mit Glatze dazustehen.

»Tolle Haare hast du. Kräftig und so viele. Recht ungebärdig.«

»Ich weiß«, seufze ich. »Eine Katastrophe.«

»Unsinn! Curly ist das neue Sleek.«

Keine Ahnung, was sie mit dir damit sagen will. Keine Ahnung, ob es mir gefällt, hier zu sitzen, nur damit sich Carnaud heute Abend nicht mit mir schämen muss. Denn darum geht es ja bei dieser ganzen Aktion. Er will verhindern, dass man mir das Prekariat auf den ersten Blick ansieht. Ich sollte ihn blamieren und laut nach Bier und Fritten verlangen. Der Gedanke bringt mich zum Lachen, aber Mélanie, die inzwischen dabei ist, eine andere Sophie auf mein Gesicht zu malen, weist mich zurecht: »Nicht bewegen!«

Ich ergebe mich in mein Schicksal und versuche nicht daran zu denken, was mich während der nächsten Stunden alles erwartet.

Kurz nach sechs ist Mélanie fertig, packt ihre Sachen zusammen und genauso schnell, wie sie hier hereingestürmt ist, genauso schnell verschwindet sie wieder. Ich bleibe vor dem Spiegel sitzen und versuche zu begreifen, dass ich diese Frau bin, die mich daraus anschaut. Deren hochgesteckte Haare ihren schmalen Nacken betonen. Deren Augen durch ein wenig Lidschatten in Braun und Gold geheimnisvoll geworden sind und deren rot geschminkte Lippen verführerisch um einen Kuss zu bitten scheinen, nur um ihn im nächsten Moment selbstbewusst zu versagen. Mélanie hat eine verbesserte Version von mir erschaffen. Sophie reloaded. Es wird schwer sein, nach dem Abschminken wieder mit dem Vorgängermodell klarzukommen. Das Vibrieren des Smartphones reißt mich aus meinen Gedanken.

Ich warte vor der Tür, beeil dich

schreibt Carnaud.

Ich stolpere auf diesen verdammten High Heels los, breche mir fast die Knöchel und aus purem Überlebenswillen tausche ich sie gegen Ballerinas. Passt schon.

An sein Auto gelehnt, wartet Carnaud auf mich. Er läuft generell gut angezogen durch die Welt, aber in seinem schwarzen, perfekt sitzenden Smoking legt er eine Steigerung hin. Ich möchte ein Foto von ihm machen, um es als Bildschirmschoner zu nutzen und auf ein Kissen zu drucken. Vielleicht ergibt sich heute noch eine Gelegenheit dazu – ohne dass er es merkt, selbstverständlich. Die Überlegung, dass ich mich von ihm trennen wollte, bevor seine Einladung zu dieser Veranstaltung kam, schiebt sich wie eine dunkle Realismuswolke vor die Sonne meiner Verliebtheit, wird aber vom Wind der Wiedersehensfreude rasch verweht. Carnaud gibt seine legere Haltung auf und kommt auf mich zu. »Donnerwetter!«

»Was denn?«, kokettiere ich mit seiner Überraschung.

Er schüttelt den Kopf, als könne er nicht glauben, was er sieht: »Himmel, Sophie! Du bist so schön, dass einem das Herz wehtut.«

Seine Äußerung trifft mich völlig unvorbereitet. Nie hätte ich ihn für fähig gehalten, etwas derart Romantisches zu sagen. Und sofort springt mein Hirnareal für Selbstbetrug an. Als David unaufmerksamer wurde, immer seltener anrief, geschweige denn mich treffen wollte, da lief es auf Hochbetrieb, ließ mich glauben, er sei nur schrecklich eingespannt im Studium und würde es genauso wie ich bedauern, dass wir uns kaum noch sähen. Bis er sich dann per SMS von mir trennte.

Jetzt flüstert es mir zu, dass Carnaud doch etwas für mich empfindet, seine Gefühle nur nicht zeigen kann, aber es nicht mehr lange dauern wird, bis er seine Liebe zu mir erkennt und wir glücklich werden.

Das ist das Gemeine am Selbstbetrug: Er produziert genau die Bilder, die man sehen möchte. Aber ich bin aufmerksamer geworden und lasse mich nicht mehr so leicht einlullen. So erwidere ich auf Carnauds wundervolle Bemerkung schnippisch, dass er sich heute wohl nicht für mich wird schämen müssen und nehme im Auto Platz. Es dauert einen Moment, bis er ebenfalls einsteigt und der Blick, den er mir dabei zuwirft, wirkt traurig. Aber auch das wird wieder nur eine Täuschung sein.

Das Rathaus unserer Stadt stammt aus dem Ende des 19. Jahrhunderts. Es ähnelt den Haussmann-Gebäuden in Paris, zeigt diese gleichförmig klare Struktur, deren Anblick an Baukästen denken lässt. Die hohen Flügeltüren sind geöffnet, Security-Personal steht rechts und links davon breitbeinig mit auf dem Rücken verschränkten Armen. Gleich am Eingang werden wir mit Sekt empfangen und ich kippe meinen hastig herunter. Das ist noch viel schlimmer, als ich befürchtet hatte. Männer in guten Anzügen, aufgestylte Frauen und alle atmen Geld und Prestige.

Carnaud legt seine Hand schwer auf meinen Rücken. »Bleib ruhig, Sophie. Die meisten Leute hier sind langweilige Schwätzer, du brauchst dich vor keinem von ihnen kleinzumachen.«

Wir gehen in den dunkel vertäfelten Tagungsraum, der schon gut gefüllt ist. Der Großteil der Gäste schart sich in Grüppchen an den Bistrotischen zusammen, andere laufen genau wie Carnaud und ich umher. Ein Kronleuchter funkelt gelbes Licht in den Raum, auf einer Empore an der Schmalseite des Saales spielt ein Cellotrio Beethoven.

»So verbringst du also deine Abende, an denen ich keine Zeit habe«, stelle ich fest.

»Nur, wenn es sich nicht vermeiden lässt.«

»Wie lange müssen wir hierbleiben?«

»Die Reden sind Pflichtprogramm. Bestimmt wird irgendetwas Nettes über mich gesagt. Ich werde einige Leute begrüßen müssen und du solltest unbedingt ein paar Gläser Sekt trinken.«

»Wieso das denn? So gut ist der nicht.«

Er beugt sich zu mir herab und flüstert in mein Ohr: »Du bist niedlich, wenn du beschwipst bist.«

Anscheinend hat er es heute Abend darauf angelegt, mich mit süßen Worten aus dem Gleichgewicht zu bringen. Bevor ich etwas erwidern kann, schlägt krachend eine Hand auf Carnauds Schulter. »Pierre! Schön, Sie zu sehen.«

Carnaud dreht sich zu dem Mann um, der ihn begrüßt hat und neben dem er sich fast wie ein Schuljunge ausnimmt, obwohl er selbst groß und breitschultrig ist. »Bronnard, das hätte ich mir ja denken können, dass ich Sie hier treffe. Ihr Juristen lasst keine Feier aus.«

Pflichtschuldig stellt mich Carnaud vor und so lerne ich Luc Bronnard kennen, den für die Stiftung tätigen Anwalt. Obwohl sein Gesichtsausdruck ein wenig missmutig wirkt, ist er mir sofort sympathisch, vor allem, weil er der jungen Frau neben sich den Arm um die Schulter legt und sie mit Stolz in der Stimme als seine Kollegin Jeanne Monnet vorstellt. Die liebevollen Blicke, die sich die beiden zuwerfen, verraten, dass sie weit mehr ist als das. Monsieur Bronnard macht dazu unmissverständlich klar, dass sie Seele, Herz und juristische Koryphäe ihrer gemeinsamen Kanzlei BM Avocats ist. Sie begegnet seiner überschwänglichen Vorstellung ihrer Person mit dem trockenen Hinweis, dass sie ihn nur seines guten Aussehens wegen in der Firma behält.

Gern würde ich mich mit den beiden weiter unterhalten, aber ein aufgeregtes älteres Paar belegt sie mit Beschlag. Anscheinend geht es um irgendeinen Rechtsstreit. Monsieur Bronnard wirft Carnaud einen entschuldigenden Blick zu, bevor er und Madame Monnet an einen der Tische gezogen werden.

Ich lächele meinen Begleiter an. »Die scheinen nett zu sein. Obwohl sie Anwälte sind.«

»Beurteile einen Menschen niemals nach seinem Beruf.«

»Oh, wie überaus weise.«

Mein spöttischer Unterton scheint ihm zu entgehen, denn mit einem Schulterzucken entgegnet er: »So bin ich nun mal.«

Wir sind kaum ein paar Schritte gegangen, da wird Carnaud von einem weiteren Gast angesprochen: »Pierre, mein Bester.«

Carnaud setzt sein Fake-Lächeln auf: »Arthur, wie schön, dich zu sehen. Darf ich vorstellen – Sophie Morel, meine Assistentin.«

Der Mann – ein Typ wie Stacheldraht: grau, dünn und abschreckend – schnappt sich meine Hand und haucht einen Kuss darauf. »Aber ich bitte dich, ich kenne diese bezaubernde junge Dame bereits.«

Auch ich erkenne ihn wieder. Er saß mit am Tisch im *Marchand*, bevor Carnaud mit mir in der Toilette verschwunden ist. Himmel, habe ich das wirklich mitgemacht?

Die Art, wie Arthur meine Finger zu lange zwischen seinen behält und sein Blick dabei völlig ungeniert über meinen Körper gleitet, ist widerlich. Ich entziehe ihm meine Hand und nicke ihm ohne ein Lächeln zu. Carnaud sieht mich unter zusammengezogenen Brauen an. Ich kenne diesen Ausdruck. Er ist nicht zufrieden. Mir egal, wir sind hier auf einer Veranstaltung, in der es um Frauenrechte geht. Da muss ich verdammt

noch mal nicht so tun, als hätte ich ein Herz für Lust-
greise.

»Du entschuldigst uns für einen Moment, Sophie?«

»Klar«, sage ich. »Haut ab.«

Seine Augenbrauen stoßen fast zusammen. Keine Ahnung, wie er das hinkriegt. Nachdem die beiden Männer sich verzogen haben, laufe ich weiter durch die
Menschenmenge, bleibe für eine Weile bei den Cellis-
ten stehen, deren Kunst im Stimmengewirr völlig un-
tergeht. So bin ich in der ersten Reihe, als der stellver-
tretende Bürgermeister und eine hübsche Frau mit kurzen blonden Haaren die Empore betreten. Unser Dé-
puté gibt ein paar salbungsvolle Worte von sich, die zeigen, wie gering ausgeprägt sein Talent zum Redenhal-
ten ist. Die Frau, die er als Celeste Marshall vorstellt, ist
da Gott sei Dank ein anderes Kaliber. In hervorragen-
dem Französisch, dem ein leichter englischer Akzent
mitschwingt, erzählt sie locker und unterhaltsam, wie
sie den Anruf mit dem Angebot, dem Stiftungsrat bei-
zutreten, genau in dem Moment bekam, als sie ihre
Zwillinge wickeln musste. Die Schilderung, wie sie das
Telefonat führte, während sie mit Talkumpuder und
Windeln jonglierte, ist echt komisch und weckt in mir
ein zartes Sehnen nach eigenen Kindern – wenn auch
lieber eins nach dem anderen.

Madame Marshall dankt Carnaud als einem der
Hauptunterstützer der Stiftung. Die Aufmerksamkeit
der Menge richtet sich auf ihn, der etwas abseits steht
und mit leichtem Kopfnicken den aufbrausenden Ap-
plaus entgegennimmt. Seltsam stolz bin ich auf ihn in
diesem Moment, würde gerne neben ihm stehen und
über seine Finger streichen.

Am Ende ihrer charmanten Rede, mit der Madame Marshall sicherlich einige der Anwesenden dazu gebracht hat, ihre Geldbörsen weiter zu öffnen als ursprünglich geplant, verabschiedet sie sich mit dem Hinweis, dass sie leider sofort zurück nach Hause fahren wird und nicht am Empfang teilnehmen kann, da sie solche Sehnsucht nach ihrem Mann und ihren Kindern hat.

Mir gefällt es, dass sie sich engagiert, aber weder ihre Familie noch ihre eigenen Wünsche hinter diesem Engagement zurückstehen lässt. Gern hätte ich mit ihr ein paar Worte gewechselt, aber was sollte ich sagen? »Hallo, ich bin Sophie Morel, die bezahlte Geliebte des Mannes, der viel Geld in Ihre Stiftung steckt.« Nein, damit schindet man bei so einer Frau keinen Eindruck, also lasse ich es. Danach treibt es mich wieder durch die Menge. Unter so vielen Menschen kann man verdammt einsam sein, aber Carnaud ist immer noch mit diesem Arthur im Gespräch, da möchte ich mich auf keinen Fall einmischen. Deshalb freue ich mich beinahe, als ich eine bekannte Stimme höre. Allerdings gehört diese Stimme David.

»Sophie? Bist du es wirklich?«

Ich drehe mich zu ihm um, mein Herz schlägt erstaunlich ruhig. Er sieht im Anzug längst nicht so gut aus wie Carnaud. David erreicht sein höchstes Stylinglevel in Jeans und Hoodies. Das liegt an seinem Gesicht, diesem jungenhaften Lachen und den unbekümmerten Augen. Auch jetzt strahlt er mich so freudig an, als hätte es unsere peinlichen Begegnungen im *Prix* nie gegeben.

»Ja, ich bin's.«

»Mann! Damit habe ich gar nicht gerechnet, dich hier zu sehen.«

»Wieso? Ist das hier nicht die Versammlung der Unerwünschten und Fallengelassenen?«

Mist, ich will nicht verbittert klingen. Ich bin auf einem exklusiven Event und habe ein rotes Kleid an. Ich sollte über den Dingen stehen.

»Ach, Sophie.« Er zieht mich in die Arme, gibt mir Küsschen rechts und links und wieder rechts. »Toll siehst du aus! Was machst du hier?«

»Ich begleite Monsieur Carnaud. Ich bin seine persönliche Assistentin.« Ja, das hört sich schon besser an.

»Echt? Wie bist du denn an den Job gekommen? Der Mann ist beeindruckend. Ich habe ihn vor ein paar Wochen kennengelernt.«

Fragend hebe ich die Hände und David klärt mich auf: »Ich mache ein Praktikum bei *DdF*. PR, Social Networking, Medien, du weißt schon. Genau mein Ding. Er kam zu einer Besprechung über ein Projekt, das er fördert. Ich saß neben ihm.«

»Das mach ich auch manchmal«, platzt es aus mir heraus. »Beim Frühstück zum Beispiel, wenn wir die Nacht zusammen verbracht haben.«

Davids Blick: unbezahlbar. Etwas aus gekränkter Eitelkeit verraten zu haben, was ich nicht preisgeben wollte: zum in den Boden versinken.

»War nur ein Scherz«, sprudele ich überenthusiatisch hervor. »Ich arbeite für ihn, mehr nicht.«

David lacht gluckernd. »Du bist mir eine. Wollen wir uns mal wieder treffen, Minou?«

Minou. Sein Spitzname für mich. Früher gern gebraucht bei Liebesdingen und wenn ich ihm etwas aus der Küche holen sollte. Dabei hatte er immer diesen schmeichelnden Tonfall, so wie jetzt.

»Was würde deine Freundin dazu sagen?«

»Meine Freundin? Du meinst Chloé?«

»Keine Ahnung. Wer könnte es denn sonst sein?«

Und wieder lacht er. Himmel, was findet er an dieser Situation nur so komisch?

»Chloé ist nicht wirklich meine Freundin. Halt eine Freundin.«

Das klang vor kurzer Zeit noch ganz anders. Ich erinnere mich, etwas von zusammenziehen gehört zu haben und dass das zwischen ihnen etwas ganz Großes sei, aber ich werde einen Teufel tun, das zu erwähnen. Wie klänge das denn? Als würde ich mir merken, was er sagt. Als könne ich es nicht vergessen, weil es so wehtat wie ein Schnitt mit einem Rasiermesser.

»Lass uns auf einen Kaffee treffen oder essen gehen. Gibt es noch dein Lieblingsrestaurant, diesen Italiener?«

»*Alfonso*. Ja, den gibt es noch. Aber ich gehe jetzt eher ins *Marchand*.«

Er pfeift durch die Zähne. »Ins *Marchand*. Nicht schlecht, wenn man es sich leisten kann. Du hast es anscheinend gut getroffen.«

Während er gesprochen hat, ist er dichter an mich herangetreten, steht jetzt so nah bei mir, wie man es nur wenigen Menschen erlaubt.

»Ich bereue es, weißt du. Dass ich Schluss gemacht habe. Vollkommen dämlich war das. Ich dachte, ich brauche mehr Freiheit. So ein Blödsinn.« Er streckt die Hand aus, streicht mir über die Wange. »Freiheit ist nichts ohne den Menschen, den man liebt.«

»Wow! Hast du das aus einem Jacques-Brel-Chanson?«

In meinem Kopf sehe und höre ich Brel in einer dieser körnigen, schwarz-weißen Aufnahmen, wie er vor dem Mikrofon steht und mit seiner weichen, ausdrucksstarken Stimme *La liberté n'est rien sans la personne que l'on aime* singt. Vergesst *Ne me quitte pas* – das hier hätte ein Hit werden können! Während sich in meinem Kopf eine Melodie zu diesem Satz bildet, taucht wie aus dem Nichts Carnaud auf, drängt sich zwischen mich und David und streckt ihm mit langem Arm die Hand entgegen. »Pierre Carnaud und Sie sind ...?«

Mein Ex schüttelt Carnauds Hand so heftig wie einen Apfelbaum, der zur Ernte ansteht. »Ich bin David Fournier. Ich arbeite für *DdF* im PR-Bereich. Wir haben uns bei einem Meeting kennengelernt. Noch gar nicht so lange her. Es ging um Förderung für Mädchen im Sudan. Ich saß direkt neben Ihnen.«

Carnaud sieht ihn an, als wäre er ein Insekt. Kein niedliches wie ein Schmetterling oder Marienkäfer, sondern eines aus der Ekelfraktion.

»An diesen Termin erinnere ich mich, aber nicht an Sie, Monsieur Fournier. Sie sollten an Ihrer Präsenz arbeiten. Kommst du kurz mit, Sophie? Ich muss etwas mit dir besprechen.«

Ohne meine Antwort abzuwarten, zieht er mich hinter sich her. David ruft noch ein peinliches: »Melde dich bei mir, Minou«, dann haben wir den Saal auch schon verlassen und Carnaud öffnet die Tür zu einem leeren Besprechungsraum. Er schiebt mich hinein, macht das Licht an und lässt die Tür zufallen.

»Wer war das?«

»David Fournier. Er arbeitet bei *DdF* im PR-Bereich.«

Carnaud schlägt mit der flachen Hand gegen die Wand. »Komm mir nicht so! Wer war das und was will er?«

Seine Unbeherrschtheit jagt ein Kribbeln über meinen Körper. »Das ist mein Ex.«

»Dein Ex-Freund nennt dich Minou? Ist der Mann blöde?«

»Womöglich hat er dich damit gemeint«, versuche ich, die Situation aufzulockern, was in die Hose geht. Aus Carnauds Augen schießen Blitze. Besser ehrlich bleiben. »Er will sich mit mir treffen.«

Carnaud geht auf mich zu, wie bei einem Tanz weiche ich zurück.

»Wirst du es tun?«

Werde ich? Lange Zeit glaubte ich, David wäre *der* Mann für mich. Niemand hat mir je so wehgetan wie er. Ist Schmerz der Gradmesser für die Wichtigkeit eines Menschen? Und wenn ja – bedeutet es, dass ich mich mit ihm treffen will? Die Antwort fällt mir erstaunlich leicht.

»Er hat mich sitzen lassen, als ich ihn am meisten gebraucht hätte, weil er fürchtete, ich könne ihm zur Last fallen. Er sieht jetzt in mir deine Assistentin, die ihm nützlich sein könnte. Deshalb ist er sogar bereit, seine neue Lebensgefährtin zu betrügen. David geht es immer nur um sich. Die Antwort auf deine Frage lautet: Nein. Ums Verrecken nicht.«

Carnaud stützt seine Hände neben meinem Kopf an der Wand ab. »Er hat dich angefasst.«

»Ja, aber das ist kein Problem.«

»Für mich schon, Sophie. Für mich schon.«

»Ich habe nichts mehr mit David und da wird auch nichts laufen. Du wirst mir vertrauen müssen.«

Unsere Gesichter berühren sich fast, so dicht kommt er mir entgegen. Ich beuge mich vor, hauche einen Kuss auf seine Lippen. Endlich bekommt dieser Abend einen Sinn!

»Dir vertrauen? Einer Frau, die sich kaufen lässt?«

»Kaufen schon, aber nicht verarschen. Zumindest kein zweites Mal.«

Lächelnd lässt er sich vor mir auf einem Knie nieder. Erwartet er einen Ritterschlag? Oder will er mir einen Antrag machen? Nichts davon, seine Hand gleitet unter meinen langen Rock, fährt langsam an meiner Wade empor und während er wieder aufsteht, den Oberschenkel entlang.

»Was wird das?«, flüstere ich.

»Ich kann nicht ändern, dass dieser Wichtigtuer dich in seinem Bett hatte und auch nicht, dass er glaubt, du würdest wieder dort landen.«

Ich leiste keinen Widerstand, als seine Hand sich zwischen meine Schenkel drängt.

»Es gefällt mir nicht, aber ich kann es nicht ändern.«

Er beugt sich mir entgegen, setzt kleine Küsse auf meine Lippen. Auf meine eleganten, rot geschminkten Lippen, die sich für ihn öffnen wollen, mit denen er aber nur spielt. ›Gleich‹, versprechen mir diese Küsse, ›gleich kriegst du alles, was du willst. Aber nicht jetzt. Noch nicht.‹

Seine Finger streicheln meinen Schoß und auch hier will ich mehr und bekomme nur eine Ahnung dessen, was möglich ist. Ich schließe die Augen, drehe mein

Gesicht zur Seite, als seine Lippen über meinen Hals gleiten.

»Aber ich werde nicht zulassen, dass dieser Kerl in deinem Kopf ist«, flüstert Carnaud auf meine Haut. Die Berührungen seiner Finger werden so unvermittelt stärker, dass ich innerhalb einer Sekunde den Punkt erreiche, an dem die Lust den Verstand schachmatt setzt.

»Ich werde dir diesen Mann austreiben, Sophie. Du gehörst mir.«

Endlich küsst er mich so, wie ich es will, füllt meinen Mund mit seinem Atem. Trinkt mein Stöhnen, als ich komme.

Langsam klingt die Lust in mir ab. Meine Arme um Carnauds Oberkörper geschlungen, finde ich in die Welt zurück. Er küsst mich auf die Stirn. »Ich hoffe, ich konnte meinen Standpunkt verdeutlichen.«

»Oh ja! Und ich würde hundert David Fourniers eintauschen für eine deiner Hände«, seufze ich.

»Ein Kompliment aus deinem Mund!« Er schiebt mich aus unserer Umarmung, was ich mit einem unwilligen Grunzen hinnehme. Ich will mehr!

»Fahren wir jetzt endlich zu dir nach Hause? Du solltest mir deinen Standpunkt noch ein paar Mal verdeutlichen, damit ich ihn auch wirklich begreife. Der Mensch lernt durch Wiederholung.«

»Tut mir leid, Sophie.« Er schenkt mir ein zögerliches Lächeln. »Ich muss mich um Arthur kümmern. Ich will in eine seiner Firmen investieren, aber es gibt da einige offene Punkte. Wir wollen den heutigen Abend nutzen, um Fragen zu klären und Probleme aus der Welt zu schaffen.«

Ich hasse es, wenn aus Carnaud, meinem unmoralischen Liebhaber, Carnaud, der Geschäftsmann wird.

»Das hattest du von Anfang an vor, nicht wahr? Warum musste ich dann überhaupt mitkommen?«

»Dafür gibt es zwei Gründe. Zum einen wollte ich sehen, was Mélanie aus dir macht, zum anderen hatte ich auf eine kleine Ablenkung wie diese gehofft.« Er holt sein Portemonnaie hervor und drückt mir einhundert Euro in die Hand. »Für deine Unannehmlichkeiten. Das Kleid und den ganzen Rest kannst du natürlich behalten.«

Ich fühle mich wie bei einer Ice Bucket-Challenge. Eiskalt abgekühlt bis auf die Knochen. Der Gedanke, dass ich vorhatte, mich von ihm zu trennen, drängt sich unbarmherzig in den Vordergrund. Wenn das keine Option ist, weil die Vorstellung unerträglich ist, ihn nicht mehr in meinem Leben zu haben, dann muss ich einen anderen Weg finden, mit Carnaud umzugehen. Einen, bei dem ich nicht so sehr wie jetzt fühle, was ich eigentlich für ihn bin.

»Ich will kein Geld mehr von dir.«

»Ohne Geld funktioniert das zwischen uns nicht.«

»Gib mir stattdessen etwas anderes.« Auf seinen fragenden Blick hin sage ich: »Bezahle mich, indem du mir diese Aktiensachen erklärst. Ich habe davon keine Ahnung, du aber schon.«

»Was interessiert dich daran?«

»Gib einer Frau hundert Euro und sie kann ein paar Mal einkaufen. Gib ihr Wissen über Börsenhandel und sie hat eine Chance, reich zu werden«, wandele ich Konfuzius ab. Carnauds Reaktion zeigt mir, dass er kein Freund alter chinesischer Weisheiten ist. Er wird verdächtig ruhig, sieht mich lange an und atmet hörbar. »Das erhoffst du dir von mir? Hast du dich deshalb in mein Haus und mein Bett eingeschlichen?«

»Von einschleichen kann keine Rede sein. Du hast mich als Nachhilfelehrerin für Eliane engagiert, schon vergessen?«

»Natürlich nicht, meine brave Musterschülerin.« Seine Stimme trieft vor Sarkasmus. »Aber erinnerst du dich daran, dass unsere erste Annäherung von dir ausging?«

Der Kuss am Meer. Natürlich erinnere ich mich. Wie könnte ich auch nicht? Ich habe keine Erklärung dafür – außer der, dass ich ihn so sehr wollte – diesen Kuss, diesen Mann.

»Und du hast mit deinem Angebot darauf reagiert. Du hast mir keine Chance gelassen.«

»Chance worauf? Dass wir in Liebe zusammenfinden?«

Er sagt das so, als sei es das Unerreichbarste auf der Welt und seine Worte tun weh. Das unangenehme Gefühl kommt in mir hoch, er könne David den Rang ablaufen, wenn es darum geht, mir Schmerzen zuzufügen.

»Mit Sicherheit nicht«, entgegne ich mit eiskalter Stimme. »Aber warum willst du mir nicht helfen, mir selbst zu helfen?«

»Es reicht, wenn ich für dich da bin«, sagt er und auf einmal verstehe ich, dass das hier das Ende unserer Geschichte sein wird, denn ich soll von ihm abhängig bleiben und auf seine Gunst angewiesen sein. Ich aber will einen Mann wie den von Madame Marshall, der sie unterstützt, damit sie im Rampenlicht stehen kann. Oder wie diesen Anwalt Bronnard, der vor Stolz glüht, wenn er von den Erfolgen seiner Freundin spricht. Stattdessen habe ich Pierre Carnaud. Einen Mann, der mich für Sex bezahlt und an seine Freunde verleiht. Und da fügt sich das letzte Puzzlesteinchen ein, damit ich das widerliche Gesamtbild erkenne.

»Es geht um Arthur, stimmt's? Ich sollte hierherkommen, damit er mich begutachten kann wie ein Stück Vieh. Ob die Chance besteht, dass ich deine geschäftlichen Probleme mit ihm aus dem Weg schlafe.« Bei dem Gedanken an die Blicke des Typen kommen mir beinahe die Häppchen wieder hoch. »Und nach ihm gibt es bestimmt noch andere, die du entsprechend bedenken möchtest. Deshalb hast du mich heute so herrichten lassen wie eine Zuchtstute für eine Pferdeauktion. Du wolltest meinen Marktwert testen.«

»Das ist kompletter Unsinn, Sophie.« Carnaud mustert mich aus dunkel gewordenen Augen, das Gesicht angespannt. »Ich habe keine Sekunde daran gedacht – die Zeit mit Jules hat dir doch gefallen.«

»Ja. Aber das war ein außergewöhnlicher Nachmittag und Jules ist sanft und respektvoll.«

Und noch einmal macht es ›Klick‹ bei mir.

»Deshalb hast du ihn als Ersten ausgesucht! ›Es hat dir doch gefallen, Sophie, da kannst du es auch ein zweites Mal tun. Hab dich nicht so‹. Ist das dein Plan?«

Carnauds Gesicht verliert die Betroffenheit, die sich eben darauf gezeigt hat, und verschließt sich wie eine Muschel. Jetzt kann ich nur noch erraten, was in seinem Kopf vorgeht. »Soll ich das all den Leuten hier erzählen, die dem großen Wohltäter Carnaud applaudiert haben? Was würden die davon halten, dass du Frauen kaufst und wie Präsentkörbe verschenkst?«

»Es interessiert mich nicht, was andere Menschen über mich denken, Sophie. Weder du noch sonst jemand. Ich habe so viel Geld, dass ich mir nach Außen getragenes Wohlmeinen kaufen kann, und mehr brauche ich nicht.«

Von jetzt auf gleich verliert sich mein Ärger. Dieser Moment musste kommen. Dass ich erkenne, wer er ist. Eigentlich wusste ich es die ganze Zeit.

»Du bist ein Arschloch.«

Er sieht mich an und sein Blick ist so ruhig wie ein See an einem windstillen Tag. »Dann sind wir also wieder am Anfang angekommen.«

Ja, das sind wir. Es gibt keine Selbsttäuschung, die groß genug wäre, um mir das hier schön zu reden. Die Erkenntnis raubt mir für einen Moment den Atem, dann drehe ich mich um und gehe. Die einhundert Euro halte ich in meiner verkrampften Hand.

Am nächsten Morgen schickt Carnaud mir eine Nachricht:

Melde dich, wenn du wieder zu Verstand gekommen bist.

Mein Verstand arbeitet hervorragend. Genau deshalb lösche ich seine Kontaktdaten aus dem Smartphone.

17 Bugs und Stricke

Leider kann ich meine Erinnerungen nicht löschen oder die Sehnsucht. Ich wünschte, Carnaud wäre eine App in meinem Herz, die ich deinstallieren könnte. Tatsächlich aber ist er eine Schadsoftware, die sich in mir ausgebreitet hat und mich dazu zwingt, entweder darüber nachzugrübeln, wie ich mich überhaupt auf ihn einlassen konnte oder das Verlangen in mir erweckt, ihn anzurufen. Das wirkliche Leben hat dagegen keine Chance mehr. Ich sitze wie ein Zombie an der Kasse, esse mit Maman zu Abend und bekomme nichts von dem mit, was sie erzählt, reagiere mit Ausreden auf Flos Anfragen nach einem Video-Call. Jede Nacht legt sich der Kummer in mein Bett und sieht mich aus eisblauen Augen an, bis ich mein Gesicht ins Kissen presse, damit Maman mich nicht weinen hört. Und das macht mich wütend. Dass Carnaud solche Macht über mich hat. Dass ich ihm diese Macht zugestehe.

Nachdem vier Wochen derart vergangen sind, habe ich eine Idee, um mich aus dieser Situation zu befreien. Sie ist aus Enttäuschung, Zorn und Traurigkeit geboren und somit nichts weiter als sehr, sehr dumm; für den Moment jedoch finde ich sie großartig. Jules Fouchet hat mir seine Visitenkarte sicher nicht gegeben, weil er nichts von mir wissen will.

Nach der Arbeit nehme ich ein ausgiebiges Bad, rasiere meine Beine und Achseln so gründlich, bis mein Strömungswiderstandskoeffizient gegen null tendiert, und ziehe mir ein leichtes Sommerkleid über. So mache ich mich auf den Weg ins Stadtzentrum zu einem modernen, sechsstöckigen Gebäude. Meine Hand zögert kurz vor dem Klingelschild, dann drücke ich den Knopf. Als Jules über die Gegensprechanlage fragt, wer da sei, hauche ich ein verführerisches »Sophie«, worauf er nach einem Moment Stille mit »Sophie?« antwortet. Kein »Oh, ich kann es nicht fassen, bist du es wirklich? Meine geheimsten Wünsche wurden erhört«-Sophie, sondern ein »Müsste ich dich kennen?«-Sophie.

Ich und meine Pläne! Abzuhauen wäre eine Möglichkeit, doch stattdessen schicke ich ein noch hauchigeres »Wir haben zusammen gepicknickt, erinnerst du dich? An diesem Sonntag ...« hinterher.

Sollte ihm immer noch nicht einfallen, wer ich bin, könnte ich erklärenderweise anmerken, dass er Creme von meinem Körper geleckt und ich meine Beine um seinen Kopf geschlungen hatte. Glücklicherweise braucht es diese Erinnerungsstütze nicht.

»Du!« Seine Stimme ist prall vor Überraschung. »Ich hätte nicht gedacht, dass ... Wie kann ich dir helfen?«

»Öffne die Tür.« Weiterhin sinnlich zu klingen, fällt mir nicht mehr leicht, aber Jules erwartet keine weiteren Erklärungen an der Gegensprechanlage.

»Klar, komm herein. Ich wohne im Dachgeschoss. Für den Fahrstuhl 247.«

»Was?«

»Der Code, um den Fahrstuhl zu benutzen. 247.«

»Ach so. Danke.«

In meiner Vorstellung lief das einfacher ab.

Jules sieht genauso aus, wie ich ihn in Erinnerung habe: kein Prince Charming, kein Ritter auf weißem

Ross, sondern ein liebenswürdiger Freund. Er ist leger gekleidet, in Jeans und T-Shirt, die Haare nass.

»Ich habe geduscht«, erklärt er, »und wollte mir eine Pizza in den Ofen schieben. Ich habe nicht mit Besuch gerechnet. Du hättest anrufen können. Ich freu mich natürlich, dass du da bist, es ist nur so unerwartet und …«

Ich schlängele mich an ihm vorbei in den Flur, streiche mit dem Zeigefinger über seine Lippen und flüstere »Shsh, sei nicht so aufgeregt.« Keine Ahnung, wo ich das hernehme, aber ich komme mir so elegant und lasziv vor wie Isabelle Huppert.

»Fühl dich wie zu Hause.« Mit einem nervös klingenden Lachen streckt Jules einen Arm aus und führt mich ins Wohnzimmer. »Nimm Platz.« Er deutet auf das dunkelgrüne Sofa. »Möchtest du etwas trinken?«

Ich setze mich, streife meine Schuhe ab und ziehe meine Beine hoch. Mist, ich hätte mir die Fußnägel lackieren sollen. »Brandy.«

»Gern.«

Jules hastet aus dem Raum und ich sehe mich um. Das Zimmer gefällt mir. Es ist plüschiger eingerichtet als Carnauds Haus, mit dunklen Regalen und dicken Teppichen im selben bordeauxrot wie die Kissen auf dem Sofa. Jetzt, wo ich für den Augenblick allein bin, merke ich erst, wie stark mein Herz rast.

Was ist mein Plan? Mit Jules schlafen.

Warum? Weil er nett ist. Weil ich dringend einen Selbstwert-Booster brauche. Weil er Carnaud davon erzählen könnte. Weil es den vielleicht ein wenig eifersüchtig machen wird.

Jules kommt mit zwei Gläsern zurück, in denen rot-
goldene Flüssigkeit schwappt. Er setzt sich neben mich,
reicht mir eines der Gläser. Ich nehme einen Schluck
des würzig-süßen Getränks. Es schmeckt gut und sorgt
dafür, dass meine Nerven nicht mehr so heftig flattern.

»Also«, Jules leert das halbe Glas auf einmal, »wie
komme ich zu der Ehre deines Besuchs?«

Mit der Spitze meines Zeigefingers fahre ich über den
Glasrand und lecke die Flüssigkeit, die sich daran ge-
sammelt hat, mit der Zungenspitze ab. Jules schluckt so
schwer, dass ich seinen Adamsapfel hüpfen sehe. Ich
komme mir vor wie in einem Film mit mir auf der Leinwand und im Publikum zur gleichen Zeit.

»Lass uns reden«, flüstere ich und schiebe meinen
Fuß so dicht an ihn heran, dass ich mit dem großen Zeh
über den Stoff seiner Hose streichen kann. Jules sieht
dorthin, dann mir in die Augen.

»Ich verstehe immer noch nicht ...«

Meine Güte! Ist so etwas immer so schwierig oder nur
bei mir? Kurzentschlossen stürze ich mich auf Jules,
drücke meine Hände gegen seine Brust und küsse ihn.
Einen Moment dauert es, bis seine weichen Lippen darauf eingehen, sich leicht öffnen und unsere Zungen-
spitzen sich finden. Liebkosend gleiten seine Hände
über meine Arme, meinen Rücken hinab, bleiben sanft
auf meinem Po liegen. Es wird schön werden mit ihm,
dessen bin ich mir sicher. Ich muss mich nur darauf
einlassen. Einfach abschalten und mir vorstellen, er
wäre ...

Jules umfasst meine Oberarme, hält mich von sich ab.
»Was genau wird das hier, Sophie?«

Bin ich schon so aus der Übung, dass er es nicht merkt? Mein Lachen soll sorglos und selbstbewusst wirken. Tut es aber nicht.

»Ich mache da weiter, wo wir letztens aufgehört haben.«

Seine rechte Augenbraue hebt sich leicht. »Ein schöner Gedanke, aber du willst doch gar nicht mich.«

Bevor ich widersprechen kann, ergänzt er: »Zumindest fühlt es sich nicht so an.«

Seine Hände lösen sich von meinen Armen, meine Schultern sinken herab. Er hat recht. Er hat leider so recht. Es wäre viel einfacher, könnte er den Platz in meinem Herzen einnehmen, der von Carnaud okkupiert wurde.

»Aber ich wollte, ich würde dich wollen wollen«, erwidere ich.

»Ist das überhaupt ein korrekter Satz?«, fragt er mit gerunzelter Stirn.

»Ich denke schon.« Aufseufzend sinke ich gegen die Rückenlehne, ziehe die Beine an und schlinge die Arme um meine Knie.

»Du arbeitest nicht mehr für Pierre.«

Ich nicke.

»Gehe ich recht in der Annahme, dass dieser Umstand dich auf verschlungenen Wegen heute zu mir geführt hat?«

»Was bist du – Hellseher?«

Sein lautes Lachen dröhnt in meinen Ohren. »Tut mir leid, Sophie, aber du bist nicht so mysteriös, dass man magische Kräfte benötigt, um das zu bemerken.«

»Was bemerken?«

»Das du ihn magst.«

»Ich mag ihn«, wiederhole ich sinnierend. Diese Worte drücken nicht im Geringsten aus, was ich für Carnaud empfinde, weder im Guten noch im Schlechten. Aber vielleicht stellt es das statistische Mittel meine Gefühle dar. Also dann: Ich mag ihn.

»Ist doch so, oder?«

»Hmm.«

»Pierre sagte mir, du hättest eine andere Tätigkeit gefunden, die mehr deinen Qualifikationen entspricht.«

Die beiden haben über mich gesprochen? Dumme Frage, natürlich. Immerhin sind sie befreundet und es gab diesen Sonntag ... Mit einem Stöhnen presse ich die Stirn auf meine Knie. Was habe ich mir nur bei alldem gedacht? Wenn ich an diese Zeit zurückdenke, erkenne ich mich selbst nicht mehr. Aber das wollte ich ja – die alte Sophie abstreifen wie unmodern gewordene Kleidung. Doch letztlich bin ich genau das – ein bequemer Pullover, dessen Bündchen ausleiern und kein Kleines Schwarzes.

»Was machst du jetzt, Sophie? Wo arbeitest du?«

Ich drehe ihm den Kopf zu, meine Haare fallen mir dabei übers Gesicht. Jules streckte die Hand aus und streift sie zur Seite, damit wir uns ansehen können.

»Kein neuer Job.«

»Was steckt dann hinter eurer Trennung?«

Ich schweige.

»Kann ich davon ausgehen, dass Pierre schuld an eurem Zerwürfnis ist?« Er konstatiert diese Aussage so sachlich, als erwarte er gar nichts anderes. Diese Erkenntnis drängt mir eine Frage auf.

»Ihr seid gut befreundet, nicht wahr? Wie lange kennst du ihn schon?«

»Eine halbe Ewigkeit.« Jules gibt ein überrascht klingendes Lachen von sich. »Wir kamen mit zehn Jahren auf das gleiche Internat in England. Zwei Franzosen in der Fremde – natürlich haben wir uns sofort zusammengetan.«

Der Hals schnürt sich mir zu. Ein zehnjähriger Pierre, allein und auf sich gestellt. Ob Jules Fotos aus dieser Zeit hat?

»Was hat er angestellt?«

Ich schließe die Augen. Öffne sie wieder. »Er hat mich dafür bezahlt, weißt du. Mit ihm Sex zu haben.«

Jules schweigt eine lange Zeit, bevor er »Das ist sogar für Pierre ausgesprochen dämlich« sagt. Langsam zeigen sich Begreifen und Entsetzen auf seinem Gesicht. »Das heißt – er hat dir auch Geld gegeben, um mit mir ... Das war nicht freiwillig?«

»Nein, nein, du verstehst das falsch«, beeile ich mich, ihn zu beruhigen. »Ich habe nichts getan, was ich nicht wollte, und ich habe diesen Tag mit dir sehr genossen. Das musst du mir glauben.«

»Gut. Ich hatte Angst ...«

Er muss den Satz nicht vollenden, damit ich ihn verstehe. »Es ist alles in Ordnung, Jules. Ich frage mich nur – habt ihr so etwas schon früher gemacht?«

»Ein-, zweimal höchstens, und es ist viele Jahre her. Wir gingen auf dieselbe Uni, haben mehr gefeiert als gelernt. Ich glaube, wir waren echte Idioten. Nach meiner ersten Begegnung mit dir hatte ich ihm gegenüber die Bemerkung fallen gelassen, wie sehr du mir gefallen würdest. Er lachte nur, aber ein paar Wochen später rief er mich an und meinte, du hättest Interesse an ... an ...« Er greift nach einem Kissen, presst es vor seinen

Bauch und schlingt seine Arme darum. »Es hatte mich verwundert, dass er so etwas vorschlug, denn mir schien es, als würde er dich mögen.«

Wieder dieses Wort – »Mögen«. Ein infantiler Ausdruck. Ein feiger Ausdruck. Auf einmal bin ich froh, dass Jules mich zurückgewiesen hat.

»Jemand, den man mag, bezahlt man nicht für Sex.« Mein Lachen klingt bitter. »Jemand, den man mag, teilt man nicht mit anderen und jemand, den man mag, dem sagt man das.«

»Ja. Sollte man meinen. Hast du es ihm gesagt?«

Mein erster Impuls ist es, zu protestieren, aber dann merke ich, wie unglaubwürdig das wäre.

»Nein. Ich wollte nicht verletzt werden.«

Jules sieht mich schweigend an und zieht die Augenbrauen hoch.

»Oh nein«, protestiere ich. »Nie im Leben! Carnaud kann man nicht verletzen.«

Noch immer kein Wort von ihm, bis endlich: »Ich erzähle dir etwas über Pierre, wenn du mir versprichst, es vertraulich zu behandeln.«

»Keine Sorge. Mit wem sollte ich schon darüber reden und ihn sehe ich bestimmt nie wieder.«

Jules' Seufzen klingt nicht überzeugt, aber trotzdem beginnt er. »Pierre war nicht immer so, wie du ihn kennengelernt hast. Früher war er ein liebenswürdiger, freundlicher Junge. Als wir uns damals im Internat trafen, stotterte ich. Er war der Einzige in der Klasse, der sich nicht über mich lustig machte. Im Unterricht schien er mit den Gedanken meistens woanders, trotzdem hatte er hervorragende Noten. Und er spielte in einer Theaterklasse. Gar nicht übel, sage ich dir.«

Deshalb reagierte er so positiv auf Elianes Bühnenambitionen, denke ich. Vielleicht erkannte er an diesem Abend zum ersten Mal, dass sie Gemeinsamkeiten haben.

»Als wir in ein Alter kamen, wo das wichtig wurde, haben sich die Mädchen immer für ihn interessiert. Ich war stets nur der Beifang.«

»Erstaunlich, dass du ihn trotzdem mochtest.«

»Man musste ihn mögen. Pierre war der beste Freund, den ich mir nur wünschen konnte.«

Jules unterbricht seine Erzählung und schweigt so lange, dass ich mir nicht mehr sicher bin, ob unser Gespräch beendet ist. Gerade als ich etwas sagen will, wendet er mir den Kopf zu und fragt: »Er hat dir wahrscheinlich nichts von Elianes Mutter erzählt, oder?«

»Doch natürlich.« Die Unterhaltung ist sogar noch sehr lebendig in meinem Kopf. »Die Tochter des Gärtners, richtig?«

»Das überrascht mich. Normalerweise verliert er kein Wort über Marguery.«

»Warum auch? Sie hat ihm nichts bedeutet.«

Jules lacht kurz auf. »Hat er dir das erzählt?«

»Ja.«

»So ein Idiot. Er hat sie angebetet. Mit all dieser ungelenken, hormongesteuerten, idealistischen Liebe begehrt, zu der Männer nur fähig sind, wenn sie sehr jung sind. Er wollte mit ihr verschwinden, ein neues Leben anfangen, weit weg von seiner kalten, geldgierigen Familie. Aber Marguery wollte genau das Gegenteil – sie wollte ganz dicht heran. Sie wusste, dass er bei einer Heirat keinen Cent seines Erbes sehen würde, also setzte sie alles auf eine Karte und wurde schwanger von ihm. Ich weiß noch, wie Pierre zu mir kam, als er davon erfahren hatte. Er war so glücklich. Wenn man so aufwächst wie wir, Sophie, und vor allem, wenn man so ist wie Pierre, dann würde man alles dafür geben, ein wenig Geborgenheit zu spüren. Marguery und ihr gemeinsames Kind schienen ihm wie die Erfüllung eines Traumes. Er war ja auch erst sechzehn.«

Jules hält inne und schließt die Augen. Still und fast ohne zu atmen warte ich, bis er fortfährt. »Marguery setzte sich mit seiner Mutter in Verbindung, sagte ihr, was geschehen war. Drohte damit, abzutreiben und die Geschichte in netter Ausschmückung publik zu machen, wenn man ihr nicht eine beträchtliche Summe zahlte.«

Mein Kopf schwirrt, denn ich kann diese Geschichte nicht mit Carnaud in Verbindung bringen. Ich sehe in ihm nicht den hintergangenen, blindlings verliebten jungen Mann, dessen Kind nicht mehr ist als ein Druckmittel. Aber ich verstehe jetzt, warum er Eliane eine Lüge erzählt und damit ihren Zorn auf sich nimmt. Diese Wahrheit ist zu viel für ein Kind. Obwohl ich verdammt wütend bin auf Carnaud, finde ich es doch großartig, was er für seine Tochter tut.

»Seine Eltern brachten Marguery für die Zeit der Schwangerschaft in einer Schweizer Klinik unter. Nach der Geburt des Kindes bekam sie das Geld und gab das Sorgerecht ab. Danach verschwand sie, ohne sich noch einmal bei Pierre gemeldet zu haben. Es ging ihr nie um ihn. Sie hat sein Vertrauen ausgenutzt und diese erste große Liebe in den Schmutz getreten. So etwas verändert einen. Auf jeden Fall hat es ihn verändert.«

Dann habe ich endlich Carnauds Chateau d'If gefunden. Es ist dunkel und grauenerregend und er sitzt schon seit vielen Jahren dort ein. Ich verstehe nun sein Verhalten, begreife seine Angst und erkenne, dass diese Einsicht für uns nichts ändert. Schweigend sitze ich noch eine Weile neben Jules, bis ich mich endlich losreiße.

»Ich muss gehen. Vielen Dank, dass du mir das erzählt hast.« Ich stehe auf und schlüpfe in meine Schuhe. Es scheint eine Ewigkeit her, dass ich sie ausgezogen habe.

»Und?«, ruft Jules mir hinterher, »Wirst du mit ihm reden?«

Ich schüttele den Kopf. »Ich dränge ihm meine Liebe nicht wie eine ungewollte Medizin auf.«

»Und ich soll ihm nichts von unserer Begegnung verraten?«

»Du bist sein Freund. Du musst ihn meinetwegen nicht belügen.«

»Das werde ich nicht tun, aber ich werde es nicht selbst ansprechen. Doch wenn er dich erwähnt. Wenn es eine Chance gibt, dass ihr ...«

»Mach es so, wie es für dich richtig ist. Leb wohl, Jules.«

Natürlich denke ich während der nächsten Tage darüber nach Carnaud meine Gefühle zu gestehen. Aber meine Imagination sagt mir nicht, was ich tun soll, wenn ich vor ihm stehe, mein Herz entblöße und er eben doch nichts für mich empfindet. Er mich ansieht und dabei sogar ein wenig lacht, bevor er meine Liebe in den Schmutz tritt, so wie Marguery es mit seiner getan hat. David und ich hatten zwei Jahre zusammen, wir haben fast jede freie Minute miteinander verbracht. Er hat mich in den Armen gehalten und gesagt, er würde mich lieben, aber das hat nichts bedeutet, gar nichts. Anders als David, der zu solchen Gefühlen gar nicht in der Lage ist – wovon ich mittlerweile überzeugt bin – kann Carnaud lieben. Aber eben nicht mich. Was sollen ein geschenktes Buch und eine wundervolle Woche daran ändern?

Ein Bild auf Flos Instagram-Seite von ihr, einem Robbenbaby und ihrem Wikingerfreund Yngvi lässt mich eine Entscheidung treffen. Auch ich muss endlich weitergehen. Jetzt ist der Zeitpunkt gekommen, wenn ich etwas aus meinem Leben machen will. Gibt einem das Schicksal einen derart heftigen Tritt in den Hintern, sollte man seine Lehren daraus ziehen. Kurzentschlossen schreibe ich mich für das zweite Jahressemester an der Universität Straßburg ein. Politikwissenschaften und Physik – noch immer will ich verstehen, wie die Welt funktioniert. Jetzt sogar mehr als früher. Ich miete mir online ein kleines Zimmer am Stadtrand, das ich ab sofort beziehen kann. Es sind zwar noch drei Wochen bis zum Semesterbeginn Anfang Oktober, aber dann kann ich mir in Ruhe einen Studentenjob suchen. Außerdem habe ich Angst, die Stricke, die mich an Belard binden, nicht durchtrennen zu können, wenn ich zu lange warte.

Nachdem alles geregelt ist, bleibt nur noch eines zu tun.

18 Offene Rechnungen

Maman sagt kein Wort, während ich ihr mit heftig schlagendem Herzen erkläre, dass ich gehen werde. Dass ich sogar bald gehen werde und nicht mehr auf sie aufpassen kann.

»Dann lässt du mich also auch allein«, sagt sie und stellt ihre Teetasse erst nach links, dann nach rechts. »Wie dein Vater. Wie Jacques. Wie alle.«

Es überrascht mich selbst, dass ihre Worte bei mir nicht das erreichen, was sie wohl sollen. Ich kriege kein schlechtes Gewissen, ich kriege schlechte Laune.

»Ich habe mich um dich gekümmert, Maman. Die ganzen letzten Jahre.«

»Natürlich. Du bist meine Tochter. Und ich habe mich um dich gekümmert. All die Jahre davor.«

»Natürlich. Du bist meine Mutter.«

»Sei nicht so unverschämt!«

Wir starren uns an. Ich kenne diese Momente, in denen sie mich zu hassen scheint. Jedes Mal wurde ich dann wieder zu dem Kind, das ich einst war und auch jetzt ist mir, als schrumpfte ich zusammen. Aber dieses Mal lasse ich es nicht zu.

»Wenn du Hilfe brauchst, unterstütze ich dich gerne bei der Suche danach. Wenn du keine Hilfe brauchst, freue ich mich, wenn du wieder anfängst zu leben. Und das, Maman, werde ich jetzt auch.«

Sie lehnt sich zurück, das Gesicht angespannt, die Arme vor der Brust verschränkt. »Du schämst dich für mich, sag es doch einfach. Du schämst dich für deine verrückte Mutter. Willst du deshalb so weit weg –

damit keiner deiner tollen neuen Studienfreunde mich kennenlernen wird?«

Ich atme tief ein und wieder aus. Keine Schuldgefühle, Sophie. Lass es nicht zu.

»Das ist Unsinn, Maman.«

»Ach, ich rede Unsinn, ja? Ich bin verrückt und dumm?«

»Nein, darauf lasse ich mich nicht ein. Was ich vorhabe, macht dir Angst, das verstehe ich. Mir ja auch. Aber wir müssen beide lernen, mit dieser Angst umzugehen, denn sie wird mich nicht davon abhalten, mein Leben zu verändern.«

Maman springt auf und greift ihre Tasse. Für einen Moment glaube ich, sie wolle sie mir an den Kopf werfen, aber ihr Griff lockert sich wieder. »Es war dir ja nie genug, was ich dir zu bieten hatte«, sagt sie. »Du glaubst, du seist etwas Besonderes. Aber die Welt braucht dich nicht. Du gibst deine Sicherheit auf und am Ende verlierst du alles.«

Das Schlimmste an ihren Worten ist, dass es eine Sophie gibt, die sie glaubt. Eine Sophie, die auf dem Boden kauert, die Beine an sich gezogen und das Gesicht zwischen den Knien verborgen. Aber auf sie will ich nicht hören, nicht mehr. Stattdessen rufe ich mir ins Gedächtnis, was Flo mir entgegnete, als ich ihr ausreden wollte, nach Island zu gehen.

»Das Leben verteilt keine Garantiescheine, Maman«, sage ich, und im Geiste steht meine wunderbare, mutige Freundin neben mir. »Wenn ich darauf warte, wird nichts in meinem Leben passieren, rein gar nichts.«

Maman sieht mich an, schweigend. Fast scheint es mir, ich hätte ihre Wut durchbrechen können, aber dann dreht sie sich um, verlässt den Raum, schlägt die Tür hinter sich zu. Einen Moment später ertönt das Krachen der Eingangstür. Müde wie nach einem langen Lauf erhebe ich mich und gehe in mein Zimmer. Wenn Maman zurückkommt, starten wir einen zweiten Versuch.

Aber sie kommt nicht zurück. Nicht in dieser Nacht. Ich versuche, nicht nervös zu werden. Oder wahnsinnig vor Angst. Stattdessen schnappe ich mir die Wohnungsschlüssel und fahre mit dem Rad durch die Morgendämmerung. Erst zu ihrer Lieblingspatisserie, die gerade ihre Türen öffnet und die Kundenstopper auf das Straßenpflaster stellt, dann zu der Brasserie, die sie mit Jacques oft besucht hat, aber seit der Trennung nicht mehr. Natürlich hat der Laden geschlossen und der kleine Park, eine Viertelstunde von unserer Wohnung entfernt, ist bis auf ein paar Schnapsleichen leer. Früher sind wir dort sonntags oft spazieren gegangen. Auf dem Rückweg kauften wir in der Patisserie immer ein Eclair, das wir uns dann zu Hause bei einer Tasse Kaffee für sie und einem Kakao für mich teilten. Sie hat mir ein gutes Zuhause geboten, solange sie es konnte, trotz aller Widrigkeiten. War ich zu grob zu ihr? Ist mein ganzer Plan Wahnsinn? Mittlerweile würde ich auf mein Studium verzichten, wenn sie nur wieder lebendig vor mir stünde. Wie Schlaglichter zeigt mir meine Einbildung Polizisten vor der Tür, eine eiskalte, graue Hand, geschlossene Lider in einem leblosen Gesicht. So lange schon habe ich Angst, dass Menschen, die ich liebe, aus meinem Leben verschwinden.

Mit dem Sonnenaufgang kehre ich um sechs Uhr in die Wohnung zurück, hoffe den ganzen Weg nach oben und noch während ich den Schlüssel im Schloss umdrehe, dass Maman in der Zwischenzeit zurückgekommen ist. Aber das ist sie nicht.

Mein Anruf bei der Polizei bleibt ergebnislos. Es wird kein Suchkommando losgeschickt für eine Frau von fünfzig Jahren, die über Nacht verschwindet. Und schon gar nicht für eine Frau wie sie. Ich wünschte, ich hätte mehr Einfluss. Ich wünschte, ich könnte … Und mir fällt ein, dass ich es kann. Ich muss nur …

Bevor ich den Gedanken zu Ende bringe, schnappe ich mein Smartphone und wähle die Nummer, die ich gelöscht habe, aber längst auswendig kann.

»Sophie. Was willst du?«

Ich hatte gehofft, seine Stimme würde verschlafen klingen oder verwundert wegen der frühen Störung, aber er meldet sich mit dem eiswürfelkalten Tonfall, den ich kenne. Ich lege auf. Überlege. Verdammt, es geht hier nicht um mich! Noch während ich zaudere, klingelt mein Smartphone und ich zucke so heftig zusammen, dass es mir fast aus der Hand fällt.

»Bist du für Klingelstreiche nicht etwas zu alt?«

»Kein Streich. Ich war nur überrascht, dich zu hören.«

»Erstaunlich, wo du mich doch angerufen …«

»Ich weiß!«, unterbreche ich ihn. »Können wir diesen peinlichen Teil überspringen, bitte? Ich brauche deine Hilfe. Wenn du sie mir nicht geben willst, sag es gleich. Ich brauche keine höflichen Ausflüchte.«

»Worum geht es?«, fragt er nach einem kurzen Schweigen, das mich halb wahnsinnig macht.

Hastig schildere ich ihm, was geschehen ist, dass ich einen Streit mit meiner Mutter hatte und sie verschwunden ist. Worum es in dieser Auseinandersetzung ging – dass ich die Stadt verlassen will – das verschweige ich, ohne zu wissen, wieso.

»Was erwartest du jetzt von mir?«, fragt er.

Dass du mir hilfst. Dass du mir diese Last von den Schultern nimmst.

»Hast du Kontakte zur Polizei? Zu irgendjemanden, der etwas zu sagen hat? Kannst du Einfluss darauf nehmen, dass nach ihr gesucht wird? Ich habe dir geholfen, Eliane zu finden. Ohne mich hättest du nicht gewusst, wo ... Du musst mir helfen, verdammt noch mal!«

Ich höre sein ruhiges Atmen, dann: »Ich versuche es, kann dir jedoch nichts versprechen.«

Seine Antwort ist gleichermaßen erleichternd und enttäuschend. Irgendwie hatte ich gehofft, er könne es mit einem Telefonat in Ordnung bringen. Aber darum geht es ja gar nicht. Es geht darum, Hilfe zu bekommen, wenn sie gebraucht wird. Und obwohl ich ihn – wieder einmal – Arschloch genannt hatte, bietet er mir diese Hilfe an. Als mir das klar wird, treten mir Tränen in die Augen und ich schlucke schwer.

»Weinst du?« Carnauds Stimme ist leise jetzt, ruhig und ernst.

»Es ist nur ... Ich habe schon so viele Jahre Angst um sie. Ich laufe wie auf Zehenspitzen durchs Leben, damit sie nicht wieder den Halt verliert. Ich könnte mir nicht vergeben, wenn sie ...«

»Das wird sie nicht. Hör gut zu, Sophie. Ihr ist sicher nichts geschehen. Sie brauchte wahrscheinlich nur etwas Zeit für sich. Du bist eine wundervolle Tochter und das weiß sie.«

Schluchzen bricht aus mir hervor und ich presse mir die Hand vor den Mund. »Meinst du?«

»Ganz sicher. Ich mache jetzt ein paar Anrufe und melde mich wieder.«

»Danke«, bringe ich hervor, aber Carnaud hat schon aufgelegt.

Ich gehe ins Bad, wasche mein Gesicht und reibe es so kräftig mit dem Handtuch, bis meine Wangen dunkelrot sind. Dann setze ich Kaffee auf. Die letzten Tropfen laufen durch, als die Wohnungstür aufgeschlossen wird.

Ich renne in den Flur, sehe Maman vor mir, die ihren Schlüssel an den Türhaken hängt. Sie wendet sich zu mir um und starrt mich an.

»Sophie? Was ist denn mit dir? Ist dir etwas passiert?«

»Ob mir etwas passiert ist?«, schreie ich. Erleichterung und Zorn laufen Amok in meinem Kopf. »Ich hatte Angst um dich! Die ganze verdammte Nacht lang!«

Ihre Hand an der Knopfleiste des Mantels hält inne. »Warum denn, Sophie? Ich war bei Antoinette, um über alles zu reden. Über unseren Streit und ...«

Ich will ihre Erklärung nicht hören und auch nicht mehr auf Zehenspitzen laufen. Ich will laut auftreten, ich will trampeln. Jeden meiner Schritte soll man bis ans andere Ende dieser Stadt hören.

»Ich sorge mich um dich, Maman! Jeden verdammten Tag! Ich kann das nicht mehr. Ständig ist da diese Angst in mir, dass es dir wieder so schlecht gehen könnte wie damals. Und wenn du einfach so verschwindest –

woher soll ich denn wissen, dass du dir nichts antust? Dass das nächste Klingeln an der Tür nicht bedeutet ...«

Ich halte inne. Das kann ich nicht aussprechen, aber Maman versteht mich auch so. Die Farbe verschwindet aus ihrem Gesicht, ihre Augen weiten sich. »Das würde ich dir nie antun, Sophie. Niemals.«

»Und woher soll ich das wissen?« Ich will nicht heulen, aber es passiert einfach.

Maman rennt auf mich zu und nimmt mich in die Arme. Ihren Mantel hat sie immer noch an. »Es tut mir leid«, flüstert sie. »Ich wusste nicht, dass du so empfindest.«

Mein Smartphone klingelt. Zuerst will ich es ignorieren, greife aber doch danach. Es ist Carnaud.

»Da muss ich rangehen.«

»Mach nur.« Maman lächelt mir zu. »Telefoniere in Ruhe und dann reden wir.«

Ich wische mir über die Augen und verschwinde in meinem Zimmer.

»Kannst du mir ein Foto deiner Mutter schicken?«, sagt Carnaud statt einer Begrüßung. »Ich habe mit der Bürgermeisterin gesprochen. Sie wird veranlassen, dass das Bild bei der Police municipale verbreitet wird und ...«

»Oh Gott, Pierre, vielen Dank! Tausend Dank, aber sie ist vor ein paar Minuten nach Haus gekommen. Es ist alles wieder in Ordnung.«

Einen Moment lang höre ich nur sein Atmen. »Das ist gut«, sagt er. »Ich freue mich für dich.«

»Hoffentlich habe ich dir keine Unannehmlichkeiten bereitet. Die Bürgermeisterin um diese Zeit zu stören ...«

Er lacht ein kurzes, trockenes Lachen. »Mach dir deshalb keine Sorgen.«

Ich presse das Smartphone dichter an mein Ohr. »Danke.« Es gäbe so viel anderes zu sagen, aber wo sollte ich anfangen?

»Denk nicht mehr dran.«

»Könnten wir uns mal wieder sehen?« Die Worte fliegen aus meinem Mund, als hätten sie ein Eigenleben. »Auf einen Kaffee oder so?«

Abermals ertönt sein Reibeisenlachen. »Ist dir das Geld ausgegangen, Sophie?«

Das ist ein Tiefschlag, der umso mehr schmerzt, da ich ihn nicht habe kommen sehen. Aber ich hätte ihn erwarten können. Carnaud lässt keine Rechnung offen. Ich habe ihn Arschloch genannt und er nennt mich Hure. In diesem Moment kann ich nicht einmal wütend sein, weil er mir doch geholfen hat, also lache ich gequält, verabschiede mich und schlucke meinen Ärger herunter. Mit dem Schmerz, den seine Worte verursachen, geht das nicht so leicht, aber er rückt in den Hintergrund, als Maman und ich zusammensitzen, Kaffee trinken und uns aussprechen. Wir reden lange und es kommt viel auf den Tisch: Meine Angst, verlassen zu werden; ihr Gefühl, im Leben stets zu kurz gekommen zu sein. Meine Scham über unsere Armut; ihre Furcht, allein zurückzubleiben. Am Ende lösen sich diese Emotionen nicht in Luft auf, aber sie liegen jetzt bloß in all ihrer Peinlichkeit und ihrem Schmerz und wir können nicht mehr vor ihnen flüchten. Was sich zuerst furchteinflößend anhört, ist unglaublich erleichternd. Wir müssen uns damit auseinandersetzen, müssen zu einer Verständigung kommen und genau damit fangen wir

jetzt an. Aber vor allem ist eines so klar wie noch nie
zuvor: unsere Liebe füreinander.

»Straßburg? Finde ich gut. Das liegt viel näher an Island als Belard.«

Flo sieht meine lebensverändernde Entscheidung völlig pragmatisch und ich kann nicht anders als ihr zustimmen.

»Genau. Da spare ich mindestens zwanzig Minuten Flugzeit, wenn ich dich im nächsten Jahr besuche.«

»Na also! Yngvi will dich unbedingt kennenlernen. Ich habe ihm schon so viel von dir erzählt.«

»Was denn?«, frage ich.

»Hä?«

»Was hast du ihm gesagt? Über mich?«

Will ich das wirklich wissen?

Flo zieht ihre Beine auf die Couch, wobei der schwarzweiße Kater, der bis dato friedlich auf ihrem Schoß gedöst hat, mit unwilligem Maunzen zu Boden springt. Monsieur Échecs bildet den vorläufig letzten Zugang in ihrer Menagerie, die neben diesem fetten Kater einen uralten Hund, ein dreibeiniges Schaf und ein flugunfähiges Odinshühnchen beinhaltet. So wie ich das sehe, hat Flo in Island eine Heimat gefunden, die sie nicht mehr verlassen wird – nicht einmal für Erdmännchen in Afrika.

»Dass du klug bist, habe ich ihm gesagt. Und freundlich. Dass du immer das Gute in den Menschen siehst, auch wenn du dafür echt lange gucken musst und manchmal sogar schielen. So etwas in der Art.«

Ich hätte nie gedacht, dass sie so über mich denkt, aber es freut mich, es zu hören, und lässt mich noch mehr bedauern, dass sie so weit weg ist.

»Ich bin längst nicht so klug wie du, Flo.«

»Ja klar.« Sie lacht und setzt Monsieur Échecs vor sich auf die Couch. Nach einem kurzen Katzenbuckel fügt er sich in sein Schicksal und rollt sich unter ihren streichelnden Händen zusammen. »Und wann geht's los?«

»Noch zwei Wochen bis zum Semesterbeginn. Ich muss noch packen.«

Was nicht länger als eine Stunde dauern wird. Mehr Zeit brauche ich nicht, um meine wenigen Habseligkeiten in einem Koffer und meinem Rucksack zu verstauen, aber zwischen der Arbeit im *Prix*, den Gesprächen mit Maman und der Auffrischung der Studieninhalte komme ich einfach nicht dazu. Wenigstens meine Bücher habe ich schon in vier Kisten verstaut.

»Ein Zimmer habe ich schon und einen Nebenjob suche ich mir, wenn ich in Straßburg bin. Und stell dir vor – Maman denkt darüber nach, mit einer Freundin eine WG zu gründen.«

Es war Mamans Idee und Antoinette scheint ganz begeistert davon zu sein. Ihre Wohnung ist nach einer Mieterhöhung für sie nicht mehr bezahlbar und deshalb würde sie gern mein Zimmer übernehmen. Es wäre für mich eine unglaubliche Erleichterung, zu wissen, dass Maman nicht allein zurückbleibt.

Flo grinst. »Dann hält dich ja nichts mehr in Belard.«

»Gar nichts.«

Ich bin tatsächlich so frei wie noch nie in meinem Leben. Das Einzige, das mich zurückhält, ist dieses Gefühl,

nicht gehen zu wollen. Oder besser – nicht loslassen zu
können. Während der letzten Tage habe ich immer wieder das Ende des Grafen von Monte Christo gelesen.
Der lässt seine Vergangenheit hinter sich, freiwillig
und ohne Bedauern, um ein neues Leben zu beginnen.
Was aus dieser zweiten Chance wird, liegt in seinen
Händen, so wie meine Zukunft in den meinen. Da mir
nicht wie Edmond Dantès ein Segelschiff zur Verfügung steht, muss ich endlich meine Mitfahrgelegenheit
buchen, aber ich finde immer neue Gründe, warum ich
nicht heute und auch nicht morgen gehen kann. Ich
komme mir vor wie in einem dieser Träume, in denen
man sich hundertprozentig sicher ist, etwas Wichtiges
vergessen zu haben, es sucht und sucht, um mit leeren
Händen aufzuwachen. Solange ich in Belard bin, so
lange habe ich die Chance, es zu finden. Was nur eine
Ausrede ist, um nicht meine Sachen packen zu müssen.

*Bin zurück aus New York. Kaffee heute um 16.00 Uhr im
Pardanou?*

Überrascht starre ich auf mein Smartphone. Soll ich
mich bei Eliane melden? Bringt mich das nicht zu dicht
an Carnaud heran? Außerdem wollte ich heute Nachmittag meine Fahrt nach Straßburg buchen. Diesmal
wirklich und endgültig. Mir bleiben nur noch ein paar
Tage bis Semesterbeginn.
Ich verstaue meine Tasche im dunkelgrünen Spind,
ziehe meinen Arbeitskittel über. Schließe die Tür.
Öffne sie wieder. Denke daran, wie Eliane sich zum Abschied in meine Arme geschmissen hat. Es wäre nicht
schön zu gehen, ohne mich von ihr zu verabschieden.

Sie kann nichts für das Chaos zwischen ihrem Vater
und mir. Hastig, da meine Schicht im *Prix* in exakt an-
derthalb Minuten beginnt, krame ich mein Smartphone hervor und schreibe:

Gern. Ich freu mich.

Die Fahrt kann ich auch später am Abend buchen.
Oder morgen.

Auf der Suche nach Eliane lasse ich meine Blicke
durch das *Pardanou* wandern. In dem kleinen Café mit
dem Charme eines verkramten Wohnzimmers gleicht
kein Sitzmöbel und kein Tisch dem anderen – alles ist
durcheinander, bunt und plüschig. Mir gefällt das. Und
die Kuchen in der Vitrine sehen großartig aus!

»Sophie.« Eine Hand legt sich von hinten auf meine
Schulter. Ich drehe mich um und brauche ein paar Sekunden, um Eliane wiederzuerkennen. Sie trägt jetzt einen Pixie Cut und hat ihr Platinblond gegen ein inten-
sives Rot getauscht. Ihre Kleidung ist nicht mehr so
zwanghaft männermordend. Sie wirkt viel erwachsener und selbstbewusster.

»Du siehst klasse aus, Eliane.«

»Danke, ich weiß.« Sie grinst und zieht mich an einen
kleinen Tisch am Fenster. »Es ist einiges passiert in NY.
Hier, ich habe dir schon einen Allongé bestellt.« Sie
schiebt mir die Tasse entgegen und da sehe ich, dass sie
keine Gelnägel mehr trägt. Das macht mir beinahe
Angst. Ist sie von Aliens vertauscht worden?

Wir setzen uns, Eliane lehnt sich zurück, betrachtet mich. »Du siehst müde aus. Und traurig. Geht es dir gut?«

Ich habe nicht einmal mehr die Kraft, zu lügen, also nehme ich einen Schluck und winke ab. »Wird wieder. Erzähl von dir. Wie war New York?«

Während zweier Tassen Kaffee und eines köstlichen Stücks Flan pâtissier erfahre ich, dass Eliane die besten drei Monate ihres Lebens hinter sich hat – angefangen beim Schauspielunterricht, der ihr gezeigt hat, dass die Bühne ihre Bestimmung ist, über die Spaziergänge durch Manhattan, Brooklyn, die Bronx und China-town, bis zu den Streifzügen durch das MoMa, Met und Guggenheim. Eliane sprüht förmlich vor Begeisterung. Kaum zu glauben, dass sie einst so gelangweilt und des-interessiert wirkte. Muss am Unterricht in der *École Descartes* gelegen haben. In Gedanken zeige ich Madame de la Tournotte den Mittelfinger.

»Und dann habe ich mich verliebt«, wirft Eliane ihren glühenden Erzählungen mit leichter Stimme hinterher, die aber doch vor Aufregung schwer ist.

Die Gabel, auf der ich die letzten Kuchenkrümel zu-sammengeschoben habe, erstarrt auf dem Weg zu mei-nem Mund. »Oh! Wie hat Lucien das aufgenommen?«

»Ach der«, Eliane macht eine abschätzige Handbewe-gung, »Mit dem habe ich schon vor meiner Reise Schluss gemacht. Ich glaube, mittlerweile ist er mit Louise zusammen. Die wollte ihn sowieso die ganze Zeit.«

»Ende gut, alles gut, ja? Und wer ist dein Neuer? Ein Amerikaner?«

Ein leichtes Rot zieht über Elianes Wangen. »Eine Austauschstudentin aus Paris. Sie kommt dieses Jahr zum zweiten Semester zurück. Yasmin ist etwas ganz Besonderes.« Sie senkt den Blick und lächelt. »Hätte nie gedacht, dass mir so etwas passiert, aber auf einmal ist alles viel einfacher und viel komplizierter und viel besser.«

Ja, denke ich, das passt. Es scheint genau richtig, dass Eliane mit einer Frau zusammen ist. Komisch, das ist mir vorher nicht klargewesen, aber jetzt passt es einfach. Die Eliane, die ich kennengelernt habe, wusste noch gar nicht, wer sie ist.

»Das ist schön. Ich freu mich für dich«, sage ich und meine es auch so.

Eliane winkt den Kellner heran und bestellt sich einen Espresso. Ich lehne dankend ab. Noch einen Koffeinschub und ich kriege heute Nacht kein Auge zu.

»Aber ich plappere die ganze Zeit nur über mich. Was gibt es Neues bei dir? Ich war echt geschockt, als Papa mir sagte, dass du gekündigt hast. Auch ein bisschen gekränkt. Na ja, mehr in meiner Eitelkeit verletzt.«

»Das hatte nichts mit dir zu tun. Ich fange wieder an zu studieren. In Straßburg. Ich ziehe bald dorthin. Schon in der nächsten Woche oder in der übernächsten.«

Ja, klar, sag es nur oft genug, irgendwann glaubst du es selbst!

»Das finde ich gut! Du bist viel zu clever, um nur dummen Gören Nachhilfeunterricht zu geben.«

»Dumme Gören?« Ich deute mit der Gabel auf sie. »Sprechen Sie hier auch über sich, Madame?«

»Ich war die große Ausnahme und bestimmt nicht der Grund dafür, dass du flüchtest.«

»Ich flüchte nicht«, entgegne ich reflexartig. »Ich ändere mein Leben.«

»Sicher. Gut so. Ich hatte nur gehofft, dass du und Papa ...«

Mein Herzschlag stoppt. »Dass wir was?«

Ihre Antwort verzögert sich um unendliche Sekunden, da der Kellner den Espresso serviert und sie an der dickwandigen Tasse nippt.

»Ich weiß nicht«, sagt sie schließlich. »Ich habe ihn während der letzten Jahre mit einigen Frauen gesehen. In diesem Sommer gab es nur dich.«

»Ich war deine Lehrerin.«

Eliane setzt die Tasse ab und sieht mich skeptisch an. »Na klar. Deshalb hattet ihr beide auch immer Augen wie Wunderkerzen, wenn ihr euch angesehen habt.«

Wunderkerzenaugen – meint sie das ernst? Ich erinnere mich an Carnauds eisige Blicke, die nur tauten, wenn wir miteinander schliefen. Oder habe ich es nicht gesehen, weil ich nicht glaubte, dass da etwas sein könnte?

Oh, da kratzt mal wieder meine Fähigkeit zum Selbstbetrug an der Tür, hinter der ich sie eingesperrt habe. Nein, dich lasse ich nicht raus. Führ jemand anderen hinters Licht.

»Da täuschst du dich. Unser Verhältnis war rein geschäftlich«, sage ich, was nicht falsch und nicht die Wahrheit ist.

»Wie auch immer, du musst tun, was für dich richtig ist und mein Vater ist wirklich das Gegenteil von easygoing. Keine Ahnung, wie viel Speicherkapazität er für andere Menschen auf seiner Herzfestplatte hat.«

»Das war für mich nie von Interesse«, lüge ich mit trockenem Mund. »Er war mein Arbeitgeber.«

Eliane nickt und ich sehe ihr an, dass sie mir kein Wort glaubt.

»Wie kommt ihr jetzt miteinander klar?«, versuche ich abzulenken und glücklicherweise geht Eliane darauf ein.

»Er strengt sich an, wirklich. Macht dieses Vaterdings, dass er mich fragt, wie es mir geht und was mich beschäftigt und dann setzt er sich tatsächlich hin und hört mir zu.« Sie grinst schief. »Fühlt sich noch ein bisschen komisch an, aber wenn ich mich auch bemühe, wird das schon klappen mit uns.«

»Das ist schön«, sage ich, weil mir nichts Besseres einfällt. Weil ich mir keinen verständnisvollen, empathischen, unerreichbaren Carnaud vorstellen will. »Ich freue mich für euch.«

Eliane trinkt ihren Espresso aus und legt dreißig Euro auf den Tisch. »Du bist eingeladen. Ich muss weiter. Bin mit den Leuten von der Theater-AG verabredet. Ich will ein bisschen angeben.« Sie steht auf und in einer großen Geste macht sie einen Ausfallschritt und breitet die Arme aus. »Hey, ich war auf dem Lee Strasberg Theatre & Film Institute! Die werden alle grün vor Neid. War schön, dich gesehen zu haben, Sophie.«

Ich bleibe wie angewurzelt sitzen. Noch immer spuken die Wunderkerzenaugen durch meine Gedanken. Ich vergesse sogar, mich für die Einladung zu bedanken.

Drei Schritte vom Tisch entfernt, dreht Eliane sich zu mir um. »Ich weiß nicht, ob ich es dir sagen soll ...« Ihre Stimme klingt zögerlich.

»Jetzt hast du schon angefangen.«

»Und ob es dich überhaupt interessiert ...«

Unwillkürlich muss ich grinsen. »Jetzt mach schon, Eliane.«

»Papa hatte einen Unfall.«

Ein Eiszapfen scheint mich zu durchschlagen. »Was?«

»Gestern. Er ist die Treppe hinuntergestürzt. Als ich heute früh gegangen bin, lag er noch im Bett. Ich glaube, er hat starke Schmerzen, aber er lässt sich nicht helfen. Du kennst ihn ja.«

Meine Hände krampfen sich um die Träger meines Rucksacks. Tief durchatmen, Sophie!

»Das tut mir leid. Richte ihm bitte gute Besserung von mir aus, wenn du ihn siehst.« Ich mime die Unbeeindruckte so überzeugend, als hätte ich selbst einen Schauspielkurs absolviert. Eliane sieht mich unter zusammengezogenen Brauen an. Hat sie eine andere Reaktion erwartet?

»Klar, mach ich. Hab eine gute Zeit in Straßburg. Melde dich mal.«

Ich nicke lächelnd, beobachte, wie Eliane das Café verlässt, ihren E-Scooter auf die Fahrbahn schiebt und losfährt.

Dann renne ich aus dem Lokal und springe auf mein Fahrrad. Die ganze Zeit über, während ich in einem Wahnsinnstempo die Strecke zu Carnaud zurücklege, habe ich fürchterliche Bilder vor Augen. Sehe ihn leichenblass im Bett, nicht mehr in der Lage, Arme und Beine zu bewegen. Oder blutüberströmt und nur noch zu einem Flüstern fähig. Dass Eliane in so einem Fall den Notarzt gerufen hätte, wird mir erst bewusst, als ich nach einer halben Stunde völlig verschwitzt an Carnauds Tür Sturm klingele und er mir ohne erkennbare Blessuren öffnet. Ihn in Jeans und T-Shirt mit bloßen Füßen und zerzausten Haaren zu sehen, macht mich atemloser als die Fahrt hierher.

»Sophie?«

Und damit erreiche ich den Schwachpunkt meiner Aktion. Ich habe nämlich nicht die geringste Ahnung, was ich jetzt sagen, tun oder fühlen soll.

»Wie geht es dir?«, presse ich hervor.

»Gut. Wieso fragst du?« Seine Augenbrauen schieben sich zusammen. Monsieur is not amused. Tot umfallen wäre jetzt eine akzeptable Lösung.

»Eliane hat gesagt, du wärst gestern die Treppe hinuntergestürzt und hättest dich verletzt. Ich wollte nur nachsehen, ob ...«

Sein Lachen unterbricht mich. »Meine Tochter hat wirklich das Zeug zur Schauspielerin. So eine Dramaqueen! Ich habe die letzte Stufe übersehen und mir den Fuß gestaucht. Es tut nicht einmal mehr weh.«

Ich werde Eliane umbringen, wenn ich sie das nächste Mal sehe. Und wehe, sie will wissen, warum!

»Na gut, dann kann ich ja wieder gehen.«

Ich drehe mich um, halte inne. Solange er dort an der geöffneten Tür steht und ich seine Blicke in meinem Rücken spüre, solange kann ich mich keinen Zentimeter bewegen. Als hielte mich ein Magnet. Ich warte auf das erlösende Zuschlagen der Tür, darauf, dass er sich von mir abwendet, denn ich kann es nicht.

Er greift nach meiner Hand, dreht mich herum, zieht mich an sich. Seine Finger in meinen Haaren vergraben, lächelt er, ein wenig nur. Ich halte ihn auf Abstand. Lange genug, um zu sagen, dass das nicht gut ist, bevor ich in seinen Kuss sinke.

Stolpernd hasten wir in das Haus, es fällt schwer zu laufen, wenn man so ineinander verschlungen ist wie wir. Irgendwie schaffen wir es die Treppe hoch und bis in sein Schlafzimmer. Erst dort lösen wir uns wieder voneinander für einen Augenblick der Ruhe, bevor ich sein T-Shirt aus dem Hosenbund zerre, es über seinen Kopf streife.

»Ich habe dich vermisst«, flüstere ich, und das ist nun wirklich das Allerletzte, was ich jemals zu Carnaud sagen wollte. Mit fliegenden Fingern befreit er mich von meinem Kleid, reißt meinen Slip entzwei, während ich seine Jeans aufknöpfe und wir endlich wieder nackt auf seinem Bett landen. Er streckt meine Arme über meinen Kopf, gleitet sanft über meine Flanken zu den Hüften. Seine Lippen erkunden jeden Zentimeter meines Körpers. Zuerst schäme ich mich, weil ich so verschwitzt bin, aber die genüsslichen Laute, die er von sich gibt, zeigen mir, dass er es genauso mag. Und ich – ich bin endlich wieder lebendig mit seiner Haut unter meinen Fingern, seinem Geruch in den Lungen. Wieder und wieder ziehe ich seinen Kopf zu mir heran, um ihn zu küssen.

Das hier ist eine Verschnaufpause von meinem Liebeskummer und der verflixten Sehnsucht nach ihm. Wenn sie vorüber ist, wird sich nichts geändert haben und ich werde wieder allein sein, aber es tut gut, für eine kurze Zeit nicht zu leiden.

»Diese Haut«, flüstert Carnaud. Seine Finger fahren über meine Brüste, meine Taille, bleiben auf meinem Oberschenkel liegen. »So zart. Und dieser Körper. Ich hätte dich niemals Arthur angeboten. Keinem anderen. Nicht einmal mehr Jules.«

Er dreht mich auf die Seite, schmiegt sich an meinen Rücken. Ich winkele mein Bein an, mache es ihm leicht, in mich einzudringen, so wie ich es ihm immer leicht gemacht habe.

Mit einer Hand dreht er mein Gesicht zu sich, küsst mich sanft und liebevoll. Seine dunkelblauen Augen sind wie ein Universum voller Leidenschaft. Ich bin weich, erwartend, offen. So hingebungsvoll, wie ich es noch nie für ihn war, und allmählich versetzen mich seine Hände, die mich halten, seine Kraft in mir und seine Lippen in einen Rausch. Meine Hand wandert zwischen meine Beine, tastet nach seiner Härte, die von unserer Lust genässt in mich stößt. Ich liebe es, ihn dort zu spüren. Unsere Körper verbinden sich, werden eins. Wir verschmelzen in den tausend Funken, die er in mir entfacht und sehen uns an, als wir kommen.

Hinterher hält er mich in seinen Armen, ich presse meine Lippen auf seine Brust. Ganz benommen bin ich, nicht nur vom Orgasmus, vor allem von Carnauds Zärtlichkeit, seinen sanften Fingern. Diesem Gefühl, zu ihm zu gehören. Das hier ist genau das, was ich die ganze Zeit erleben wollte. Jetzt, wo es passiert, weiß ich es. Ich richte mich ein wenig auf, küsse jede Sommersprosse auf seinen Schultern und hoffe so sehr, dass er nichts sagt, was mich verärgert oder verletzt. Aber Hoffnung ist ja immer der erste Schritt auf dem Weg zur Enttäuschung.

»Was soll das, Sophie?« Er packt mich an den Oberarmen, schiebt mich von sich weg.

»Was meinst du?«

»Du kommst hierher, angeblich aus Sorge um mich. Wir haben Sex – natürlich – und jetzt liegst du hier wie ein verliebter Dummkopf.«

»Und damit hast du ein Problem, weil ...«

»Tu einfach nicht so, als würdest du etwas für mich empfinden.«

Ich setze mich auf, ziehe ein Stück der Decke über meinen Körper. »Und wenn ich nicht nur so tue? Gefährdet das unsere Geschäftsbeziehung? Ist Sympathie abträglich im Sexbusiness?«

Carnaud steht auf. Trotz seiner Nacktheit scheint er eine Rüstung zu tragen. »Also willst du diese Geschäftsbeziehung wiederaufnehmen? Wofür hast du das ganze Geld ausgegeben? Schlecht in Aktien investiert?«

Ich will nicht mehr die Person sein, die er in mir sieht. Zu der er mich gemacht hat. Ich bin versucht, ihm zu sagen, was ich über ihn und Marguery weiß. Aber dann würde er mich fragen, woher, und ich müsste ihm sagen, von Jules. Und dann würde er wissen wollen, warum ich bei Jules war, und dieses Fass will ich nicht aufmachen.

»Es könnte etwas anderes zwischen uns geben. Ohne Geld, aber mit Vertrauen und Zuneigung. Ich weiß, das klingt völlig verrückt, aber ich habe von einem fernen Stamm gehört, wo man sich auf so etwas Absurdes einlässt. Sie nennen es Liebe.«

»Sex kann ich bezahlen, Liebe nicht und ich bleibe ungern etwas schuldig.«

»Merde! Du redest einen solchen Blödsinn, Carnaud. Das Leben ist doch kein Quid pro Quo. Gib mir das, dann kriegst du das – so funktioniert das nicht.«

»Oh doch, Sophie, genauso funktioniert das. Für mich zumindest. Keine Ahnung, nach welchen Regeln dein Leben abläuft.«

Ich stehe auf, will ihm genauso nackt gegenüberstehen wie er mir. »Mein Leben hat keine Regeln. Es ist

Chaos. Da sind Angst und Zuversicht und Verlegenheit, Hoffnung und Kummer und ab und zu winzige Stücke Glück. Ich kann sie nicht kaufen, ich kann sie nicht einfordern, ich kann mich nur daran erfreuen, wenn ich eines finde im Durcheinander meiner unordentlichen Existenz.«

Mit beiden Händen streicht sich Carnaud die Haare aus der Stirn, streckt sich ein wenig, ist wunderschön.

»Das ist mir zu unsicher, Sophie«, erwidert er und es hört sich an, als empfände er Bedauern. Ob für mich oder für sich bleibt ungesagt.

»Du bist ein Feigling. Marguery hat dich dazu gemacht.«

Mit diesem Satz habe ich mehr preisgegeben, als ich wollte. Ich sehe in Carnauds Augen, dass er weiß, dass ich es weiß. Langsam schüttelt er den Kopf. »Ich werde nie wieder jemandem glauben, der mir ins Gesicht sieht und sagt ›Ich liebe dich‹.«

Er war noch nie so ehrlich zu mir wie in diesem Moment. Es ist ein Gefühl, als hätte ich etwas geschenkt bekommen. »Du hattest verdammtes Pech mit ihr, aber nicht jede Frau ist so. Die wenigsten sind es.«

Carnaud steht still vor mir. Er ist zur Gänze Schweigen. In meinem Bauch flattert es, als hätte ich einen Taser abbekommen.

»Dann empfindest du also etwas für mich, Sophie? Über den Sex und den Anblick meines Kontostandes hinaus? Willst du mir das damit sagen?«

Soll ich? Soll ich es tun? Jetzt wäre der Moment, um mutig zu sein. Aber ich habe Angst vor seiner Reaktion, seinen Gletscheraugen und seiner kalten Stimme, wenn er mir klarmacht, wie lächerlich ich bin. Auch ich bin ein Feigling.

»Das dachte ich mir«, sagt Carnaud, aber es klingt nicht triumphierend, eher – traurig.

Für einen Moment habe ich das Gefühl, seine Rüstung stünde offen. »Ich weiß, was Marguery dir angetan hat, und es tut mir unendlich leid für den jungen Mann, der du warst. Wenn man so verletzt wurde, will man nichts mehr fühlen, aber du empfindest noch. Du hilfst mit deinem Geld wildfremden Menschen, die dir völlig egal sein könnten. Du sorgst dich darum, wie sehr das Verhalten ihrer Mutter Eliane verletzen könnte. Du kaufst mir ein neues Fahrrad, weil du Angst hast, ich könnte einen Unfall bauen.«

Er will mich unterbrechen, aber es gelingt mir, ihn mit einer abwehrenden Geste meiner Hand aufzuhalten.

»Ich weiß, was du sagen willst. Ich kenne deine Ausreden. Aber niemand kann so zärtlich zu einem anderen Menschen sein, wie du es eben warst, wenn er nichts für ihn empfindet. Niemand!«

Alles könnte jetzt passieren – nur kein Wunder.

»Wie viel verlangst du für unser kleines Tête-à-Tête heute, inklusive dieses erbaulichen Gesprächs?«

Nach einem Moment der Öffnung ist er wieder verschlossen und verriegelt. Worum kämpfe ich hier eigentlich? Was will ich erreichen? Sollte er etwas für mich empfinden, dann muss er das von selbst begreifen. Liebe ist wie eine Pointe – wenn man sie erklären muss, ist sie nichts wert. Trotzdem versuche ich es. Ein allerletztes Mal.

»Wertschätzung verlange ich. Und Freundlichkeit. Keine Neuerwerbung zu sein und keine Hure. Wenn du mir das nicht geben kannst, dann muss ich mich wirklich in Sicherheit bringen.«

Er starrt mich an. Seine Gedanken zeichnen Falten auf seine Stirn. Schließlich wendet er den Blick von mir ab, zögerlich öffnet er den Mund: »Du bist das Kostbarste, das ich je gekauft habe.«

Für ihn ist das wahrscheinlich, als würde er mir sein Herz auf einem Silbertablett servieren. Für mich ist es die Entscheidung, zu gehen. Ich sammle meine Kleidung vom Boden auf und ziehe mich im Bad an. Mein Kopf ist völlig leer. Als ich wieder hinauskomme, steht Carnaud immer noch am gleichen Fleck. Ich gehe ohne ein Wort an ihm vorbei und verlasse das Zimmer. Kurz vor der Treppe hält er mich auf: »Sophie!«

Mit ausgestreckten Armen kommt er mir entgegen, auf seinen Handflächen liegen Geldscheine. Viele Geldscheine. Bestimmt alles, was er in seinem Portemonnaie hat und wo auch immer versteckt.

»Warte Sophie! Hier, nimm das. Nimm das und bleib.«
Sein Gesichtsausdruck ist so erwartungsvoll und sehnsüchtig, dass es schwerfällt, standhaft zu sein, aber er muss begreifen, dass ich ihn nicht trotz, sondern wegen des Geldes verlasse. Ich greife nach ein paar Fünfzigern und Zwanzigern. Carnauds Blick folgt meinen Händen. Triumph spiegelt sich darin genauso wie Trauer.

Mit raschen Bewegungen zerreiße ich die Banknoten und lasse die Fetzen als teuerstes Konfetti der Welt zu Boden segeln. »Ich kann das nicht mehr, Carnaud. Ich hoffe, du findest, was immer du suchst. Und dass ein Preisschild daran klebt.«

Vor fünf Stunden bin ich nach Hause zurückgekommen und sitze seitdem in meinem Zimmer auf einer der Bücherkisten, die mit meinem anderen Kram nur darauf wartet, in ein Auto verladen zu werden, dass ich immer noch nicht gebucht habe.

Ich hätte vor drei Wochen nach Straßburg fahren können, vor vier, vor zwei. Ich habe es nicht getan, sondern stattdessen in meinem halbausgeräumten Leben darauf gewartet, dass sich auf wunderbare Weise meine Hände doch noch füllen, weil ich endlich finde, was ich suche. Ich gehe ans Fenster und starre ins Dunkle. Morgen. Morgen ist der Tag. Es ist an der Zeit.

Zum zehnten oder hundertsten Mal klopft Maman an meine Tür. Ich glaube, mein Verhalten macht ihr Angst, aber ich kann nicht so tun, als wäre alles in Ordnung, mich zu ihr auf die Couch setzen und *L'amour éternel* schauen. Diese ewige Liebe kann mich mal!

Die Tür öffnet sich, aber ich ignoriere es und starre weiter aus dem Fenster.

»Besuch für dich, Sophie«, sagt Maman.

Verwundert drehe ich mich jetzt doch um, denn mal ehrlich – wer sollte schon kommen? Die Überraschung schlägt wie ein Blitz in meinen Körper ein, denn neben meiner kleinen, runden Maman steht Carnaud, groß und gerade wie ein Wachtturm. Was will er hier? Den Gegenwert des zerrissenen Geldes von mir einfordern? Würde ich ihm zutrauen.

»Vielen Dank, Madame Morel«, sagt er, und es ist, als würde seine dunkle Stimme mein Zimmer vollständig ausfüllen. Er passt nicht hierher und wenn er Maman gegenüber nur eine seiner gemeinen Bemerkungen gemacht hat …

»Kein Problem. Sie wollen keinen Tee?«

»Sehr aufmerksam, aber nein.« Er lächelt sie freundlich und offen an, was Maman genauso erwidert.

Ich fahre meine Stacheln ein Stück weit ein und schaue betont uninteressiert wieder aus dem Fenster. Ich höre, wie die Tür geschlossen wird, höre Carnauds Schritte, die auf mich zukommen. Er stellt sich neben mich, mit dem Rücken zum Fenster. Sein Blick gleitet durch mein winziges Zimmer. »Hier bist du aufgewachsen.«

Ein abfälliges Wort und ich stoße ihn eigenhändig aus dem Fenster. Wir sind im achten Stock, es würde übel für ihn enden. Er hat aber Glück und benimmt sich.

»Weshalb die Kisten, Sophie?«

»Ich ziehe nach Straßburg.«

»Wann?«

»Morgen.«

»Aha.«

Klar denken, Sophie! Dass Carnaud hier ist, hat nichts zu bedeuten.

»Die Leute werden über uns reden«, sagt er. »Darüber musst du dir klar sein. Der reiche Typ und das naive junge Ding an seiner Seite.«

»Hast du nicht gesagt, es sei dir egal, was die Menschen über dich denken?«

Ich weiß immer noch nicht, weshalb er überhaupt gekommen ist und versuche, mein Hirnareal für Selbstbetrug daran zu hindern, wirbelnde, regenbogenbunte Wolken zu produzieren und mich durch übermäßigen Dopamin-Ausstoß in eine Art LSD-Rausch zu versetzen.

»Und so viel älter bist du gar nicht.«

Er schnalzt ungeduldig mit der Zunge. »Uns trennen neun Jahre, sehr viel Geld und ein sozialer Unterschied, groß wie der Gorges du Tarn. Deshalb noch einmal, damit du es wirklich verstehst: Die Leute würden über uns reden. Ich gebe da keinen Pfifferling drauf, aber was ist mit dir?«

»Mir geht das am Arsch vorbei.«

»Wie würde deine Mutter dazu stehen? Und Eliane – ich habe keine Ahnung, wie sie reagieren würde.«

Die Fragezeichen in meinem Kopf werden mehr und mehr. »Worüber sprechen wir hier überhaupt?«

Er dreht mir das Gesicht zu. Ich muss lächeln, ohne zu wissen, warum.

»Ich vermisse dich, Sophie.«

»Ein übles Gefühl, stimmt's?«

»Grässlich. Schlimmer als Zahnschmerzen.«

Unsere Hände auf dem Fensterbrett sind nur wenige Zentimeter voneinander entfernt. Jetzt bewegt er sich mir entgegen, streicht mit dem kleinen Finger über meinen.

»Du hast das Geld zerrissen.«

»Ja, ich weiß, ich war dabei. Soll ich es dir ersetzen?«

»Unsinn! Warum hast du das Geld zerrissen?«

Am liebsten würde ich laut schreien. Weiß er das wirklich nicht?

»Du beleidigst mich damit. Du würdigst mich herab.«

»Ich begreife es nicht, Sophie. Wieso beleidigt dich eine geschäftliche Vereinbarung?«

»Weil es verdammt noch mal kein Geschäft ist!« Jetzt schreie ich tatsächlich und es fühlt sich gut an. Carnaud tritt einen Schritt zurück und sieht mich aus weitaufgerissenen Augen an.

»Das sind du und ich, miteinander im Bett. Das sind Küsse und Leidenschaft und Nacktheit. Es bedeutet, sich so verletzlich zu zeigen, wie es nur möglich ist. Es ist Hingabe, Pierre. Hingabe und Vertrauen. Das ist es für mich und am Ende des Tages will ich in meiner Hand kein Geld, sondern dein Herz.«

»Mein Herz in deiner Hand?«, sagt er leise. »Das macht mir Angst.«

Ich lege meine Finger um seine und drücke sie langsam zusammen, bis sie zu einer Faust geballt sind. »Meins ist da schon drin«, erwidere ich. »Lass mich nicht davon anfangen, was mir das für eine Scheißangst macht.«

Sein Blick wandert hinunter zu der Faust, die er nicht öffnet, dann wieder zu mir. »Ich will dich heiraten«, sagt er.

Das kommt so überraschend, dass mir die dümmste mögliche Antwort entfährt: »Und ich will studieren.«

»Das eine schließt doch das andere nicht aus. Also, was sagst du?«

Noch immer findet mein intellektueller Absturz aufgrund emotionaler Überforderung kein Ende: »Was? Warum?«

»Warum heiratet man schon?«

»Keine Ahnung. Sag du es mir.«

»Ich bin gerne mit dir zusammen. Du bringst mich zum Lachen. Der Sex ist phänomenal – wie du selbst weißt.«

Langsam dämmert es mir, dass Carnaud mir einen Heiratsantrag gemacht hat, wenn auch auf seine unnachahmlich antiromantische Art. Obwohl ich gegen alle Vernunft zustimmen möchte, weil ein Leben ohne ihn so unvorstellbar traurig ist, so will ich doch mehr.

»Das ist alles schön und gut, aber liebst du mich?«

»Keine Chance, Sophie.« Zärtlich legt er seine Hand an meine Wange. »So viel Kredit vergebe ich nicht.«

»Ich bin nicht Marguery.«

»Aber ich bin immer noch Pierre.«

»Du bist so ein kaputter Typ.«

»Ist das ein Ja?«

Ich drehe meinen Kopf, drücke einen Kuss auf seine Handinnenfläche. »Denke schon.«

Er versucht, eine ernste Miene zu wahren, aber die wird von einem unaufhaltsamen Lächeln unterminiert. Unbeholfen zieht er mich in seine Umarmung. Ich lehne meinen Kopf an seine Brust und schließe die Augen. Jetzt ist alles wieder gut. Es ist absurd und unvernünftig, aber es ist gut.

»Du treibst mich in den Wahnsinn, Sophie«, flüstert Carnaud in mein Ohr. »Ständig forderst du mich heraus, stellst mich infrage. Ich meine, ich bin doch ein erfolgreicher, wohlhabender Geschäftsmann! Jeder anderen Frau wäre das genug, aber dir nicht. Du siehst mich immer so an, als würdest du hinter meiner Fassade nach etwas suchen, dass wertvoll ist. Als ...«, er hält inne, presst seine Lippen auf meinen Scheitel, »Als wärst du dir sicher, dass es so etwas gibt, tief in mir. In deiner Nähe habe ich mich immer verdammt unsicher und hilflos gefühlt.«

»Du hilflos und unsicher? Nicht, dass ich wüsste.«

»Oh doch. Du betrittst einen Raum und ich bin nicht mehr derselbe Mann. Zuerst habe ich das gehasst, Sophie.«

Klingt fast, als wolle er sich trennen. Dabei stehen wir eng umschlungen und haben uns die Ehe versprochen. Ist das wirklich wahr?

»Aber als du heute vor mir standest und dieses Geld zerfetzt hast, da wurde mir klar, dass mir der Mann, den du in mir siehst, besser gefällt als der, der ich bin. Er lebt, er empfindet Freude und Schmerz. Er ist so, wie ich früher war.«

Seine Worte machen mich sprachlos. Immer und immer wieder denke ich nur das eine: Gut, dass ich in Belard geblieben bin.

Pierre umfasst mein Gesicht und sieht mich lächelnd an. »Was ich eigentlich sagen will, ist, dass ich dich schon mochte, als du mich Arschloch genannt hast und danach bei jedem Wiedersehen ein bisschen mehr.«

»Ja, aber liebst du mich?«, wiederhole ich die eine wichtige Frage.

Er streicht meine Haare zur Seite, sein warmer Atem haucht gegen mein Ohr und diesmal bekomme ich eine Antwort.

21 Alles umsonst

»Bist du sicher, dass das so aussehen soll?« Flo betrachtet mich kritisch.

»Ich denke schon.« Eliane zupft die Spitze vor meinem Gesicht ein wenig nach rechts, dann wieder nach links. »Ein Schleier ist ziemlich 19. Jahrhundert, findest du nicht?«

Flo zuckt die Schultern. »Sie wollte das so.«

»Komisch. Passt gar nicht zu ihr.«

»Hallo? Hallo?« Ich hebe die Hand und winke beiden zu. »Ihr seht mich doch, nicht wahr? Ich bin anwesend. Redet mit mir, wenn euch etwas stört. Obwohl Brautjungfern Unterstützung geben sollten und keinen negativen Input.«

»Dann hättest du dir jemand anders suchen sollen«, erwidert Eliane trocken. Sie hat nicht unrecht damit.

»Ich wollte einen Schleier, okay? Ich finde das romantisch, wenn er der Braut vorm Gesicht baumelt und dann hebt der Bräutigam ihn an, wenn sie sich gegenüberstehen, und er ist total überwältigt, weil sie so schön ist und ihn heiraten wird.« Meine Stimme wird immer lauter, während ich spreche, teils vor Entrüstung, teils vor Aufregung. In einer Stunde bin ich Pierres Frau. Nein, in einer Stunde ist Pierre mein Mann. Von wegen 19. Jahrhundert!

»Was ist denn bitte schön selbstbestimmter: Auf etwas zu verzichten, das man möchte, weil es anderen nicht gefällt oder es dann erst recht durchzuziehen?«

»Hast ja recht. Lass dich nicht ärgern, Sophie. Ich bin dir auf jeden Fall dankbar, dass du uns nicht in solche gruseligen Einheitskleider steckst, sondern wir anziehen können, was wir wollen.« Mit lautem Krachen schlägt Flos Hand auf ihren Hintern, der in den Leopardenprintleggings steckt, die sie vor einer halben Ewigkeit im *Prix malin* gekauft hat. Eliane trägt einen femininen Smoking in Lindgrün und ich könnte mir trotz meines kurzen Wutausbruchs keine besseren Brautjungfern wünschen. Flo ist mit ihrem Yngvi, der eine Seele von Mensch ist, vor zwei Wochen angekommen und hat mir durch die chaotischen letzten Tage vor der Hochzeit geholfen. Pierre war wenig nützlich und sagte immer nur, sein Anzug müsse rechtzeitig fertig werden. Eliane kam vorgestern aus Paris, wo sie seit dem Winter eine Schule mit dem Schwerpunkt auf Schauspiel und Videokunst besucht. Sie hat ihre Freundin Yasmin mitgebracht. Mein Junggesellinnenabschied gestern Abend war dank dieser drei Frauen ein voller Erfolg. So voll, dass ich heute ein wenig Kopfschmerzen habe und meine Augenlider erst wieder öffnen konnte, nachdem Flo mir eine Tüte Tiefkühl-Couscous darauf gepresst hatte.

»Du siehst perfekt aus«, befindet Eliane, nachdem sie meinen Schleier endlich losgelassen hat. »Schau dich an.«

Während ich mich zum Spiegel umdrehe, klopft mein Herz wie verrückt. Ich erkenne mich kaum wieder. Es ist anders als damals, nachdem Mélanie mich zurechtgemacht hatte, denn diesmal habe ich alle Entscheidungen getroffen. Vom enganliegenden, champagnerfarbenen Hochzeitskleid bis zum Brautstrauß aus Veilchen und Ranunkeln, hin zu diesem Schleier, in den kleine, funkelnde Kristalle eingewebt sind. Flo schaut grinsend über meine Schulter in den Spiegel. »Wer hätte das gedacht, was, Süße?«

Ich nicht, zumindest nicht bis zu diesem Abend in meinem Zimmer. Bis zu Pierres Antrag, der mir damals – und manchmal auch noch heute – wie eine der seltsamsten Ideen vorkam, die er je gehabt hatte. Über ein Jahr ist das her. Ich wollte, dass wir uns diese Zeit geben, uns als Paar kennenlernen, denn was wussten wir damals schon vom anderen?

Es war nicht plötzlich alles gut, wir redeten viel miteinander, stritten, versöhnten uns, aber nicht ein einziges Mal kam der Gedanke auf, nicht zusammen sein zu wollen. Egal, was wir tagsüber tun – Pierre bei seinen Geschäftsterminen und ich im Studium, das ich an der Universität von Belard wieder aufgenommen habe – abends wollen wir beieinander sein und morgens gemeinsam aufwachen. Er ist der Mensch, an den ich denke, wenn ich tagsüber Zeit zum Durchatmen habe und der mir die Kraft gibt, weiterzumachen, wenn alles über mir zusammenschlägt, und ich bin das für ihn.

Pierre erzählte mir, dass er sich schon nach unserer ersten Begegnung in mich verliebt hatte – gerade weil ich ihn Arschloch genannt hatte. Und natürlich machte ihm das Angst. Als er mir Geld anbot und ich auf diesen Deal einging, fühlte er sich sicher, denn so funktionierte die Welt, die er kannte. Aber er hörte trotzdem nicht auf, etwas für mich zu empfinden, also wollte er sich von seinen Gefühlen distanzieren. Das war der Grund, warum er mich so offensichtlich im *Marchand* als sein Eigentum vorführte, darum bot er mich Jules an. Es brauchte diese zerrissenen Geldscheine, um ihm die Augen zu öffnen. Diese eine verrückte Tat hat alles verändert. Ich bin heilfroh, dass er mich damals so wütend gemacht hat.

»Komm«, Flo packt mich am Ellenbogen. »Wir müssen los.«

Die Fahrt zur Kirche dauert eine knappe halbe Stunde. Sie ist klein, eher eine Kapelle, aus rotem Backstein gemauert, der von Wein berankt ist. Wir haben sie bei einem unserer Ausflüge gefunden und uns war sofort klar, dass wir hier heiraten wollen.

Wir haben nicht viele Gäste geladen, nur die, die uns wirklich etwas bedeuten. Neben Eliane und Yasmin, Flo und Yngvi ist Jules hier – erstaunlicherweise macht das, was wir zusammen erlebt haben, es nicht schwerer, mit ihm befreundet zu sein.

Und natürlich sitzt Maman in der ersten Reihe, zusammen mit Antoinette. Die beiden leben weiterhin in unserer alten Wohnung und führen eine gut funktionierende Frauen-WG. Eine ganze Weile hatte ich überlegt, Vater zu meiner Hochzeit einzuladen. Ich tat es nicht. Es war seine Entscheidung zu gehen und sich nicht mehr zu melden. Es ist meine Entscheidung, ihn als einen Teil der Vergangenheit zu sehen, mit dem ich abschließe. Denn heute beginnt die Zukunft.

Ich gehe die wenigen Stuhlreihen entlang bis zum Altar, wo Pierre schon auf mich wartet. Er lüftet meinen Schleier und strahlt genauso, wie ich es mir vorgestellt habe. Unsere Hände finden sich, während der Pfarrer predigt. Ich verstehe kaum ein Wort von dem, was er sagt, zu versunken bin ich in diesem allumfassenden Gefühl: Ich heirate den Mann, den ich liebe.

Mein Herz schlägt wie verrückt bei Pierres mit fester Stimme vorgetragenem Eheversprechen. Als die Reihe an mir ist, gebe ich ihm mit meinem Ja-Wort mein Herz und meine Seele und das kriegt er alles umsonst.

Ende